変な絵

雨穴

双葉文庫

「それではこれから、一枚の絵をお見せします」

大学の教室の黒板に、絵が貼り出される。

心理学者・萩尾登美子《はぎおとみこ》は、絵を指差してこう語る。

「今でこそ、こうして学生のみなさんの前で、講義をさせていただいている私ですが、以前は心理カウンセラーとして、たくさんの方のカウンセリングを行ってきました。

この絵は、私がカウンセラーになりたての頃に担当した、一人の女の子が描いた絵のコピーです。彼女の名前を、仮に『A子ちゃん』としましょう。

A子ちゃんは、11歳のときに、母親を殺害して警察に補導されました」

『母親を殺害』というショッキングな言葉に、学生たちはざわつく。

「私は彼女の精神分析をするにあたって、『描画テスト』という方法を取り入れることにしました。『描画テスト』とは、被験者に絵を描いてもらい、そこからその人の心理を読み解くという分析方法です。

『絵は人の心を映す鏡』という言葉があるように、絵には、それを描いた人の内面が表れるのです。特に『人間』『木』『家』の絵は、それが顕著だとされています。さて、みなさんはこの絵を見て、『何かおかしいな』と感じませんか？」

萩尾は教室内を見回す。

学生たちは、黒板に貼られた絵を見つめながら、不思議そうな顔をしている。

「わかりませんか？　おそらく、一見しただけでは、普通のかわいらしい絵に見えるでしょう。しかし、ところどころに、とても不思議な部分があるんです。まずは、真ん中に描かれた女の子の『口』に注目してください。

ぐちゃぐちゃっとしていて、ちょっと汚いですよね。
A子ちゃんは、『口』の絵が上手に描けず、何度も消しゴムで消しては線を引き直していました。他の部分は一回できれいな線が引けているのに、なぜ口だけは何度も失敗してしまったのでしょうか？

ここから、彼女の心理を読み取ることができます。

A子ちゃんは、母親から虐待を受けていました。
そのため、お家ではずっと、お母さんを怒らせないように無理矢理笑顔を作って、ご機嫌を取っていたそうです。心では怯《おび》えているのに、顔はいつでも嘘の作り笑い。『上手く笑っていないと殴られる』……その気持ちを思い出して、緊張してしまい、手が震えて上手く描けなかったんですね。

そんな彼女の悲痛な心は、隣に描かれた家の絵にも表れています。

この家、ドアがないんです。ドアがなければ中に入れないですよね。

そうです。

この家は、彼女の心そのものなんです。『自分の心の中に誰も入れたくない』『一人きりで閉じこもっていたい』……そんな逃避願望が見て取れます。

そして最後に、木の絵に注目してください。

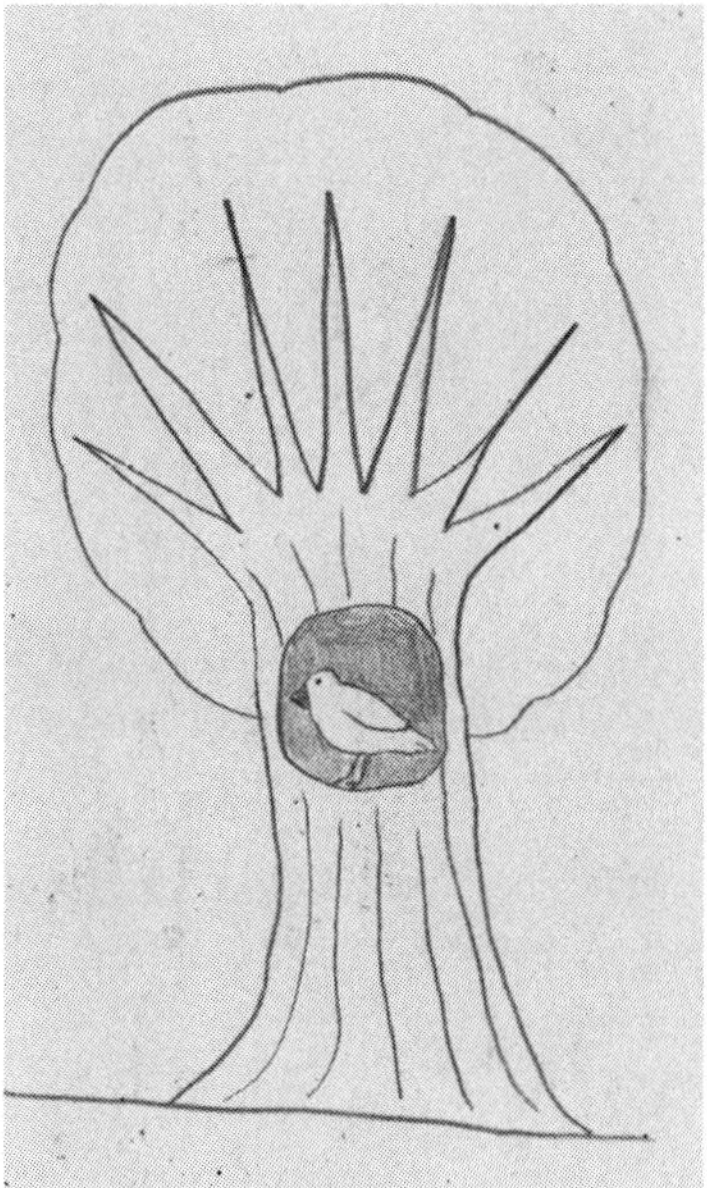

枝の先がトゲのように鋭く尖《とが》っていますね。
こういった形の枝は、犯罪者の絵にたびたび見られます。
『傷つけてやる』『突き刺してやる』という、トゲトゲしい攻撃心の表れといえます。
これらの情報を総合して、カウンセラーは被験者に適切な診断を下さなければなりません」

萩尾は学生たちの目を見て、ゆっくりと言った。

「私は、この絵を描いたA子ちゃんを『更生の可能性が十分にある』と判断しました。なぜだかわかりますか？　もう一度、木の絵を見てください。

今度は枝ではなく、幹に注目しましょう。

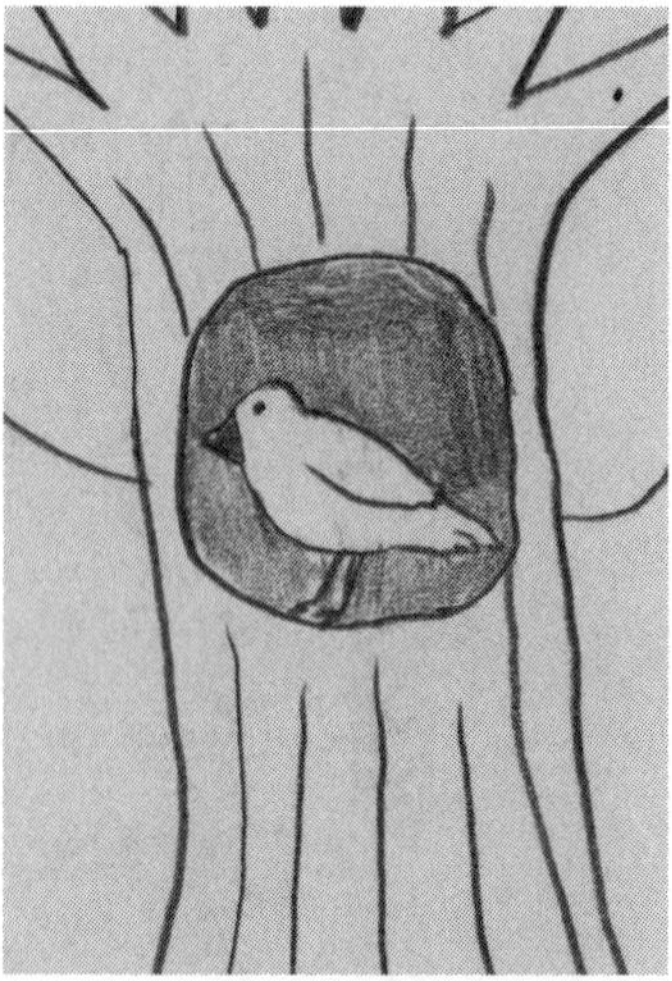

うろの中に、鳥が住んでいますね。

このような絵を描く人は、庇護《ひご》欲があり、母性愛が強い傾向にあります。

『自分より弱い生き物を守ってあげたい』『安全な場所に住まわせてあげたい』……そういった気持ちが表れているのです。A子ちゃんは、トゲトゲしい攻撃心の奥に、とても優しい心を隠し持っているといえます。

動物や、小さな子供と触れ合う機会を与えれば、彼女の優しい心は育ち、やがて攻撃心は和らいでいくだろう。私はそう考えました。

今でも、当時の自分の診断に自信を持っています。


A子ちゃんは、今では幸せなお母さんになっているそうです」

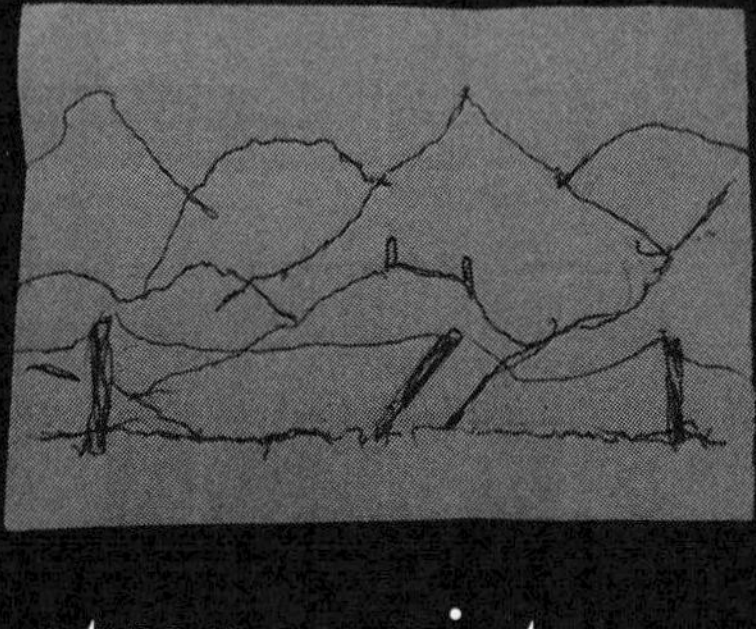

変な絵

strange pictures

③

②

①

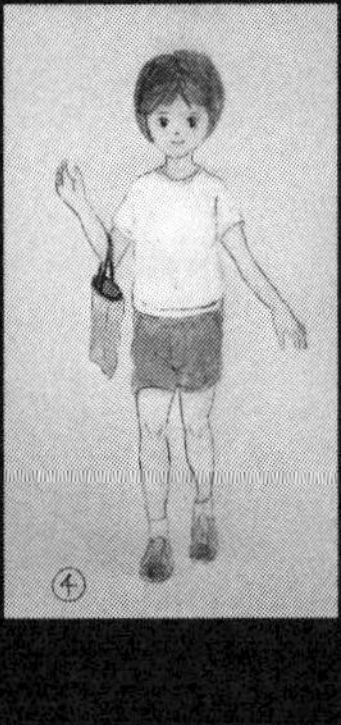
④

目次

第一章　風に立つ女の絵

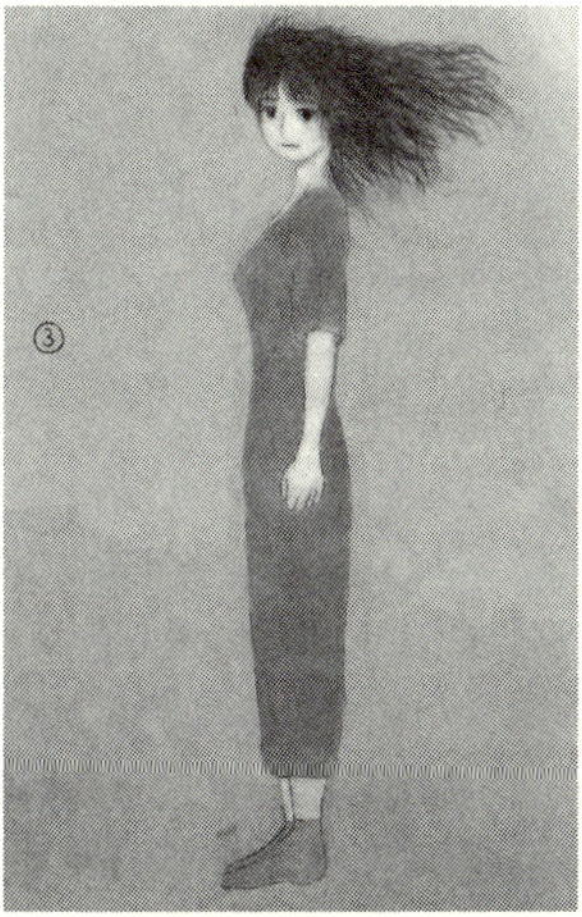

佐々木修平

２０１４年5月19日。

東京の下町に建つ、古いアパートの一室は、深夜だというのに、煌々《こうこう》と電気がついている。

その部屋の住人、佐々木修平《ささきしゅうへい》は21歳の大学生だ。普段ならば就活の筆記試験対策や、履歴書の作成に追われているのだが、今日は珍しく、パソコンの画面に見入っている。

「これか……栗原《くりはら》が言ってたブログは……」

独り言が漏れる。

『**栗原**』とは、佐々木が所属しているオカルトサークルの後輩だ。今日の午後、大学の食堂でばったり会い、一緒に食事をすることになった。ここ最近は就活が忙しく、めったにサークルに顔を出せていなかった佐々木は、後輩との久々の会話を懐かしい気持ちで楽しんだ。

お互いの近況報告、サークル合宿の計画などを一通り話し終えると、当然ながら話題は、共通の趣味であるオカルト方面へ流れていった。

「佐々木さん。最近、情報収集のほうはやってます？」

栗原が神妙な顔で言う。『情報収集』とは、言ってしまえば『オカルト系の作品を見たり読んだりする』という意味だ。

「いや、時間がなくて全然だな。映画も本もネットも見れてない」

「じゃあ、いいの教えてあげますよ。実はこの前、変なブログを見つけたんです」

「ブログ？　どんなの？」

「『七篠《ななしの》レン　心の日記』っていう、一見、普通のブログなんですけど、なんか不気味っていうか……色々おかしいんです。怖さは保証しますから、ぜひ読んでみてください」

「…………」

佐々木が知る限り、栗原はかなりクールな男だ。いつでも一歩引いて『我関せず』を貫くようなところがある。そんな彼が真剣に、熱を込めて話す姿に、佐々木はただならぬものを感じた。

深夜0時。部屋に時計の音だけが響いている。佐々木はゴクリと唾を飲み、栗原に教えられたブログを開いた。

怖い……というより懐かしい気分になった。

以前はこんなブログがたくさんあった。


『ブログ』とは、インターネット上で、文章や写真を誰でも簡単に発表できるリービスのことだ。何を書くかは人それぞれ。日記、趣味の紹介、政治への不満など、何でもいい。その自由さが受け、ある時期までは猫も杓子《しやくし》もブログをやっていた。しかし、ここ数年はブームも下火になり、以前より勢いはなくなった。


タイトルから想像するに、このブログを書いているのは『七篠レン』という人物だろう。『七篠』は苗字のようだが、もしかしたら『名無しの』をもじったのかもしれない。『名無しの権兵衛《ごんべえ》』ならぬ『名無しのレン』というわけだ。

『心の日記』は心に浮かんだことを書き連ねる、というような意味かもしれない。

タイトルの下には最新記事が表示されている。投稿日時は2012年11月28日。およそ一年半前に書かれたことになる。以来、このブログは更新されていないということだ。

最新記事の内容は、以下のようなものだった。

『一番愛する人へ』　2012／11／28

今日で、このブログを更新するのをやめます。

あの3枚の絵の秘密に気づいてしまったからです。

あなたがいったいどんな苦しみを背負っていたのか、僕には理解することはできません。

あなたが犯してしまった罪がどれほどのものなのか、僕にはわかりません。

あなたを許すことはできません。それでも、僕はあなたを愛し続けます。

レン

この短く、不穏な文章を、佐々木は何度も読み返した。読めば読むほど、謎が深まっていった。

『一番愛する人』『3枚の絵の秘密』『あなたが犯してしまった罪』……それらの言葉が何を意味するのか、一切読み取ることができない。

佐々木は謎を解くため、過去の日記を読むことにした。

最初の日記が投稿されたのは、2008年10月13日。内容は、以下のようなものだった。

『はじめまして』　2008／10／13

今日からブログを始めることにしました。まずは自己紹介から。僕の名前は七篠レンです。

本当は顔写真をアップしたいけど、インターネットに個人情報を出すと危ないって言われちゃったから、代わりに似顔絵をアップします。

実はこの絵、僕の奥さんが描いてくれたんです。

奥さんの名前はユキちゃんっていいます。僕より六つ年上の姉さん女房です。

「ブログを始めることにしたから似顔絵描いて」ってお願いしたら、五分もかからずにささっと描いてくれました。さすがは元イラストレーター。めっちゃ上手！

けど、かっこよく描きすぎでは……？

そんなわけで、僕らの気まぐれな日常を、日記形式で書いていこうと思います。

毎日更新するつもりなので、よかったら読んでください！

レン

『記念日』　2008／10／15

どうも、レンです！

毎日更新すると言っておきながら、昨日は疲れて、何も書かずに寝てしまいました。ごめんなさい。今日から頑張ります！

さて、本日10月15日はとても大事な日。

僕とユキちゃんが結婚して、一周年の記念日なのです！　お祝いにケーキをホールで買っちゃいました。お財布にはキツいけど、味は絶品でした。

おいしいから二切れ食べちゃいました。そしたらユキちゃんから「食べすぎ！　太るよ」って怒られた（泣）

残りの四切れは冷蔵庫にしまって、明日食べます。楽しみ！

レン

このような日記が、一週間に四、五回のペースで更新されていた。内容は『〇〇を食べた』『〇〇に遊びに行った』など他愛のないものがほとんどで、最新記事に出てくる『罪』や『苦しみ』に関する記述は見つけられなかった。

そんな中、二人にある変化が起きる。

『ご報告』 2008/12/25

どうも、レンです!

ユキちゃん、朝から具合が悪かったらしく、午前中に病院に行ってきたそうです。

そしたらなんと、お腹に赤ちゃんがいることが判明!

ユキちゃんからそれを聞いたときは、うれしくてうれしくて、飛び上がって喜んじゃいました! 最高のクリスマスプレゼントです!

改めてご報告します。僕たち、パパとママになります!

レン

この日を境に、ブログの内容は子供の話題一色になる。ユキの体を気遣いながら、我が子に思いをはせるレンの心境が綴《つづ》られるようになった。

『やっぱりつわりは大変』　2009／1／3

ユキちゃんは今日もつわりが苦しいらしく、おせちもほとんど食べられませんでした。
僕は背中をさするくらいしかできない。ずっと無力さを感じてます。
つわりのときには酸っぱいものが欲しくなるってよく聞くけど、個人差があるみたい。
ユキちゃんは「ヨーグルトなら気持ち悪くならずに食べられる」と言っています。
だから今、我が家の冷蔵庫はヨーグルトでいっぱい。
これからまた、コンビニで買い足してきます！

レン

『お腹ぽっこり』　2009／2／8

今日で妊娠13週目に入りました。
つわりはまだまだ終わらないみたい。

今日もヨーグルトをいっぱい買ってきました。色々食べてみて、結局アロエヨーグルトが一番体に合うらしい。

さて、ユキちゃんのお腹のほうですが、だんだんぽっこりしてきています。

赤ちゃんが育っていることを実感……！　うれしい！

レン

『お花見』　2009／3／16

ユキちゃんの体調がだいぶ安定してきたので、久しぶりに二人でお出かけしました。

場所は近所の公園です。まだ満開とはいえないけど、桜、きれいでした。

ベンチに座って、二人で赤ちゃんのこと、色々話しました。

習い事は何をさせようか？　とか、最初に見せるアニメは何にしようか？　とか。

ちょっと気が早いけど、赤ちゃんとの生活のこと想像するの、本当に楽しいです。

名前も考えたいけど、まだ男の子か女の子かわからないから、それは判明してからのお楽しみ。もし女の子だったら『さくら』とかいいねー、って二人で話しました。

レン

この時期までは、微笑ましい夫婦の日常が続いていた。
しかし、妊娠中期を過ぎた5月になると、暗雲が立ち込める。

『エコー検査』　２００９／５／18

今日は僕の仕事が休みだったので、二人で妊婦健診に行ってきました！

はじめてエコーで赤ちゃんの様子を見て感動です！

だけど赤ちゃん、逆子《さかご》のようです。

逆子の出産は大変って聞いたことがあるから不安になったけど、今はまだ赤ちゃんが小さくて、お腹の中をくるくる回転してる時期だから、そのうち正常な位置に戻るって教わって安心しました。よかった！


でも、ショックなことが一つ。

逆子の状態だと、赤ちゃんのおマタが、お母さんの骨盤に隠れて、性別がわからないらしい……。

名前を決めるのは、まだ先になりそうです！

レン

逆子……母親の胎内で、本来は頭が下になるはずの胎児が逆さになり、足が下になってしまう現象。このことが今後、二人にとって大きな課題になっていく。

『がんばろう！』　2009／7／20

健診に行ってきました。
赤ちゃん、まだ逆子のままらしいです。
この時期になると、赤ちゃんが自然に回転することはめったにないから、自力で直す必要があるみたいです。

逆子を直す体操を教わりました。これから毎日、お家でやるつもりです。
僕もできることはなんでもサポート！

二人で頑張ろう！

レン

『暑い！』　2009／8／17

今日は健診でした。

この一か月、二人で体操がんばったけど、逆子は直っていないみたい。

ユキちゃん、だいぶショックを受けていました。

でも、万全に準備すれば、逆子でも安全に出産できるって言ってもらえたからちょっと安心。さすが、ベテランの助産師さんは頼りになります！

そんなわけで、男の子か女の子かは生まれてからのお楽しみってことになりそうです（笑）

帰りに二人で喫茶店に寄ってジュースを飲みました。

ユキちゃんは二杯もおかわり。暑い日が続いてるからか、最近のどがかわいてしょうがないそうです。

赤ちゃんの分も水分補給しないといけないから大変だ！

レン

そして、出産予定日を目前に控えた9月3日。
ユキに異変が生じる。

『マタニティブルー』　2009／9／3

今日、突然ユキちゃんが泣き出してしまいました。
理由を聞いても教えてくれなくて困惑気味……。
たぶんマタニティブルーってやつだと思います。
落ち着くまでずっと隣で背中をさすっていました。
出産はもうすぐだし、色々不安なんだよね。
僕ももっと頼れる男にならなくちゃダメだな……。

レン

『赤ちゃんの絵』　2009／9／4

ユキちゃん、昨日とはうってかわって元気になりました！
しかも、久しぶりに絵を描いてくれました！

めっちゃかわいい！　生まれてくる赤ちゃんをイメージして描いたそうです。
どうしてサンタさんの恰好《かっこう》してるの？　って聞いたら「この子は私たちのサンタさんだから」とのこと。

少し考えて、ようやく意味がわかりました！
妊娠がわかったのが去年のクリスマスだったからだね！　あれからもう九か月か！　長いような短かったような……。

レン

①

『未来予想図』　2009／9／5

昨日に引き続き、今日もユキちゃんの絵をご紹介！
赤ちゃんが成長した姿をイメージして描いたみたい。
本人いわく『未来予想図』だそうです。

結局最後まで逆子のままで、まだ性別がわからないから、あえてどっちにも見えるように描いたらしい。
さすが元イラストレーター。普通の人には考えられない発想だね！

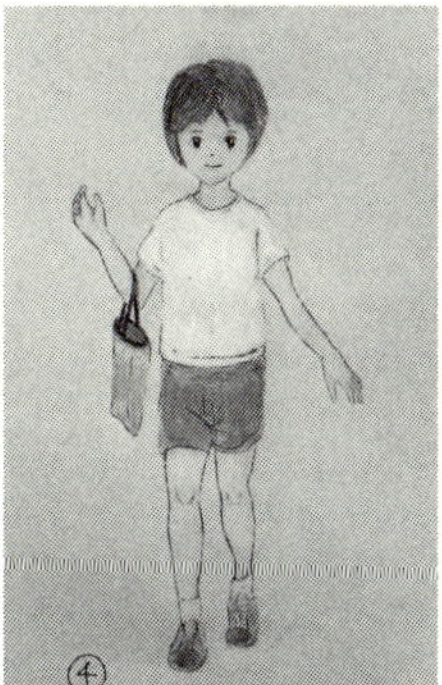

ところで、昨日の絵にもあったけど、下に書かれてる数字は何？
ユキちゃんに聞いたら「秘密！」って言われちゃった。うーん、どんなに考えてもわからん！

レン

『そっくり』　2009／9／6

今日の夕飯は、お蕎麦《そば》屋さんから出前を取りました。
天蕎麦おいしかったな～。

さて、本日もユキちゃんが未来予想図を描いてくれました。

赤ちゃんが大人になった姿です！
髪が風になびいててかっこいい！
女の子だったらこんなふうに育ってほしい、って願いを込めて描いたみたい。
ユキちゃんにそっくり！　ユキちゃんに似たらすごい美人さんになるんだろうな！
ちなみに、男の子バージョンは明日描くそうです。楽しみです！

レン

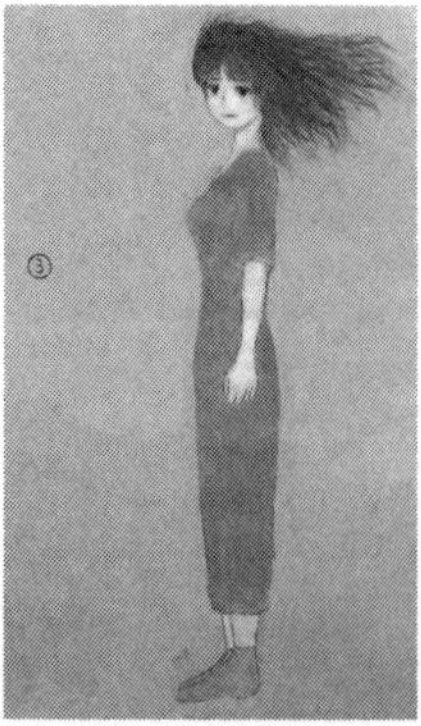

『そっくり……？』　2009／9／7

予定日までついに三日を切りました！
出産は心配だけど、早く赤ちゃんに会いたい！
さて、今日の未来予想図は、赤ちゃんが大人になった姿（男の子バージョン）です。
ユキちゃんによると「パパに似せて描いた」らしい……。
いや、だから僕、こんなにかっこよくないって！
（でも、うれしい）

レン

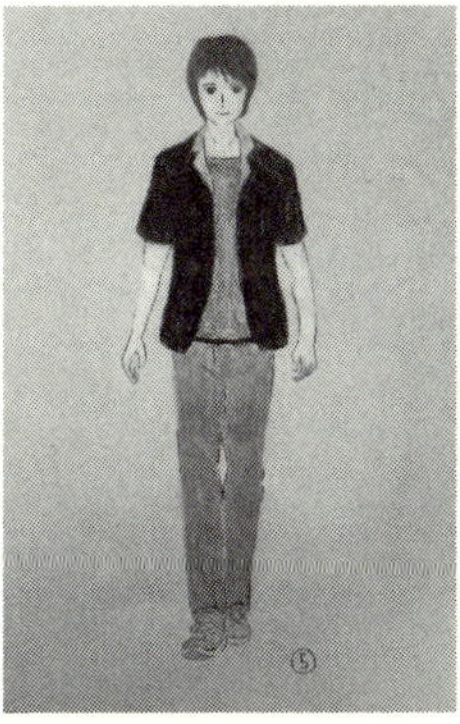

『お祈り』2009/9/8

予定日まであと二日！

いつ陣痛がきても大丈夫なように、すでに準備は万全です！

ユキちゃんは緊張気味。でも、絵は描いてくれました！

手を動かしてると、緊張が落ち着くそうです。

今日の未来予想図は、だいぶ遠い未来。赤ちゃんがおばあちゃんになった姿を描いたそうです。白い服を着て、何をお祈りしてるのかな？

たぶん、赤ちゃんがこの年になる頃には、僕らはもう生きてない……。

って、暗くなっちゃいかん（笑）

たぶん、明日はおじいちゃんの絵だと思います。お楽しみに！

レン

『ついに明日!』 2009/9/9

ついに、明日が予定日です。

今日の夕方あたりから僕はハラハラしちゃって、逆にユキちゃんから「落ち着いて」って笑われちゃった。

やっぱりこういうときは女性のほうが強いんだね。

ユキちゃんはもう心の準備は整ってるみたいです。


でも、さすがに今日は絵を描く気にはなれないみたいで、昨日予告したおじいちゃんの絵はなしです。期待してくれた方、ごめんなさい!

たぶん、この先数日間はバタバタすると思うので、ブログの更新はしばらくお休みします。次の日記は出産報告になると思います!

それでは、みなさんお元気で!

レン

次の日記は、約一か月後に更新されていた。

『ご報告』　2009／10／11

お久しぶりです。レンです。

やっと気持ちの整理がついたのでご報告します。

ユキちゃんが亡くなりました。

赤ちゃんは無事に生まれました。予定日に陣痛がきて、すぐに病院に行きました。

最初は順調だったのですが、いきみはじめてから何時間たっても生まれず、その途中でユキちゃんの容態が急変し、すぐに緊急手術になりました。

赤ちゃんはなんとか助かりましたが、ユキちゃんは手術中に亡くなりました。


それからは一か月、あっという間に過ぎました。

ユキちゃんのお葬式や、赤ちゃんのお世話が大変で、悲しむ暇もありませんでした。

でも、今こうして一人で文章を書いていると、涙が出てきてしまいます。

つらいけど、赤ちゃんのために僕が強くなるしかありません。

子育て、頑張ります。

レン

佐々木は画面を見つめながら、しばらく呆然《ぼうぜん》としていた。行き場のない感情が、心を巡っていた。ユキもレンも、言ってしまえば赤の他人だ。そもそもこのブログ自体、好奇心で読み始めたものだ。

しかし、日記を追っていくうちに、いつの間にか二人に感情移入していたのだと気づく。今まで味わったことのない喪失感だった。

はたして、残された父子《おやこ》にどんな人生が待っているのか……。

佐々木は、二人の未来が気になった。ユキの死を乗り越え、レンが子供と幸せに生きる姿を見たいと願った。

祈る思いで『次の日記を読む』ボタンをクリックする。

新しいページが表示される。

記事のタイトルを見て、佐々木は目を疑った。

『一番愛する人へ』　２０１２／11／28

今日で、このブログを更新するのをやめます。

あの３枚の絵の秘密に気づいてしまったからです。

あなたがいったいどんな苦しみを背負っていたのか、僕には理解することはできません。

あなたが犯してしまった罪がどれほどのものなのか、僕にはわかりません。

あなたを許すことはできません。それでも、僕はあなたを愛し続けます。

レン

それは、最初に読んだ日記だった。

つまりレンは、２００９年10月11日に妻の死を報告した後、日記を一切更新せず、数年後に突然、この文章を投稿したということだ。佐々木は改めて、記事を読んでみた。

『一番愛する人』……おそらくユキのことだろう。この文章は亡き妻・ユキに向けて書かれたものだと思われる。

『あなたが犯してしまった罪』……ブログを読む限り、ユキが罪を犯すような描写はなかった。

『あなたを許すことはできません』……あんなに愛していた妻を許せない、とはどういうことだろう。

『あの3枚の絵の秘密』……『絵』といえば、ユキが予定日間近になって描き始めた『未来予想図』が思い当たる。

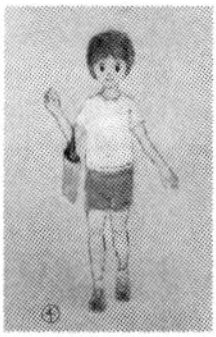

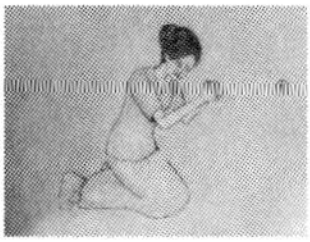

絵の上手な女性が、生まれてくる我が子の未来をイメージして描いた絵。やや珍しい行為だが、とりたてておかしなこととも思えない。健《すこ》やかに長生きしてほしい……そんな願いを込めて描いたのだろう。……と、佐々木は思っていた。
しかし、レンは5枚のうち、いずれか3枚の絵を見て、そこに隠された『秘密』を知ってしまった。いったい、どんな秘密なのだろう。……佐々木は、難解なパズルの前で立ち尽くすような気分になった。

しかし、ヒントがないわけではない。**絵の端に書かれた数字**だ。

5枚の絵には、それぞれ数字が振ってある。その意味を聞かれ、ユキは『秘密！』とはぐらかした。これが謎を解くカギになりそうだ。

佐々木は、プリンターの電源を入れ、5枚の絵を印刷して、数字の順番に並べてみた。すると、①赤ん坊→②老婆→③大人（女）→④子供→⑤大人（男）となり、時系列がバラバラになる。

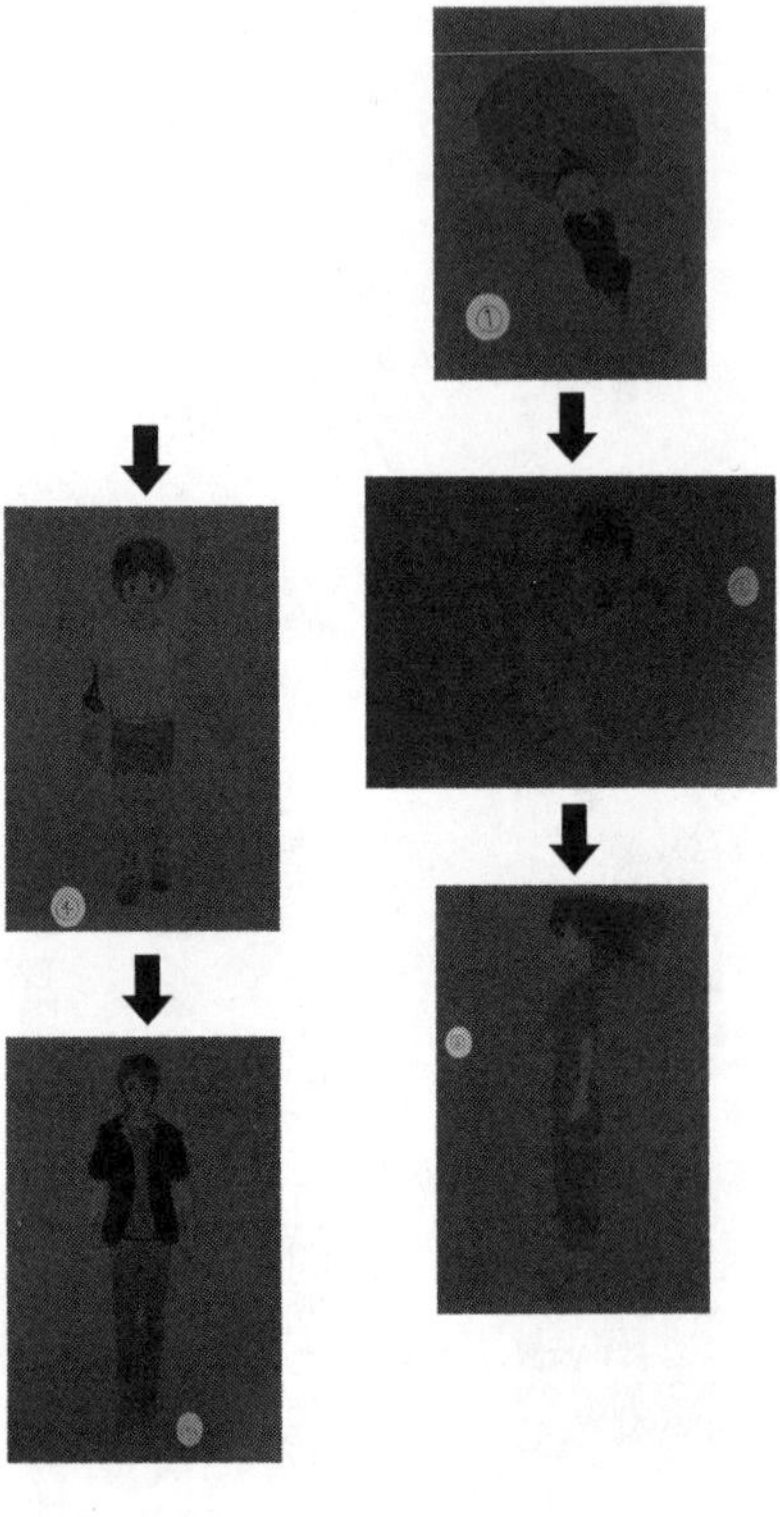

「赤ん坊から始まって……年を取って、子供に戻って……また大人に？　なんにもわかんねーよ……」

佐々木はため息をついて、床に寝転んだ。窓の外を見ると、すでに空が明るくなり始めている。もうすぐ朝だ。

「ちょっとは寝とかないとな……」

10時半から始まる講義に備え、しばしの仮眠を取ることにした。

＊＊＊

正午を過ぎれば、学食はすぐ満杯になってしまう。座席を確保するなら、11時台が勝負だ。午前中の講義をややフライング気味に抜け出し、佐々木は学食に走った。

昼食が目的ではない。栗原に会うためだ。

走った甲斐《かい》あり、テーブルはまだガラガラだった。栗原を捜す……が、見つからない。まだ来ていないのだろうか。

とりあえず食券でも買おうかと思ったそのとき、後ろからポンと肩を叩かれた。

「佐々木さん！　また会いましたね。さっき猛ダッシュしてるとこ見ましたけど、そんなにお腹すいたんですか？」

栗原だった。

二人はカレーライスの皿を手に、テーブルをはさんで向かい合って座った。

「栗原。お前が言ってたブログ、読んだよ」

「謎めいてたでしょ？」

「ああ。おかげで寝不足だよ。色々考えてみたけど、結局何もわからなかった。マジで変なブログだな」

「ですよね」

「まあ、最後の記事さえなきゃ、普通の愛妻日記なんだけどな」

「……そうですか？」

突如、栗原が鋭い視線を向ける。佐々木は思わずたじろぐ。

「佐々木さん……たしかに僕も、最後の記事は不気味だと思います。でも、それだけじゃないんです。あのブログ、全体的におかしいんですよ」

「……どういうことだ？」

「たとえば……子供が生まれてからの日記が**消されてること**とか」

「『消されてる』って……？」

「最後の記事を読めばわかります。ちょっと待っててください」

栗原はカバンの中から、ホチキス留めされたA４用紙の束を取り出し、テーブルに置いた。あのブログが印刷されていた。

「栗原……お前、あれ全部印刷したのか？」

「もちろん。通学中に何回も読んで、謎を解きたいですから」

『一番愛する人へ』　２０１２／11／28

今日で、このブログを更新するのをやめます。

あの３枚の絵の秘密に気づいてしまったからです。

あなたがいったいどんな苦しみを背負っていたのか、僕には理解することはできません。

あなたが犯してしまった罪がどれほどのものなのか、僕にはわかりません。

あなたを許すことはできません。それでも、僕はあなたを愛し続けます。

レン

「『今日で、このブログを更新するのをやめます』……重要なのはこの一文です。常識的に考えて、『今日で○○をやめます』というのは、**直近までずっとそれを続けた人間が言うセリフ**です。

たとえば『今日でタバコをやめます』と言う人がいたら、『その人は昨日まではタバコを吸っていた』と誰もが解釈しますよね。同じように、『今日でブログを更新するのをやめます』という文には『それまで定期的にブログを更新し続けた』というニユアンスが含まれます」

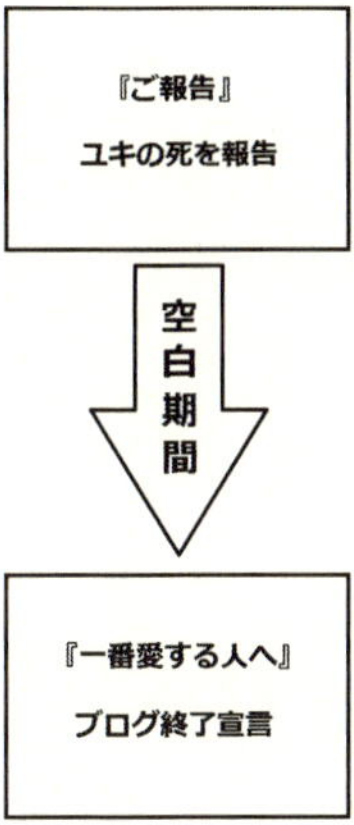

「しかし、この一つ前……ユキの死を報告する日記が書かれてから、この日記が投稿されるまで、数年間の空白期間があります。そこで僕はこう考えました。実際は、レンはその間、ずっと日記を更新していたんじゃないか。しかし何らかの理由で、後からそれらをすべて消したんじゃないか、と。

自分の書いたブログを消すのは珍しいことじゃありません。僕だって、高校時代に書いてたエヴァの考察ブログはもう消してしまいました。だけどレンの消し方は少し異様なんです。奥さんが生きてる頃の日記だけ残して、子供が生まれてからの日記は消す……なんか気持ち悪いんですよね。彼の動機がわからない」

「言われてみれば……。気づかなかったよ」

「そして、おかしな点は他にもあります。10月15日の日記を読んでください」

『記念日』　2008／10／15

どうも、レンです！

毎日更新すると言っておきながら、昨日は疲れて、何も書かずに寝てしまいました。ごめんなさい。今日から頑張ります！

さて、本日10月15日はとても大事な日。

僕とユキちゃんが結婚して、一周年の記念日なのです！

お祝いにケーキをホールで買っちゃいました。お財布にはキツいけど、味は絶品でした。

おいしいから二切れ食べちゃいました。そしたらユキちゃんから「食べすぎ！　太るよ」って怒られた（泣）

残りの四切れは冷蔵庫にしまって、明日食べます。楽しみ！

レン

「佐々木さん、クイズです。**ユキはケーキを何切れ食べたと思いますか？**」

「うーん……二切れ食べたレンに『食べすぎ』って怒ってるから、普通に考えて一切れじゃないか？」

「ですよね。自分が二切れ以上食べたら『人のこと言えないだろ』ってなりますから。よってこの日、ユキはケーキを一切れ、レンは二切れ食べたと推測できます。そして残ったケーキは四切れですから、全部で七切れ。彼らはホールのケーキを七等分したことになります。おかしくないですか？」

「……たしかに、切り分けるなら八等分だよな……」

「その通り。この日おそらく、**ケーキは八等分された**。ユキが一切れ、レンが二切れ食べ、四切れ余った。合計七切れ……残りの一切れはどうなったと思いますか？」

「うーん……」

「それを食べた人物がいる、ということです。……この家には、**二人以外にも誰かが住んでいた**のではないでしょうか」

「え!?……いや、それはさすがに強引すぎないか？　レンが数字を間違えただけかもしれないし……」

「もちろん、これだけを根拠に言っているわけではありません。見えない第三者の影は、他の記事にも表れているんです。最初の記事を読んでみましょう」

『はじめまして』　２００８／10／13

今日からブログを始めることにしました。まずは自己紹介から。僕の名前は七篠レンです。

本当は顔写真をアップしたいけど、インターネットに個人情報を出すと危ないって言われちゃったから、代わりに似顔絵をアップします。


実はこの絵、僕の奥さんが描いてくれたんです。

奥さんの名前はユキちゃんっていいます。僕より六つ年上の姉さん女房です。

「ブログを始めることにしたから似顔絵描いて」ってお願いしたら、五分もかからずにささっと描いてくれました。さすがは元イラストレーター。めっちゃ上手！

けど、かっこよく描きすぎでは……？

そんなわけで、僕らの気まぐれな日常を、日記形式で書いていこうと思います。

毎日更新するつもりなので、よかったら読んでください！

レン

「記事の冒頭に『ネットに個人情報を出すと危ないって言われちゃった』と書いてあります。レンに『個人情報を出すと危ない』と言ったのは誰だと思いますか？」
「ユキじゃないのか？」
「そうでしょうか？　最後のほうの一文に注目してください」

――

「ブログを始めることにしたから似顔絵描いて」ってお願いしたら、五分もかからずにささっと描いてくれました。

「『**ブログを始めることにしたから**』とわざわざ説明していることから、この時点で、ユキはまだレンがブログを始めることを知らなかったといえます」

レン、ブログを始めることを決意
←
「個人情報を出すのは危ない」と言われる
←
レン、ユキにブログを始めることを報告

「だとしたら、誰がレンに『個人情報を出すのは危ない』と忠告したのか、という話になる。やはり二人には同居人がいる可能性がある。それが誰なのか……二人の親か、兄弟か、友達か……それはわかりませんが、一つ確かなのは、レンがその人物の存在を隠してるということです。ブログの中に、その人物の名前は一切登場しません。にもかかわらず、ところどころに、その存在を匂わす描写を入れている。……いったい、どういう意図があったんでしょうね」

佐々木は、得体のしれない恐怖を感じた。栗原はさらに追い打ちをかける。

「ただ、これらはあくまで序の口です」

「まだ何かあるのか？」

「はい。僕が一番怖いと思ったのは、**逆子**のことです」

――でも、万全に準備すれば、逆子でも安全に出産できるって言ってもらえたからちょっと安心。さすが、ベテランの助産師さんは頼りになります！

「これを読んだとき、寒気がしました。僕の妹も逆子で生まれたのでよく知っているんですが、逆子の出産は、非常に高い確率で難産になります。それが知られていなかった時代は、出産中に命を落とした母親や赤ん坊がたくさんいたそうです。ですから現在では、逆子と判明した時点で、帝王切開がほぼ確定します。もちろん、例外はありますよ。でも、『万全に準備すれば、逆子でも安全に出産できる』なんて、まともな病院なら軽々しく言うはずがない。実際、ユキは出産の途中で亡くなってしまった」

「ヤブ医者に当たったたってことか……」

「ええ。謎の同居人にしろ、それを隠そうとするレンの不可解さにしろ、かかりつけの病院のやばさにしろ、ユキを取り巻く環境はあまりにも異常です」

＊＊＊

「ところでさ、栗原。あの絵のことはどう思う？」

「『3枚の絵の秘密』ですか？」

「ああ。色々考えたんだけど、まったくわからなくてさ……」

「絵に振ってある番号は見ました？」

「もちろん」

「あの番号が軸になるんですよ」

「まあ、そうだろうな。でもさ、番号順に並べてみても、時系列がめちゃくちゃになるだけで、何のヒントにもならないんだよ」

「佐々木さん。数字の並べ方は、色々あるんですよ」

「……どういうことだよ？」

「時系列がすべてじゃないってことです」

「栗原……まさかお前、あの絵の意味がわかったのか？」

「ええ、まあ」

「本当か！　教えてくれよ！」

「うーん……ちょっとここでは難しいですね。道具を使わなきゃいけないので」

「道具……？」

「あ、そうだ。今日、サークルの部室来ませんか？　そこでなら教えてあげられます」

「部室か……でもな……最近全然顔出してないから、なんか気まずいというか……」

「何言ってるんですか！　佐々木さんはサークルの一員なんだから、いつ来たっていいんですよ」

「そうか……？」

「もちろんです」

「……わかった。就活の息抜きもかねて、あとで行くよ」

その言葉を聞き、栗原はにっこりした。

「やった！　佐々木さん、最近全然来てくれないから寂しかったんですよ」

「お前、寂しがるようなタマじゃないだろ？　ただ、この後、講義があるから。たぶん行くのは4時頃になると思うぞ」

「いいですよ。あ、そうだ。これ、佐々木さんにあげますよ」

栗原は、ブログを印刷したＡ４冊子を手渡した。

「いいのか？　通学中に謎を解くんだろ？」

「大丈夫です。僕、スペアいくつか持ってるんで」

「すごい執念だな……。まあ、もらっておくよ。ありがとう」

「いえいえ。じゃあ、部室で待ってますからね。とにかく、あの番号が軸になることは覚えておいてください」


三限目の講義中、佐々木は栗原からもらった冊子をずっと眺めていた。この講義は、教授が延々と雑談を繰り広げることで有名だから、佐々木に限らず多くの学生が、自習や居眠りなど、自由時間に充《あ》てている。

とはいえ、耳栓でもしない限り、教授の声は自然と耳に入ってくる。佐々木は聞くともなしに、まったり口調の雑談を聞いていた。

「……という例を挙げるまでもなく、アートと建築は密接な結びつきを持っているわけです。これは絵画にしたって同じで、みなさんご存じ、だまし絵で有名な、かのマウリッツ・エッシャーはハールレムの学校で建築を学び……」

だまし絵……。

その言葉に、佐々木はひらめいた。
もしや、ユキの描いた『未来予想図』は、**だまし絵**なのではないか。
佐々木はあまりアートに詳しくなかったが、『うさぎにも、アヒルにも見える絵』とか『遠くから見るとドクロだが、近くで見ると人間の双子に見える絵』など、目の錯覚を利用した不思議な絵画を、いくつか見たことがあった。共通しているのは、見方を変えると別の絵に見えるということだ。

――あの3枚の絵の秘密に気づいてしまったからです。

妻の死から数年後、レンは、ユキの描いた絵の『別の見方』に気づいたのではないか。
佐々木は冊子をめくり、『未来予想図』を見る。それぞれの絵を様々な角度から眺めてみる。そしてあることに気づく。

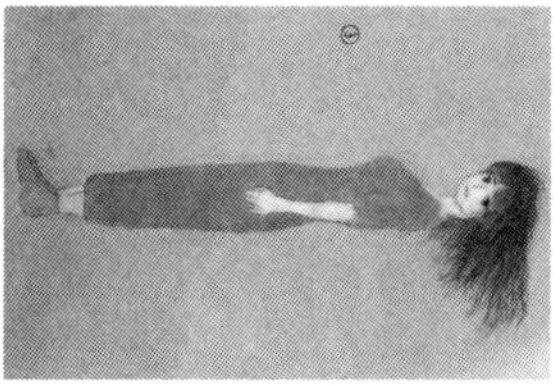

『大人（女）』の絵を右に90度傾けると、風になびく毛が、重力で下に垂れているように見える。一瞬、何かをわかった気になったが、すぐに落胆した。立っている女が寝たからといって、何になるというのだ。それに、寝ている絵としては、腕の角度が不自然だ。

そのとき、教室の中がにわかに騒がしくなった。学生たちが帰り支度《じたく》を始めている。気づかないうちに講義が終わっていたのだ。一人の学生が教室のドアを開ける。廊下から強い風が吹き込んできて、手元の冊子がパラパラとめくれる。

その光景を見て、佐々木はハッとした。

1ページ、2ページ、3ページ……。

『佐々木さん。数字の並べ方は、色々あるんですよ』

まさか、絵に振られた番号は**ページ数……重ねる順番なのではないか**。

絵が重なり合ったとき、それぞれの絵が組み合わさり、まるでだまし絵のように、別の絵が生まれるのではないか。

佐々木は冊子の中から、絵の印刷されたページをちぎり、ためしに『①赤ん坊②老婆③大人（女）』の順に重ね、蛍光灯に透かして見た。

3枚の絵が混ざり合う。だが、それが何かに見えることはなかった。

その後、絵を変えたり、角度を変えたり、位置を変えたりと、色々挑戦してみたが、途中で挫折《ざせつ》してしまった。組み合わせのパターンは無限に思えた。

「くそ……何かヒントがあれば……」


そのとき、ふいに栗原の言葉が頭によみがえった。


『あの番号が軸になるんですよ』

『あの番号が軸になることは覚えておいてください』


番号が謎を解く鍵になる……そんなことは言われなくてもわかっている。なぜ、わかりきったことを念を押すように二回も言ったのか。

「いや、待てよ……軸ってまさか、そういう意味か……」

佐々木は考える。『軸』とはずばり、物理的な意味での『軸』なのではないか。

中心点。中核。もしくは、**いくつかのものをつなぐ基準となる点**。……たとえば、冊子を束ねるホチキスの芯のようなもの……。

佐々木は、①②③の番号が同じ位置に来るように絵を重ね、それを軸に、少しずつ3枚の絵を回転させてみた。どこかで3枚の絵がぴったり重なり合うことを期待した。

　だが、結果はまたしても失敗に終わった。

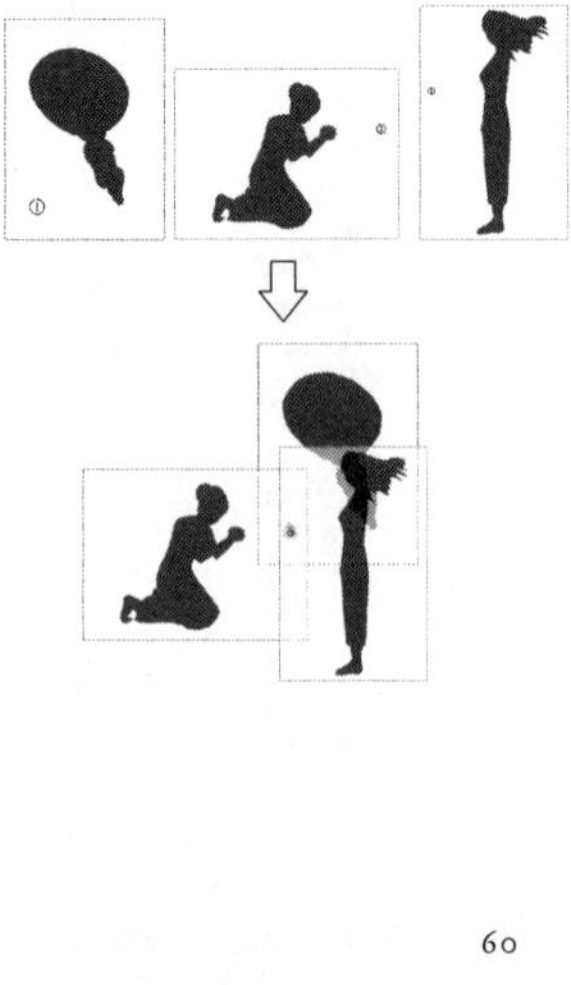

＊＊＊

午後4時、佐々木は大学内の片隅に建つ『サークル棟』に足を踏み入れた。

この建物には、文科系サークルの部室が所せましと並んでいる。オカルトサークルのドアを開けるのは約半年ぶりだ。中に入ると、本や雑誌が散乱した六畳の部屋で、栗原は一人、本を読んでいた。

「お待たせ。他の奴らは？」

「この曜日はだいたい僕一人です」

もともと規模が小さいうえ、佐々木たちの代が就活に入ったことで、サークルはずいぶん寂しい状態になっているのだと気づく。栗原が少し不憫《ふびん》に思えた。

「では佐々木さん。さっそく絵の秘密を」

「待ってくれ。実はさっき、俺なりに推理してみたんだ」

佐々木は講義中に考えた『だまし絵』と『軸』のことを栗原に話した。

「なるほど。なかなかいいセン行ってますね。もう、正解と言ってもいいでしょう」

「正解？　肝心の謎が全然解けてないのにか？」

「考え方は合ってますから、あと一歩です。あのですね、佐々木さん。これはパズルなんですよ。そして5枚の絵は、パズルを構成するピースです。想像してください。もしも、ジグソーパズルのピースの大きさがバラバラだったら、上手く組み合わさりませんよね」

「まあな……」

「5枚の絵は、もともと画用紙に描かれていた。それをレンが写真に撮ってブログにアップしたんです。ここで大事なのは、**写真を見るだけでは本来の大きさがわからないということです。**

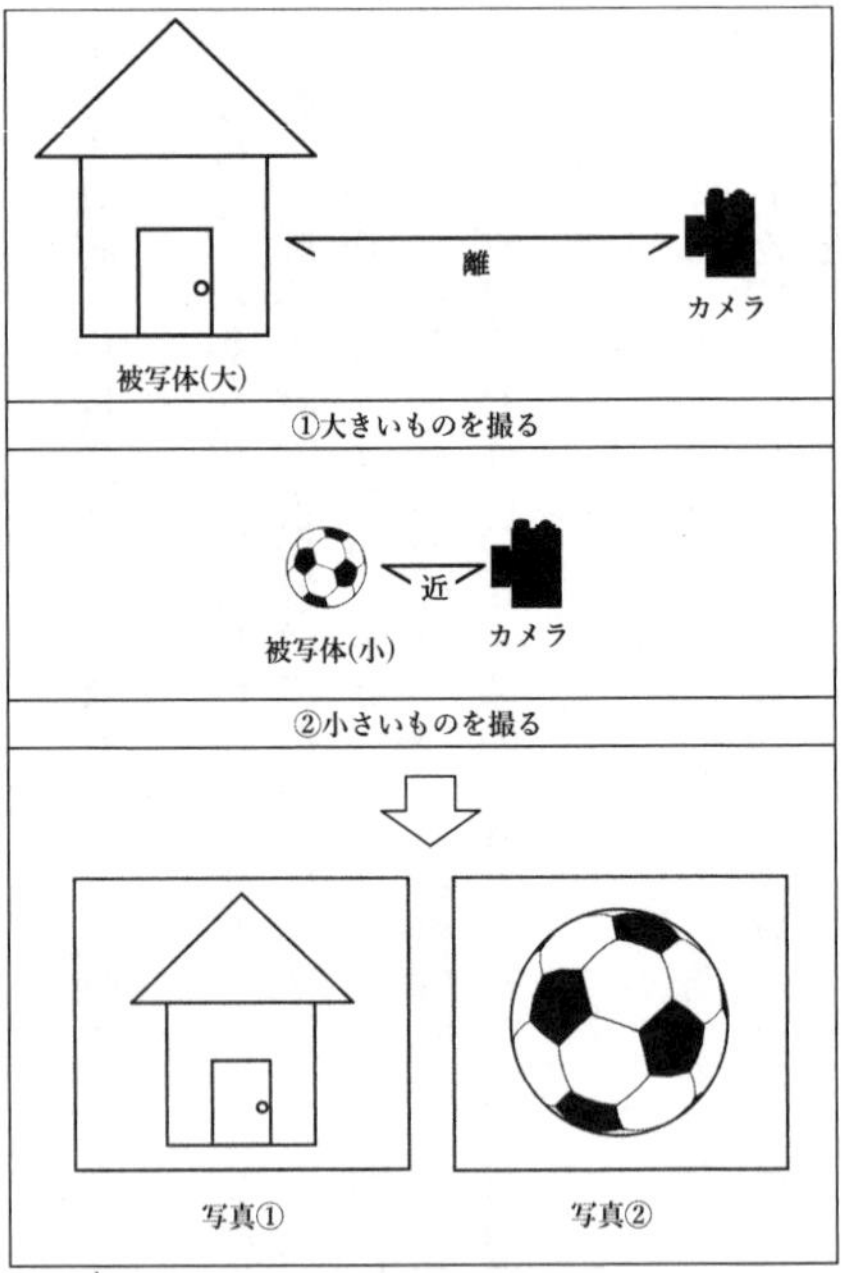

たとえば、大きいものを撮るときは、カメラを被写体から離しますよね。逆に小さいものは、カメラを近づけて撮る。すると写真には、どちらの被写体も同じようなサイズに写ります。仮に、もとの画用紙のサイズがバラバラだった場合、写真に収めることで、それぞれのサイズの比率が変わってしまった可能性がある。

つまり、パズルのピースの大きさがバラバラになってしまったんです。これではどう組み合わせたって、だまし絵が完成するはずありません」

「じゃあ、元の比率に戻せばいいのか？　でもそんなの、実物を見なきゃわからないだろ」

「はい。しかし、推測はできます。５枚の絵には、基準となる軸があるからです」

「軸……番号のことか？」

「ええ。佐々木さんの言う通り、番号が同じ位置に来るように絵を重ねれば、絵は完成します。ただし、注目すべきは番号ではなく、**番号を囲む丸**なんです。ほら、見てください。丸の大きさが違うでしょ？　我々の推理が正しければ……つまり、番号が絵をつなぐ軸になるならば、もともと、**すべての丸は同じ大きさで描かれていた、と考えるのが自然です**」

「じゃあ、丸の大きさが同じになるように、それぞれの絵を拡大・縮小すれば、元の比率に戻るってわけか」

「そうです。それをやるために、ここにお呼びしました。ちょっとお借りしますね」

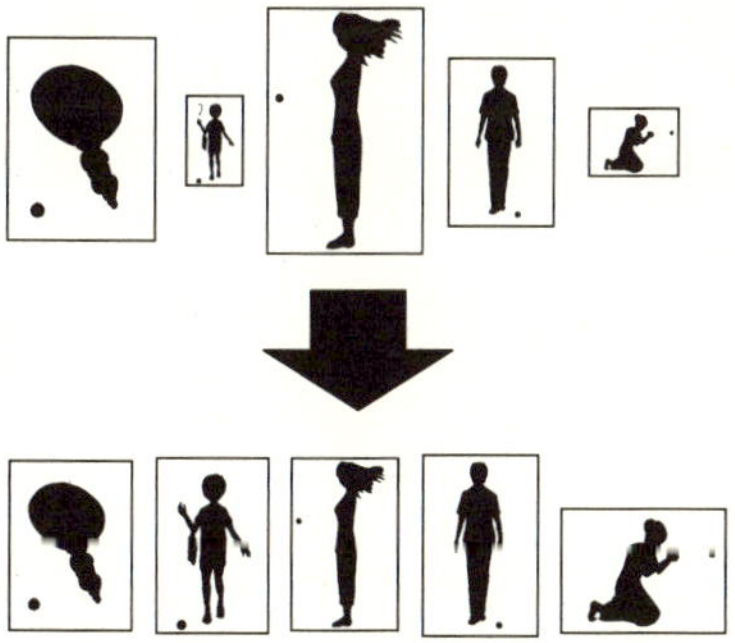

先ほど佐々木が冊子からちぎった5枚の紙を手に取ると、栗原は部室の隅に置かれた、プリンターのほうへ歩いていった。

「えーと……この絵は、20パーセント拡大……こっちは10パーセント縮小……こっちは……」

ぶつぶつ言いながら、器用な手つきで操作する。やがて、プリンターから5枚の紙が吐き出された。

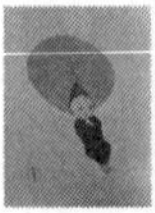

①

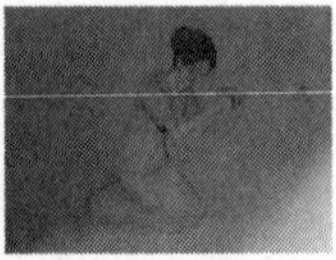

②

③

④

⑤

「できました。おそらくこれが元の比率です」

「こんなに違ったんだな……。よし、重ねてみるか……」

「待ってください。佐々木さんはもう一つ、大きな間違いをしています」

「え？」

「佐々木さんは先ほど、重ねた絵を**蛍光灯**に透かして見たんですよね？」

「そうだよ」

「いいですか？　5枚の絵には、①～⑤の番号が振ってあります。これは、重ねる順番を表しているんでしょう。つまり、順番が違うとだまし絵の仕掛けは成立しないということです」

「まあ……そうなるな」

「ところが、蛍光灯に透かして見てしまったら、順番がどうだろうと……たとえば『①②③』だろうと『②③①』だろうと『③②①』だろうと、見える絵はほとんど同じになります。一緒くたに混ざり合いますからね」

「じゃあ、どうすればいいんだ？」

「佐々木さん。『レイヤー構造』ってご存じですか？」

「レイヤー構造……いや、よく知らない」

「これは、イラストレーターがよく使うものなんですけどね。たとえば、プロのイラストレーターが『野山をバックに、男の子がおにぎりを持ってる絵を描いてほしい』と依頼されたとします」

「ところが、絵を仕上げた後で依頼者から『やっぱりおにぎりじゃなくて、サンドイッチに変えてくれ』とか『男の子を女の子に変えてくれ』とか『野山じゃなくて都会にしてくれ』とか、注文を付けられることがたびたびあるそうです。

そのたびに絵を全部描き直してたら身が持ちません。

だからあらかじめ、いくつかのレイヤー……日本語で言えば、『層』に分けて絵を描いておくんです」

①

②

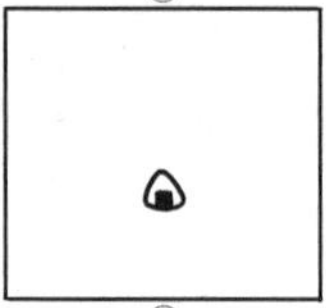

③

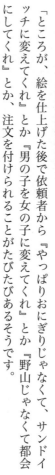

「まず、土台となる①野山の絵を描きます。次に、②男の子の絵を描き、最後に③おにぎりを描く」

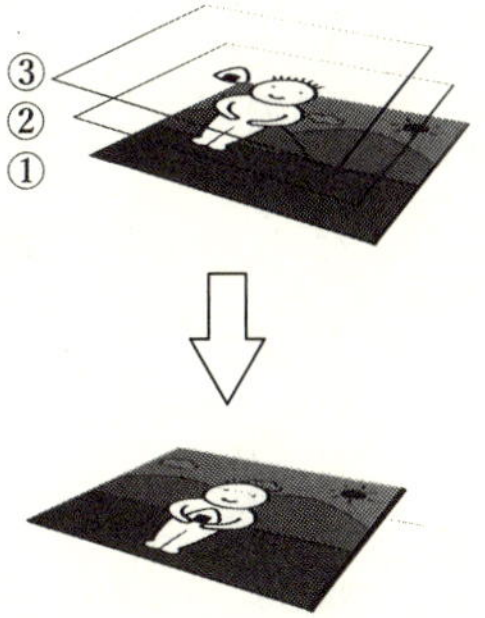

「余白を切り抜き、下から①②③の順番に重ね合わせると絵が完成する。たとえば、おにぎりの絵にケチをつけられたら、③だけ描き直せば済みます。ただし、ここで気をつけなければいけないのは**重ねる順番**です。

たとえば、②と③の順番を逆にしたら、おにぎりが男の子の後ろに隠れてしまう。ゆえに、レイヤー構造においては『順番』が大事なんです。ブログによると、ユキは元イラストレーター。当然、レイヤー構造が体に染みついていたはずです。とするならば……」

③　②　①

「番号①が振られた赤ん坊の絵は、一番下に置く土台。その上に②老婆の絵を重ね、最後に③大人（女）を置く。ためしに、この3枚でやってみましょう」

栗原は①②③の番号がぴったり同じ位置に来るように絵を重ね合わせた。そして、番号を軸に、紙を少しずつ動かしていく。

「ここ……ですかね」

「合ったのか？」

「ええ。では、余白を切り抜いていきましょう」


栗原はハサミを手に取り、紙を切り始める。

そのとき、佐々木は見てしまった。３枚の紙を通して、うっすらと浮かび上がる、おぞましい絵を。鼻歌を歌いながら、紙を切る栗原に、佐々木はおそるおそる問いかけた。


「なあ、栗原。これがどんな絵になるか、お前わかってるのか？」

「はい。昨日やってみたので」

「じゃあ……なんでそんなに楽しそうにしてられるんだよ」

「楽しいからですよ。できました」

完成した『だまし絵』がテーブルの上に置かれる。

『３枚の絵の秘密』……ユキがのこした絵の謎。それは……。

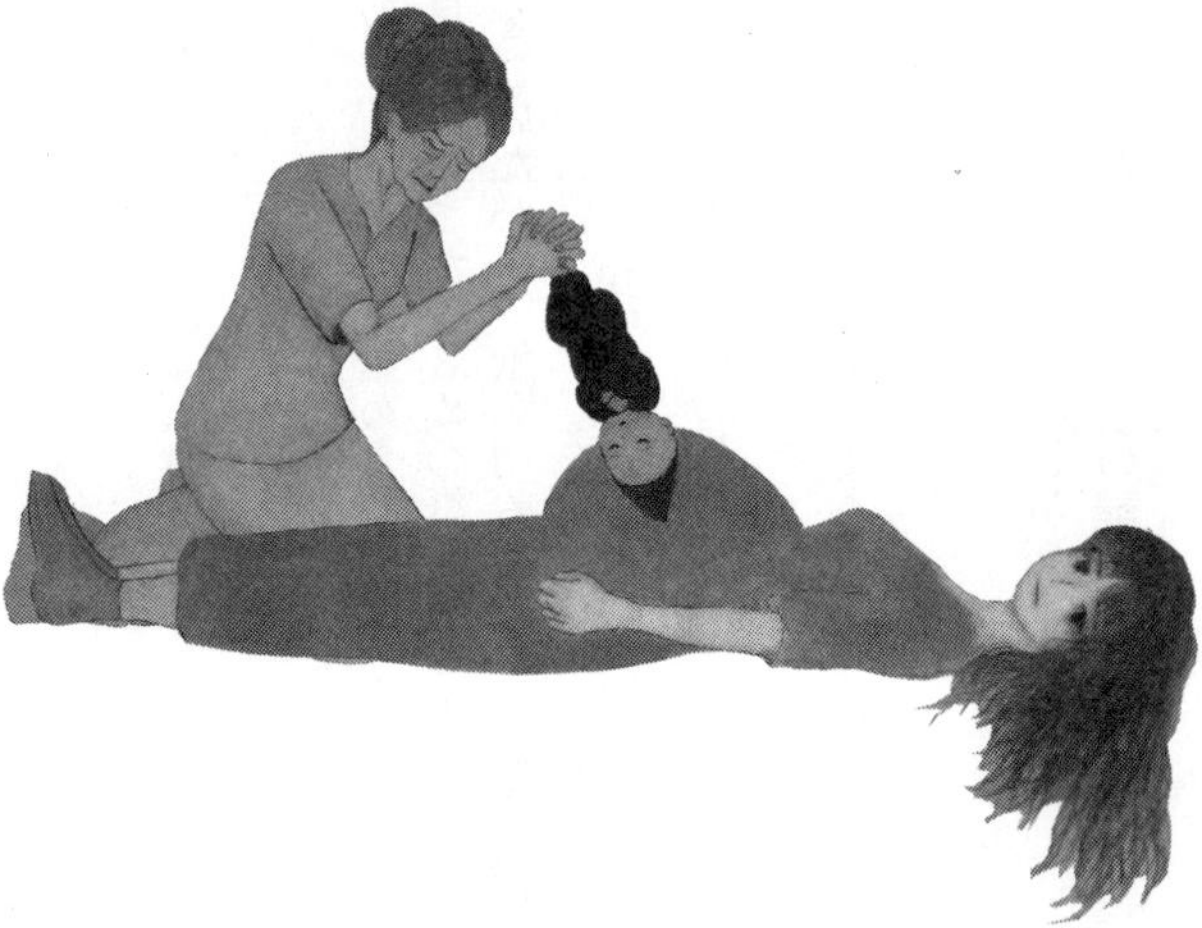

「嘘だろ……そんな……」

「これが、ユキの伝えたかった『秘密』なんでしょうね」

女の腹部にクッションが重なり、妊婦に見える。

赤ん坊がサンタの恰好をしている本当の理由に気づき、佐々木はゾッとした。三角の赤い帽子は、妊婦の腹の裂け目を表現しているのではないか。そして、赤い服は、全身にこびりついた母親の血。**腹を切って、赤ん坊を取り出す場面を描いた絵**。

老婆は祈っているのではない。逆子の足をつかみ、母体から引きずり出しているのだ。彼女の着ている白い服は、祈りのための白装束ではなく、医療従事者が着る白衣。

そして……女の体に目がいく。あまりにも白すぎる肌。見開かれた無表情な目。そして、不自然な角度で固まった腕。

これは、死体を表現しているのではないか。

「まさか、この絵って……」

「はい」

――赤ちゃんはなんとか助かりましたが、ユキちゃんは手術中に亡くなりました。

「ブログに書かれていた内容と同じです。手術によって出産する＝帝王切開です」

「腹を切って赤ん坊を引きずり出す……。まさにこの絵の通りってことか……」


現実に起きたことを、だまし絵で表現したのだとしたら、悪趣味でしかない。

しかし、そうではない。この絵が描かれたのはユキが死ぬ前だ。

ユキは出産間近に、**自分が死ぬ絵**を密かに描いていたということになる。

『未来予想図』……その言葉が心に重くのしかかる。


「ユキは、自分が死ぬことを予期していたっていうのか……？」

「予知能力者だったのかもしれませんね」

「……まあ、そうとでも考えなきゃ、説明がつかないよな……」

「もしくは……自分が殺されることを知っていた……とか」

「……え!?」

「たとえばですよ。産婦人科の職員が、個人的にユキを恨んでいて、出産中に殺そうと企《たくら》んでいたとしたら……」

「いや……それはさすがに……」

「暴論だと思いますか？　でも、逆子にもかかわらず、無茶な自然分娩を勧めたのは病院側です」

――万全に準備すれば、逆子でも安全に出産できるって言ってもらえたからちょっと安心。

「その言葉に従った結果、ユキは難産になり、命を落とした。彼女の死は、病院によって仕組まれた**計画殺人**だった……ともいえます」

「病院の計画殺人……!?」

「ある日、ユキはその計画に気づいてしまった。『自分は出産中に死ぬかもしれない』……それをレンに伝えるため、この絵を描いたのではないでしょうか」

「……いや、百歩譲ってそうだったとして、なんでユキはだまし絵なんかでそれを表現したんだ？　直接レンに相談すればいいじゃないか」

「相談できない事情があったのかもしれません」

―あなたが犯してしまった罪がどれほどのものなのか、僕にはわかりません。

「レンがブログに書いた言葉が本当なら、ユキは以前、なんらかの罪を犯したことになります。文面から察するに、決して軽くない罪でしょう」

「……じゃあ、病院がユキを殺そうとしたのは……その復讐？」

「もしそうだとすれば、レンに相談したら、自分の過去の罪を知られてしまうことになります」

―あなたを許すことはできません。それでも、僕はあなたを愛し続けます。

「『あなたを許すことはできません』……つまり、ユキの罪はレンにも関係があるということです。だから言えなかった。もしかしたら、ユキは罪を悔いて、死を受け入れようとしていたのかもしれません。そして、自分が死んだ後で、真相をレンに知ってもらうため、暗号のようなダイイングメッセージを残した……」

「そんな……」

「……まあ、これは単なる僕の憶測です。あまり本気にしないでください」

「いや……お前……」

「いくら考えたところで本当のことはわかりませんよ。しょせん僕らは、彼らと何の関係もない他人なんですから」

＊＊＊

部室を出た二人は、大学近くの定食屋で夕飯を食べ、それぞれの帰路についた。別れ際、栗原は言った。

「佐々木さん。就活忙しいのに、今日は付き合わせちゃってすみませんでした」

「いいよ。久しぶりにサークル活動できて楽しかった。ありがとな」

「こちらこそ。……明日からまた忙しいんですか？」

「ああ。明日は説明会が二社入ってる。それが終わったら講義だ」

「大変ですね……。僕はあのブログについて、色々考えてみようと思います」

「じゃあ、真相がわかったら教えてくれよ」

「はい。必ず」

帰り道、佐々木は頭の中で栗原の推理を整理した。

・過去、ユキは何らかの罪を犯した。
・そのことでユキを恨んでいた産婦人科の職員は、無理な出産方法を勧めることで、間接的にユキを殺害しようと企んだ。
・ユキはその企みに気づき、ダイイングメッセージとして、だまし絵を描いた。
・それに気づかず、レンは嬉々《きき》として絵をブログにアップした。
・その後、ユキは出産中に命を落とした。
・ユキの死から数年後、レンは絵の秘密に気づき、ユキの死の真相と、彼女の罪を知った。

やはり、突飛すぎると思った。

そもそも、自分を恨んでいる人間が勤めている病院に、わざわざ行く意味がわからない。殺人計画に気づいたなら、警察に相談すればいい。別の病院で出産することだってできたはずだ。なぜ、ユキは助かろうとしなかったのか。

彼女がやったことといえば、だまし絵を描いただけ……。

「だまし絵……そういえば……」

佐々木は重要なことを思い出す。

先ほど栗原は、3枚の絵の秘密を解き明かした。

しかし、絵は全部で5枚。あと2枚残っている。あの2枚は何のために描かれたのか。もしや、あれらもだまし絵になっているのではないか。

佐々木はカバンの中から、栗原がプリンターでサイズを調整した、『④子供』『⑤大人（男）』の絵を取り出した。そして、番号が同じ位置に来るように、2枚を重ね合わせる。その瞬間、衝撃が走った。

「まさか……これって……」

余白を切り取る必要はなかった。街明かりに照らされた、2枚の紙は透き通り、一つの絵を形作った。

手をつないで歩く、父子の絵。

（これが、二つ目の未来予想図……）

ユキは、自分がいなくなった後の未来をイメージして描いたのだろうか。いったい、どんな気持ちで……？


佐々木は、栗原に会いたくなった。栗原の解釈を聞きたかった。

方向転換して、元来た道を走り出す。まだ遠くには行っていないはずだ。

しかし、どこまで走っても、栗原と再会することはできなかった。

第一章「風に立つ女の絵」おわり

第二章　部屋を覆う、もやの絵

今野優太

今野優太《こんのゆうた》の父親・武司《たけし》が死んだのは、三年前の冬だった。

当時3歳だった優太は、その意味をしっかりとは理解できていなかった。だから、泣いたり、悲しんだりはしなかった。ただ、いつもは穏やかなママが激しく取り乱す姿に、ただごとではない何かが起きたことを感じ、とても不安で恐ろしい気持ちになった。

優太はもうすぐ6歳になる。父親と過ごしたわずかな記憶はどれも、もやに覆われたようにおぼろげだ。しかし、その中に一つだけ、くっきりとしたものがあった。

それは三年前の夏……父が死ぬ、ほんの数か月前のことだった。その日、優太は父に連れられ、墓参りに行った。家から歩いて十分ほどの場所にある霊園だった。カンカン照りの青空の下、麦わら帽子をかぶった優太に、父は優しい声で何かを言った。

それが、どんな内容だったのか、優太はずっと、思い出せずにいる。

記憶の中で、蟬《せみ》の声だけが、うるさく鳴り続けている。

今野直美

今野直美《なおみ》は暗い気持ちで、夕飯の支度に取り掛かった。長ネギの外皮をむき、包丁でみじん切りにしていく。その間も、意識は隣の部屋に向いている。リビングは静かだ。おそらく優太は、まだソファの上で、半べそで拗《す》ねているのだろう。フライパンを火にかけ、油を引く。きざんだ長ネギを入れ、炒め始める。頭の中では、様々な思いがぶつかり合う。

（さすがに叱りすぎたかもしれない）

（でも、これは教育だから）

（もっと違う言い方があったんじゃないの？）

（優しい口調じゃ、伝わらないこともある）

長ネギに火が通り、甘い匂いが立ち込める。冷蔵庫からひき肉を取り出し、フライパンに投入する。

優太は、お絵描きが好きだ。小さい頃は、ミミズのようにうねった線ばかりを楽しそうに描いていたが、今では人や動物、乗り物など、様々な絵を描けるようになった。最近は道具を使うことも覚えた。特にお気に入りなのが、『お絵描き定規《じょうぎ》』だ。

長方形の透明な定規に、丸や三角、星形などの穴が開いている。その穴をペンでなぞると、子供でもきれいな図形を描くことができる。それが楽しくて仕方ないらしい。そのこと自体はいっこうに構わない。画用紙になら、いくらでも描いていい。しかし、どうしてフローリングに……？　よりにもよって油性ペンで……？　しかもこれが初めてではない。この前はトイレの壁に、その前は柱に……。クレンザーを使い、何度もこすったが、少し薄くなるだけで、完全に消えることはない。

『子供の好奇心は無限大。落書きだって大事な自己表現の一つです。叱るなんてもってのほか』と、以前読んだ育児書に書かれていた。その著者は、一戸建ての持ち家に住んでいるらしい。

「賃貸に住んでいても同じことが言えるのか？」……直美は心の中で毒づいた。

ひき肉に火が通ったことを確認すると、絹ごし豆腐を手の上で小さく切り分け、フライパンに放り込む。じゅわわわ！　とけたたましい音が響く。麻婆豆腐の箱を開け、レトルトパックからタレを流し込む。直美は辛党だ。若い頃は甘口なんて食べられたものじゃないと思っていた。しかし、子供が生まれてからは、まろやかな甘いタレも、それはそれでおいしいことを知った。麻婆豆腐が煮立った頃、炊飯器からメロディが鳴った。

直美は「ふー」と息を吐き、気持ちを切り替えるように口角をきゅっと上げて、リビングに向かう。

「優ちゃん、ご飯だよ」

ソファの上の優太は、探るような目を直美に向ける。ママの機嫌が直ったのか、それともまだ怒っているのか、表情から読み取ろうとしているのだ。

(私も子供の頃、親に怒られた後に、こういう顔をしてたのかな)

直美は、普段より優しい声で、「もうママ怒ってないよ。ほら、一緒にご飯食べよ」と言って笑った。

「……うん。食べる」

優太の顔から、緊張が少しずつ消えていった。

＊＊＊

食事を終え、優太を風呂に入れ、寝かしつけてから、食器を洗い、洗濯物をたたんで、やっと一息ついたと思ったらもう11時だ。リビングのソファに体をしずめると、一日の疲れが一気に押し寄せる。もう若くはない。これから一人で、あの子を育てていけるのだろうか。パートタイムの安い時給と扶養手当では、貯金もまともにできない。今住んでいるマンションは都心では安いほうだが、それでも毎月の家賃はきつい。

進学、受験、就職……次々とやってくる人生の節目に、満足なお金を出してあげられるだろうか。優太を守ってあげられるだろうか。

まるでゴールのない長距離マラソンを走っているようだ。

さらに、怖いのは未来だけではない。直美には最近、大きな気がかりがある。

『誰かに付きまとわれている』……最初にそう感じたのは二日前の夜だった。仕事を終え、保育園から優太を連れて家に帰る途中、突然、背後に視線を感じた。振り返ったが、誰もいなかった。気のせいかと思った。

しかし次の日も、不穏な気配は、家路をたどる二人の後をつけた。

そして今日の帰り道、遂に疑念が確信に変わった。優太と一緒に、家の近くのコンビニで買い物をして外に出ると、店の前に軽自動車が停まっていた。近所ではあまり見かけない車種だったので、少し不思議に感じた。

二人が歩き始めると、追いかけるように、軽自動車もゆっくりと動き出した。緊張が走る。車は二人の後ろで、一定の距離を保ちながら、徐行を続けた。明らかにおかしい。走って逃げるべきか。立ち止まるべきか。振り返るべきか。そのいずれも危険な気がして、優太の手をきつく握りしめたまま、歩き続けた。

しばらくすると、直美たちの住むマンションが見えてくる。

「優ちゃん、急ぐよ」

直美は優太の手を引いて、足を速めた。

逃げ込むようにマンションのエントランスに入る。二人が中に入った直後、車は急に速度を上げ、走り去っていった。やはり、二人をつけていたのだ。

「もし、武《たけ》ちゃんがいてくれたら……」

部屋の隅に置かれた、小さな仏壇を眺めてつぶやいた。むなしい空想だが、毎晩考えてしまう。優太の、たった一人の父親・武司は、今では写真立ての中で微笑むだけだ。

直美は重い腰を上げ、仏壇に供えた麻婆豆腐の入った小皿を手に取り、台所に行ってラップをかけ、冷蔵庫にしまった。これは直美の明日の朝食になる。リビングに戻り、写真立てに手を合わせると、ようやく寝室に入った。

優太はもうすっかり寝息をたてていた。泣き疲れたせいもあるだろう。最近、優太の顔が武司に似てきた。武司のように育ってほしい。そっと願い、布団に入った。

＊＊＊

「あのね？　私、いつもこちらのスーパーで買い物させてもらってるんですよお。ですけどね、こういう不親切な対応をされてしまうと、もう来たくないって思ってしまうでしょお？」

袋詰めの順番が気に入らなかったらしく、老年の女性客は、かれこれ五分近くも、直美を責め続けている。

「あなた、接客というものを一から勉強なさったほうがいいわよ。ネームプレート見せてちょうだい。『今野』さんね。このことは、あとでお店に報告させていただきます。もう、気分悪くなっちゃったわ！」

吐き捨てて、怒りながら歩いていく後ろ姿を、直美は頭を下げたまま見送った。レジの時計を見ると、すでに定刻の6時を過ぎている。

タイムカードを押し、急いで着替え、小走りで店を出た。優太の保育園は、夜7時まで子供を預かってくれる。とはいえ、6時を過ぎる頃には、ほとんどの子供は帰ってしまう。お迎えの遅い子は、保育室で先生と二人、親を待つことになる。その寂しい光景を、直美は何度も見てきた。ただでさえ、ひとり親の優太に、これ以上孤独な思いはさせたくない。その一心で、直美は走る。


到着したのは、6時15分少し前だった。

門をくぐり園庭に入ると、「あ！　優太くんのママだ！」という、かわいらしい声が聞こえた。前から、三つ編みの女の子と、ひげをたくわえた大柄の男性が歩いてくる。優太と同じクラスの米沢美羽《よねざわみう》と、その父親だ。美羽はクラスの中でも、特に優太と仲良くしてくれているらしい。直美は少しかがんで「こんばんは、美羽ちゃん」と笑顔で言った。その後、目線を上げて父親と挨拶《あいさつ》を交《か》わす。

「米沢さん、お疲れ様です」

「今野さんもお疲れ様です！　お互い、毎日大変ですね」

「ええ、本当に」

「そうだ。来月、うちの庭でバーベキューやるんで、よかったら優太くんと遊びに来てください！　食いきれないくらい牛肉、用意しますから！　『米沢』だけにね」

「……え？」

「あの、ほら、『米沢牛』ってあるじゃないですか。僕らの苗字も『米沢』だから……その、米沢家の買った牛、略して米沢牛……なんちゃって」

「パパ、スベってるよー」

横から美羽が不満げに言う。その絶妙なかけ合いに、直美は思わず吹き出してしまった。

「いやー、僕またスベっちゃったかー、美羽は厳しいなー」

米沢・父は照れ隠しのように笑い、娘と手をつないで楽しそうに門を出て行った。

直美は二人の背中を微笑ましい気持ちで見送った。

米沢家の奥さんは、現在、末期のがんで入院していると聞く。今月末には退院して、在宅ケアに切り替えるという。それぞれの家庭に、色々な事情がある。

（みんな、つらくても明るく生きてるんだ。私も頑張らなくちゃ）……直美は、少しだけ元気をもらった気がした。

保育室では、優太と若い担任保育士の春岡美穂《はるおかみほ》が、ジグソーパズルをして遊んでいた。やはり、今日も最後の一人になってしまったようだ。

「遅くなってごめんね！　優ちゃん」と声をかけると、優太はちらりと直美のほうを見て、パズルに目を戻した。

「ママ、ちょっと待ってて。まだパズル終わってないから」

幼い声に似合わない、ぶっきらぼうな言い方だ。迎えに来ると「ママー！」と駆け寄ってきたのは4歳の半ばまで。最近は、外でママとべたべたするのはカッコ悪い、という感覚が芽生え始めたらしい。直美としては少し寂しいが、男の子はそれくらいのほうがいいのかもしれない。

パズルとにらめっこする優太に、保育士の春岡が言った。

「ねえ、優太くん。先生、ママとお話したいことがあるから、ちょっと一人で待ってられるかな？」

直美はドキッとする。何かあったのだろうか。

優太は不服そうな顔をしたが、春岡が「先生たちが戻ってきたら、完成したパズル見せてよ！　楽しみだなあ！」とハッパをかけると、がぜんやる気を出したようだった。

春岡は直美を職員室へ案内した。

「お疲れのところ申し訳ありません。どうぞ、こちらにおかけになってください」

「すみません。失礼します」

直美がパイプ椅子に腰を下ろすと、春岡も同じものを持ってきて、隣に座った。

「最近、優太くん、お家で変わったことはありませんか？」

「変わったこと……というと……？」

「たとえば……怖いテレビにハマってる……とか……」

「怖いテレビ……？　いえ……特にそういうものは、見せていませんが……。あの、優太に何かあったんですか？」

「ええ……ちょっと、お待ちください」

春岡は立ち上がり、職員用デスクから、分厚いファイルを持ってきた。中にはたくさんの絵が入っている。子供たちの描いたクレヨン画だ。

「今日の午後、クラスでお絵描きをしたんです。もうすぐ母の日ですよね。だから、プレゼントとして『お母さんの絵』をみんなに描いてもらったんです。それで……えーと、これが優太くんの絵なんですけど……」

手渡された画用紙を見て、直美はぎょっとした。

右端に描かれた二人の人物は、優太と直美だろう。真ん中の建物は二人の住むマンションだ。階数、部屋の数、入口の場所など、かなり正確に再現されている。人間と比べて、マンションが小さすぎるのはご愛敬《あいきょう》として、奇妙なのはその上部だ。

最上階の真ん中の部屋が、灰色でぐちゃぐちゃに塗られている。

そこは、直美たちの住む部屋だ。

「春岡先生……この灰色のぐちゃぐちゃは……優太が……自分で……？」

優太は絵を描くのが好きだ。お気に入りの絵が描けると、寝転がって満足そうに眺めたりもする。直美はそれを『自画自賛タイム』と呼んで、愛《いと》おしく思っていた。そんな優太が、自分の作品にこんなことをするはずがない。たとえば、近くの席の子にイタズラをされたのではないか……同じクラスの子を疑いたくはないが、どうしても考えてしまう。そんな直美の気持ちを察したように、春岡はこう言った。

「たしかに、お絵描きや工作の時間に、友達にちょっかいを出してしまう子は、一定の割合でいます。本人に悪気はないんですが、されたほうは傷つきますよね。ですので、そういったことが起こらないように、みんながちゃんと自分の作業に集中できているか、注意深く見るようにしているんです。今日に限って言えば、誰かが優太くんの絵にイタズラをする、というようなことは、ありませんでした」

「そうですか……」

「ただ……これは私の力不足なんですが、それぞれの子が、どんな手順で絵を描いているかまでは、しっかりと把握できていなくて……。優太くんの絵がおかしいと気づいたのは、完成してからでした。だから、優太くんがどういう経緯で、ここに灰色を塗ったのかはわからないんです。申し訳ありません」

「そんな、謝らないでください。お一人でたくさんの子供を見られてるんですから、そこまで把握するなんて無理ですよ」

「……恐れ入ります……」

「……でも、どうして優太はこんなことをしたんだろう」

「実はさっき、本人に聞いてみたんです。そしたら優太くん、『言いたくない』って」

「言いたくない……？」

「優太くん、お絵描きが大好きで、いつもなら自分の描いた絵について嬉しそうに話してくれるんですけど、今日はどうしたんだろうって、とても心配で。ちなみにですが、この建物はご自宅のマンション……ですよね？」

「はい。……塗りつぶされているのは……私たちの部屋です」

「やっぱり……。何か、お家に怖いものでもあるのかなって思ったんですが……」

その言葉を聞き、直美の胸に鈍痛が走った。昨夜のことを思い出す。


「……先生、実は昨日……」

直美は、落書きの件で優太をきつく叱りすぎてしまったことを話した。事実だけを伝えるつもりが、話しているうちに、だんだんと感情が高ぶり、気づけば自分を責める言葉ばかりを吐き出していた。すべてを聞き終えた後、春岡は直美の目を見て、優しく言った。

「……そうだったんですね。でも、その後で仲直りはしたんですよね？」

「はい……」

「優太くん自身、どうして叱られたのか、ちゃんと理解していますよね？」

「それは……はい。叱るときは、必ず理由を伝えるようにしています」

「だったら、たぶん、原因はそれじゃないと思いますよ。ほら……」

春岡は画用紙に描かれた『ママ』の絵を指差した。

「ママの顔、とってもかわいく描いてるじゃないですか。叱られたことを気に病んでいたら、こんなふうには描かないですよ」

「そうでしょうか？」

「ええ、ですから、その点については心配しなくていいと思います。もう少し、様子を見ましょう。今日だけの気まぐれかもしれませんし」

「ありがとうございます……。そう言っていただけると、気が楽になります」

「……って、私なんかが偉そうに語っちゃってすみません！　そうだ、ちょっと待っててください」

春岡は優太の絵を持って立ち上がり、プリンターでそれをコピーした。

「一応、この絵は『母の日のプレゼント』なので、母の日直前までこちらでお預かりすることになっているんです。ただ、やっぱり気になるでしょうから、コピーしたものをお渡ししておきますね」

「ありがとうございます。お気遣いいただいて……」

「いえいえ……あと、今日この絵をお見せしたことは、優太くんには内緒にしておいてください。サプライズプレゼントなので」

「あ、そうですよね。サプライズか……。ふふ……驚く練習しておかないと」

直美は、手渡されたコピー用紙の絵をまじまじと見つめる。そして、あることに気がついた。

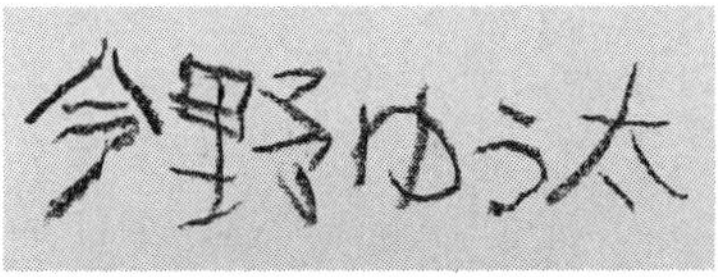

「この字、優太が書いたんですか？」

「そうですよ」

「いつの間に漢字を……」

「実は先週、自分の名前を漢字で書く練習をみんなでしたんです。来年には小学校に上がりますから、そろそろお勉強の準備を始めよう、ってことになりまして」

「そうなんですか……！」

「優太くん、覚えるのが早くてびっくりしました。さすがに画数の多い『優』はまだ難しいけど、それ以外の漢字は、お手本がなくても書けるようになったんですよ」

「……すごいなあ……」

優太はどんどん大人になっていく。嬉しくもあり、ほんの少し寂しくもある。

二人が保育室に戻ると、優太はすでにパズルを完成させて、自慢げな顔をしていた。春岡と直美はオーバーリアクションで褒める。優太は照れながら、嬉しそうにはにかんでいる。いつもと変わった様子はない……直美は少し安心した。

＊＊＊

保育園を出ると、空は夕焼けで真っ赤に染まっていた。

「お腹すいたね」と優太がつぶやく。直美もぺこぺこだった。だが、今日は家事をする気力は残っていない。

「優ちゃん、外食しちゃおっか」

二人は帰り道にある、ファミレスに寄ることにした。食事を終え、店を出ると、あたりはすっかり真っ暗になっていた。二人は手をつないで歩き出す。

大通りを抜け、路地に入ると、遠くにマンションが見えてくる。直美の体が無意識にこわばる。昨日の車のことを思い出す。

（大丈夫……だよね。まさか、四日続けて……）

そのとき、二人の遠く後ろで、かすかなエンジン音が鳴った。低く不気味なその音は、背後にゆっくりと近づいてくる。直美は、まっすぐ家に帰らなかったことを後悔した。この暗がりでは、何があっても、誰も気づいてくれない。

「ママ、後ろ車来てる」

「わかってる。振り向いちゃダメだよ」

「なんで？」

「ダメなものはダメ」

タイヤが地面をなでる音が、すぐ後ろで聞こえる。ヘッドライトが二人を照らす。大小の影が地面に落ちる。

「ママ」

「優ちゃん、走るよ」

直美は優太の手を握り、小走りに駆け出す。

すると、車は明らかに速度を上げた。

(どうして……？　誰が……何のために……？)

恐怖と不安で泣きそうになる。一刻も早く部屋に入って、鍵を閉めたい。安全な場所で落ち着きたい。

マンションの入口が見えてくる。

「優ちゃん、足元、気をつけて」

段差を駆け上がり、ガラス戸を押し開け、エントランスに飛び込む。

世界が明るくなる。蛍光灯をこんなにありがたく思ったのは初めてだ。さすがに、ここまで入ってくることはないだろう。震える膝を落ち着かせ、呼吸を整えながらエレベーターの『▲』ボタンを押す。『6』の数字が光る。ゴンドラが6階にあるということは、1階に降りてくるまで十秒近くかかる。

おそるおそる入口を振り返る。おかしなことに気づく。ガラス戸の外がぼんやりと明るい。車のヘッドライトだ。マンションの前に停車しているのだ。そのとき、外でかすかに『ガチャ』という音が聞こえた。車のドアを開ける音だ。まさか、降りてくるのだろうか？

エレベーターはまだ4階を過ぎたばかりだ。管理人室に逃げ込むことも考えたが、非常駐の管理人は、この時間にはもういないことを思い出した。逃げ場はない。

「優ちゃん、こっちで行かない？」

エレベーターの隣にある『階段』と書かれた扉を指差す。優太は不服そうに「えー？　6階までのぼるの大変だよ」と抗議した。たしかに、直美だって震える膝で階段を駆け上がる自信はない。

もう一度ガラス戸を見る。そういえば、あれから少し経っているのに、ドアを閉める音が聞こえない。ということは、ドアを開けたままこちらをうかがっているのだろうか……？　気味が悪いが、今すぐ襲ってくることはなさそうだ。

数秒後、エレベーターが到着した。優太の手を引いて駆け込み、急いで『6』のボタンを押す。扉がゆっくり閉まり出す。

(早く……早く!)

そのときだった。

閉まりかけた扉の隙間から、直美ははっきりと見てしまった。ガラス戸の外に立つ人影を。

全身、灰色のコートを着ていた。顔はフードで隠していたが、体格から、男だとわかった。

(……誰なの……?)


6階に到着する。あとほんの数歩で我が家だ。緊張がほどけていく。廊下を歩きながら、優太に話しかけた。

「優ちゃん、いきなり走っちゃったりしてごめんね。汗かいたでしょう? 帰ったらすぐお風呂入ろうね」

「その前にユーチューブ見たい」

「えー? お風呂上がってから見ればい……」

そう言いかけたとき、突如、背後に異様な気配を感じた。気配……というより、それは『音』だった。

「ママ……どうしたの？」

「ごめん、優ちゃん。ちょっとだけ静かにして」

　耳をすます。『ぜー……ぜー……』まるで、荒れる呼吸を必死に抑えるような……、低い、男の息。その音は、エレベーターの隣にある『階段』と書かれた扉の向こうから聞こえている。鼓動が一気に高まる。

（まさか……階段で追ってきたの……？）

　直美たちがエレベーターに乗り込んだ後、コートの男は階段を駆け上がり、この階で待ち伏せしていたというのか……。しかし、なぜ直美たちの部屋が６階にあると知っていたのか……。そこで直美は、はたと気づいた。先ほどの優太の言葉……。

『えー？　６階までのぼるの大変だよ』

　……聞いていたのか……？　外から……。

　どうするべきか。エレベーターに引き返し、１階まで降りて外に逃げるか……しかし、そのため

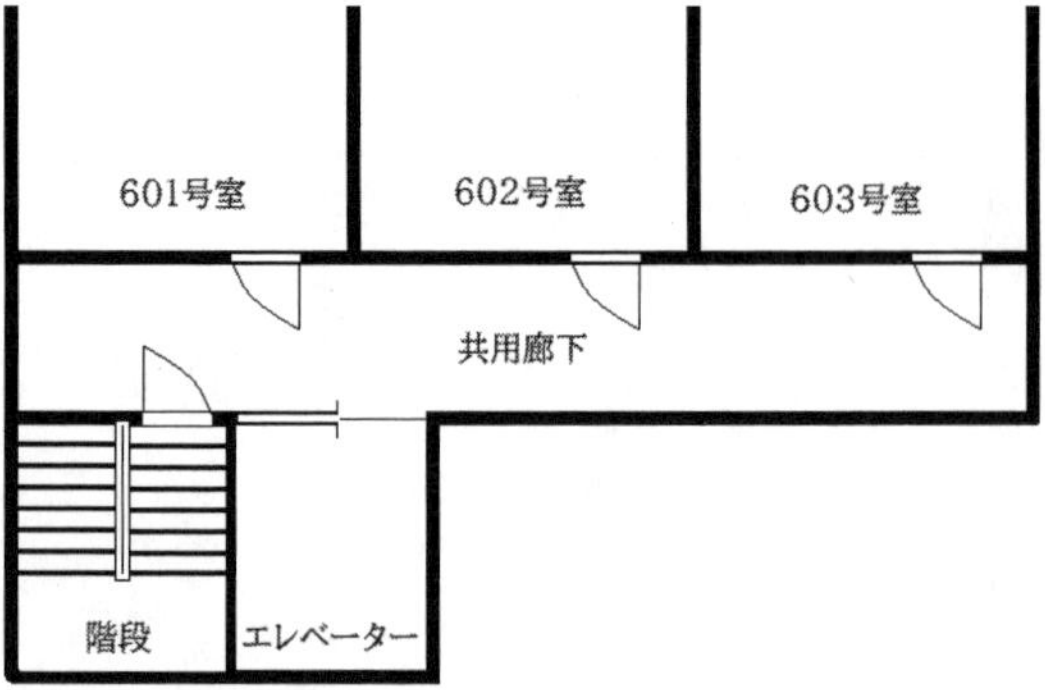

には、あの扉に近づかなければいけない。それは……いやだ。どうしても体が拒絶した。部屋はもう目の前だ。逃げ込むしかない。

カバンから鍵を取り出す。手が震えている。数秒かかって、ようやく鍵穴に差した。そのとき、階段のほうでギーという音がした。重い扉をゆっくり開く音。

（来る……！）

直美はすべての神経を指先に集中し、鍵を回した。ノブに手をかけ、全力で開ける。まず優太を中に入れてから、続いて、自分の体をドアの隙間にねじ込んだ。大急ぎで閉め、まだ震えている手で、鍵とチェーンをかける。ドアスコープから外をのぞく。男の姿は見えない。それからしばらくのぞき続けたが、男が来ることはなかった。

「はあ……」

全身の力が抜けたように、膝から崩れ落ちる。

「ママ……大丈夫……？」

「うん……もう大丈夫……たぶん」

冷静になるにつれ、心の中で違和感が膨らみ始める。男は、何のために待ち伏せしていたのか……？　直美たちがエレベーターから降りて部屋に入るまで、しばらく時間があった。その間に襲うことはできたはずだ。しかし、男はずっと扉の向こうに隠れていた。

ふいに、今さっき聞いた『ギー』という音を思い出す。なぜあのタイミングで扉を開けたのか……？

「……そうか」

直美は、重大なミスを犯したことに気づいた。

男は、二人がどの部屋に入るか見ていたのだ。

「部屋を……知られた……」

その晩、直美は明け方近くまで眠ることができなかった。リビングのソファに座り、ずっと玄関を気にしていた。バールでドアをこじあけ、包丁を持った男が入ってくる……そんな想像を何度もしてしまう。

警察に電話すべきか。しかし、まだ具体的な被害を受けたわけではない。事件として取り扱ってくれるとは思えない。

そして何より直美には、警察に相談したくない、一つの事情があった。

「もう……色々どうすればいいの……？」

力なくうなだれる。ふいに、机の上に置いた紙が目に入る。春岡がコピーしてくれた優太の絵だ。

『何か、お家に怖いものでもあるのかなって思ったんですが……』

もしかしたら優太も、あの男の存在を、どこかで感じ取っているのかもしれない。そのストレスが、この絵に表れたのではないか。だとしたら、今の状態が続くのは、あまりにもかわいそうだ。早くなんとかしなければ……。

（武ちゃん……私たちを守って……）

直美は武司の仏壇をすがるように見つめた。

午前4時を過ぎると、だんだん空が白み始める。二時間後には、いつもと同じ忙しい一日が始まる。

(少しだけでも眠らないと……)

直美は鉛のように重い体をひきずり、寝室に入った。優太の乱れた掛布団を直し、隣の布団になだれ込む。アラームを6時にセットし、目を閉じると、意識は数秒で消えていった。

＊＊＊

目を覚ました瞬間、嫌な予感がした。窓から差し込む朝の光が、普段よりも明るい。時計を見ると、7時半を過ぎていた。

「まずい……」

布団から飛び起きる。いつもなら家を出る時間だ。

「優ちゃん、起きて！　寝坊しちゃったみたい！」

隣の布団を見た瞬間、ヒヤリとした。

優太がいない。

「……トイレ……だよね」

自分を落ち着かせるようにつぶやき、トイレに向かう。しかし、優太はいなかった。

リビングにも、台所にも、ベランダにも、クローゼットにも……どこにもいない。

心臓が口から飛び出そうになる。

（まさか……外に？　そんなはずは……。一人で出かけたことなんて……今まで一度も……）

サンダルをひっかけ、ドアを開けようとして、気づいた。鍵がかかっていない。ドアチェーンも外れている。下を見ると……優太の靴がない。

直美は、声にならない悲鳴を上げた。

春岡美穂

「……はい……はい……。こちらでも、できることがあれば何でもご協力しますので、いつでもご連絡ください。ご無事でいること願っております。……いえ、……大丈夫ですよ。……はい……では、失礼いたします」

春岡美穂は受話器を置いた。

「春岡先生、何かあった？」

横から、同僚のベテラン保育士、磯崎《いそざき》が尋ねる。

「実は……」

＊＊＊

数分前のことだった。いつものように出勤し、忙しく朝の雑務を片付けていると、職員室の電話が鳴った。今野優太の保護者、直美からだった。

〈今野です！　お忙しいところ申し訳ありません！　優太……今野優太は、そ、そちらに行っていませんでしょうか？〉

パニック状態にあることは、電話越しにもよくわかった。春岡は、保育士学校で習った対処法を実践した。

「今野さん？　大丈夫ですか？　まずは落ち着いて、深呼吸をしてください。……吸って……吐いて……吸って……吐いて……何があったか教えていただけますか？」

直美は興奮しながらも、しっかりと順序立て、優太が家からいなくなったことを伝えた。

「それは心配ですね……。優太くん、今のところ、こちらには来ていないようです」

〈やっぱり……。本当に、どこ行っちゃったんだろう……〉

「警察には、連絡されましたか？」

〈警察……〉

なぜか直美は口ごもる。

〈いえ……これからするつもりです。……あの、そういうことですので、本日は、保育園はお休みします。見つかったらすぐに連絡します。ご心配かけてすみません！〉

直美は慌ただしく電話を切った。

＊＊＊

「そうか……。心配だね。何かあったら言って！　じゃあ、私行くから！」

春岡の話を聞き終えた磯崎は、短い言葉だけを残し、慌ただしく職員室を出て行った。他人が見たら、薄情だと思うかもしれない。しかし、そうでないことを、春岡は重々わかっていた。

磯崎の担当する『乳児クラス』は0～2歳児を預かる、いわば『赤ちゃんクラス』だ。数秒の油断が、園児の命に関わる。他のクラスのことに親身になる暇などなくて当然なのだ。

一人になった職員室で、春岡は優太のことを考える。彼を受け持って、もう二年になる。自分のクラスの園児に対しては、たとえほんの数年で巣立っていくとしても、やはり我が子のような思い入れを持ってしまう。本当は、今すぐ外に出て、走り回って優太を捜したい。

しかし、もうじき他の子供たちが登園してくる。プロとして割り切らなくてはいけない。春岡は立ち上がり、保育室に向かった。

春岡が担任を務める『年長クラス』には、現在、22人の園児が在籍している。今日来ているのは、優太を除く21人だ。全員がすでに5歳を迎えているこのクラスは、磯崎の『赤ちゃんクラス』に比べれば、ずっと手はかからない。しかしその分、園児個々人のエゴは強くなり、大人顔負けのズルさや悪知恵を発揮する子も出てくる。ただの『優しい先生』では務まらない。仏の顔と鬼の顔を、京劇の面のごとく、せわしなく使い分ける必要がある。

「はーい、みんなおしゃべりやめてー！　お名前呼んでいくから、呼ばれたらお返事ねー」

そんな春岡の声をわざと無視して、数人のやんちゃな男子たちがはしゃぎ続ける。

(これは鬼の出番かな……)

そう思った瞬間、彼らの声をかき消すような大声が、部屋に響いた。

「ねえ！　先生！　なんで優太くんいないの!?」

米沢美羽だ。美羽は優太と隣の席同士ということもあり、普段から彼のことを気にかけている。優太はそのおせっかいに、ときどき迷惑そうな顔をすることもあるが、だからといって嫌がることもなく、仲良くしている。

「えーと、優太くんはね……今日はお家の用事があってお休みなの」

「えー？　昨日、優太くん、そんなの言ってなかったー。明日、来たら聞いてみよー！」

しまった、と思った。うかつに嘘をつくべきではなかった。しかし『行方不明』と伝えて子供たちを動揺させるのもよくない。こういう場合、なんと言えばいいのだろうか……。

今野直美

春岡と電話で話したことで、直美は少しだけ落ち着きを取り戻した。そして、自分がまだパジャマを着ていることに気づいた。急いで着替え、1階の管理人室に向かう。

太った50過ぎの管理人は、受付の中で、眠そうにパソコンを打っていた。

「あの、失礼します。602号室に住んでいる今野と申します。今朝、うちの息子が一人でどこかに行ってしまったみたいで……。防犯カメラの映像を見せていただけませんか？」

直美の顔をちらりと見ると、管理人は面倒くさそうに言った。

「いいけど……うちのマンション、管理費が低いんで防犯カメラは、そこの入口にしか付けてないんですよ。それでもいいですか？」

「ええ！　もちろん構いません」

「……わかりました。ちょっと待っててください」

管理人はパソコンのキーボードをカタカタと叩く。

「えーと、息子さんがいなくなったのは、何時頃ですか？」

「朝7時半より前、というのは確実なんですが、詳しい時間はわかりません」

「7時半より前ね。………ん？　もしかして、この子ですか？」

直美は受付の外からディスプレイをのぞき込む。そこには、一人で外に駆け出していく優太の姿が映っていた。

「そうです！　この子です！」

直美はひとまず胸をなでおろした。

優太は一人ででかけた……ということは、昨夜の男は無関係だ。

「お忙しいところ、ありがとうございました」

「いや、別に忙しくはないんですけどね。……そうですか。こんなに小さいお子さんなんですね。そりゃあ心配だ。警察に電話しましょうか？」

「いいえ……大丈夫です」

春岡美穂

保育園の午前中は、いつものように慌ただしく過ぎ去っていった。

給食を食べ終わると、園児たちはお昼寝の時間だ。見守り当番以外の保育士は、ほぼ全員職員室に戻る。落ち着いて自分の仕事をできる、ごくわずかな時間だからだ。

春岡もデスクに戻り、事務作業を始めた。しかし、どうしても集中できない。優太のことが気になってしまう。朝からずっと、夢中で子供たちの世話をすることで、多少、気が紛れていたのだと気づく。あれ以来、直美から電話はない。まだ見つかっていないのだ。ふと、昨日の絵のことを思い出す。

ファイルから優太の絵を取り出して眺める。灰色で塗りつぶされたマンションの部屋。この絵と、今朝の失踪。何か関係があるのではないか。

『自分の住む部屋を塗りつぶす』……いったいどんな心理だろう。

春岡は、保育士学校時代のことを思い出す。

発達心理学の授業で、一度だけ、特別講師が来て『絵』に関する講義をしたことがあった。その講師は、老年の女性心理学者だった。彼女は、子供の心を読み解くうえで、いかに『絵』が重要か力説していた。

「この話をすると、みなさん、びっくりした顔をするんですが……」と言って、講師は黒板にチョークでひし形を描いた。

「これは、ひし形。またはダイヤ形とも言いますね。さてみなさん、ご自分のノートに、この図形を描いてみてください」

なぜそんなことをさせるのか、といぶかしく思いつつも、学生時代の春岡は、ルーズリーフの端に、ひし形を描いた。

「できましたか？　『難しくてできないよー！』って人いる？」

講師がおどけた調子で言う。教室内で乾いた笑いが起こる。

「いませんよね？　大人なら簡単にできることです。では、同じことを小さな子供にやらせるとどうなるでしょう」

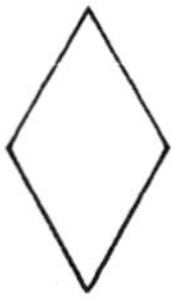
①お手本のひし形

②ケンスケくんの模写

講師は、黒板に一枚の紙を貼った。
「これは私の親戚の子供、ケンスケくんという3歳児が描いた『ひし形』です」

どよめきが起こる。そこに描かれていたのは、ひし形とは似ても似つかない、ギザギザの線だった。

「これ、ひし形に見える人いますか？　いませんよね。ケンスケくんは『ひし形』の絵を見ながら、そっくりそのまま模写しようとしました。その結果、このギザギザの線が仕上がったんです。彼は決してふざけたわけではありません。また、彼には発育上、何の問題もありません。実は、ひし形をこのように描く子供は、とても多いんです」

学生たちの関心が、講師の言葉に集まる。講師は気をよくしたように、得意げな顔で話を続ける。

「ケンスケくんは、ひし形の絵を見てこう思ったんでしょう。『これ、触ったら痛そう』って。ほら、ひし形って、先っぽの部分が鋭く尖ってるでしょ？　彼はまず頭の中で、尖った部分を指で触る想像をしたんです。子供は想像力が豊かですからね。そして、触ったときに感じるチクチクとした『痛み』も想像してしまった。彼はその『チクチクとした痛み』を絵で表現したんです」

講師は、ギザギザの絵を指差す。

「私たち大人は、目に見えるもの……『実物』を絵に描くことができます。しかし子供は、頭に浮かんだ『イメージ』を描くんです。まるでアーティストですね。『子供はみんな芸術家』などと言ったりしますが、それはあながち間違いではないんです」

優太の絵を見つめながら、春岡は、講師の言葉を思い出す。

子供は目に見える『実物』ではなく、頭の中に浮かんだ『イメージ』を描く……この絵を描いたとき、優太の頭には『灰色のぐちゃぐちゃ』が浮かんでいた、ということだろうか。

優太の気持ちが知りたい。春岡は絵を持って、保育室に向かった。

＊＊＊

誰もいない保育室で、春岡は職員用デスクから、クレヨンと画用紙を取り出した。そして、優太の絵を見ながら真似して描き写してみる。それをしたところで、何がわかるわけでもない。しかし、実際に手を動かすことで、この絵を描いたときの優太の心境に、少しでも近づきたいと考えた。

黒いクレヨンを手に取る。まずは画用紙の中央にマンションを描く。続いて灰色のクレヨンで、6階の真ん中の部屋を塗りつぶす。

すると、先ほど黒いクレヨンで描いた線がにじんで、灰色のクレヨンと混ざり合い、不気味な色合いが生まれる。春岡は違和感を覚えた。何かが違う。

優太の絵と自分の絵を見比べる。そして奇妙なことに気づく。

春岡の絵

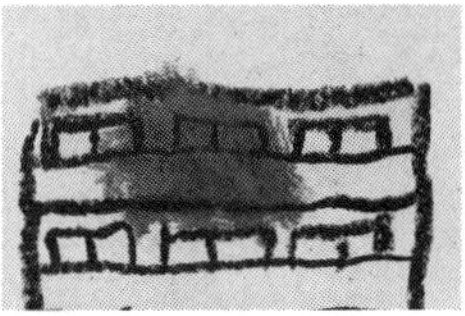
優太の絵

優太の絵は、黒と灰色が混ざっていない。灰色で塗りつぶされた部分に、黒い線がくっきり残っているのだ。これほど強く塗りつぶせば、下に描かれた黒い線は、にじんで灰色と混ざるはずだ。なぜ、混ざっていないのか。

春岡はしばらく考え込み、そして、あまりにも単純な答えに行きついた。

「そうか、マンションを後から描いたんだ」

優太は、マンションに灰色のクレヨンを塗ったのではない。まず、画用紙の一部を灰色で塗りつぶし、その上にマンションを描いたのだ。黒い線は、灰色の上に描かれた……そう考えれば、線がにじんでいないのも納得できる。しかし……。

「優太くんは、どうしてそんなことを……」

もう一度、絵をじっくりと見直す。そして、ある一点に目が留まった。

灰色がほんの少しだけ、マンションの輪郭線を越えて、外にはみ出している。そこだけは、なぜか黒い線がにじみ、灰色と混ざっているのだ。つまり、輪郭線だけは、灰色が塗られる前に描かれたということだ。春岡は、混乱した頭を整理する。
優太は、まずマンションの輪郭となる、縦長の長方形を描いた。その後、長方形の

上の部分を灰色で塗り、最後に『部屋』を描き込んだ。輪郭→灰色→部屋。この不可思議な順番は何を意味するのか。

そのとき、突然、保育室の扉が開いた。見ると、磯崎が立っていた。

「お取り込み中ごめんね。優太くんってさ、もう見つかったの？」

「いえ、まだだと思います」

「そうか。あのさ、警察って来ないのかな？」

「え？」

「いや、実はね。私が以前に勤めてた保育園で、同じようなことがあったのよ。そのときは6歳の女の子だったんだけどね。突然、家からいなくなっちゃって、警察騒ぎになったんだ。まあ、結局はすぐに見つかったんだけど。隣の区に住んでるお祖母《ばあ》ちゃんに会いに行こうとしたんだって。無事でなによりだったんだけどさ。その日は午前中から、保育園にお巡《まわ》りさんが来て、色々聞かれて大変だったのよね。今回は、そういうことないのかしら？」

「……そういえば、そうですね」

「まあ、警察署によって方針が違うのかもね。ごめんね、忙しいところ声かけちゃって」

「いえ、気にかけていただいて、ありがとうございます」

「ところで、それ、何やってるの？」

「ああ、これは……」

春岡はこれまでの経緯を説明した。

「……で、優太くんがどういう気持ちで、この部分を塗りつぶしたのか、考えているんです。磯崎先生、どう思いますか？」

「そうね……。『修正した』って可能性はないかしら」

「修正？」

「クレヨンってさ、色鉛筆と違って消しゴムで消せないでしょ？　だから、絵を失敗すると、失敗した部分を上から塗りつぶして消そうとする子がよくいるのよね」

「あ………」

「ごめん！　もう行かなきゃ。何かあったらすぐ教えてね！」

　磯崎は廊下を駆けていった。

　一人残された春岡は、しばらく呆然としていた。

　なぜ、今まで気づかなかったのだろう。『自分の家を灰色に塗る』という行為の異様さに気を取られすぎていたのかもしれない。

『失敗した絵を、塗りつぶして消した』……その可能性はある。

　クレヨンケースに目を落とす。子供が、失敗した絵を消そうとするとき、何色のクレヨンを使うだろうか。考えるまでもない。白だ。

　これは大人の感覚でも理解できる。たとえば、書類にペンで文字を記入している最中、書き間違えた字を、白い修正液で消すように、子供も描き間違えた絵を、白いクレヨンで消そうとするのだ。しかし、クレヨンは修正液とは違う。上から別の色を塗れば色が混ざり合ってしまう。

つまり……優太は『灰色』のクレヨンを塗ったのではなく、黒いクレヨンで描いた絵を、白いクレヨンで消そうとしたのではないか。その結果、黒と白が混ざり、灰色のぐちゃぐちゃが生まれたのではないか。

春岡は保育室の後ろにある、子供たちのロッカーまで走った。そして、優太のロッカーを開け、クレヨンケースを取り出す。蓋《ふた》を開け、白いクレヨンを見ると、その先端が灰色に変色していた。やはりだ。黒を塗りつぶしたとき、混ざった色が付着したのだろう。春岡は今一度、情報を整理する。

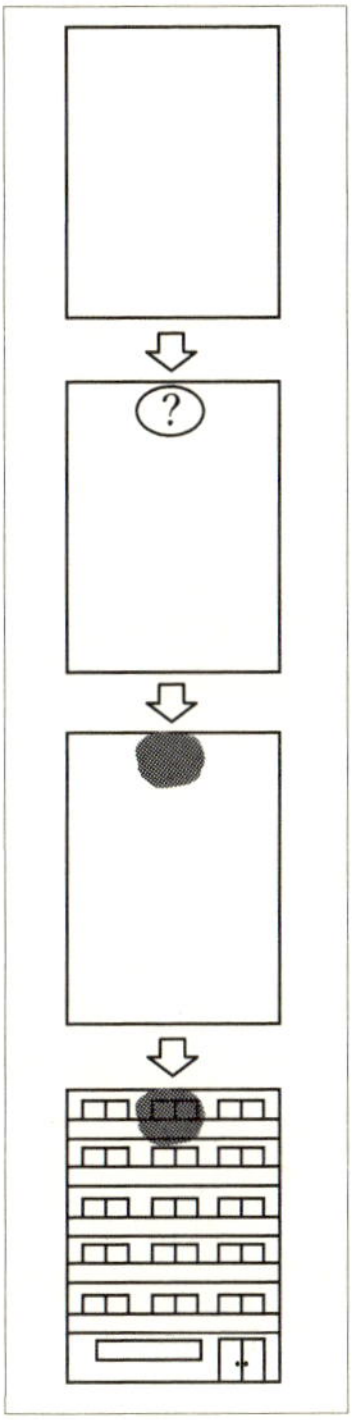

「優太くんはまず、マンションの輪郭を描いた。そして、その中に黒いクレヨンで、何かの絵を描いた。それは優太くんにとって『失敗』だった。だから、上から白いクレヨンで塗りつぶして消した。白と黒が混ざり合って、灰色のぐちゃぐちゃができてしまった。その上から『部屋』を描き加えて、マンションの絵を完成させた……」

では、失敗した絵とは何だったのか。それがわからなければ、この絵の真相にたどり着けない。

「私がもっと優太くんをしっかり観察していれば……」

言いかけてハッとした。……いる。

優太のことを、普段からよく気にかけ、観察している人物が、この保育園にいる。その人物に会うため、春岡は『お昼寝部屋』に向かった。


昼寝の時間はまだ二十分ほど残っているが、数人の園児はすでに目を覚まして、布団の中でゴロゴロしていた。米沢美羽も、その中の一人だった。

春岡は、見守り当番の保育士に了承を取り、美羽を隣の部屋に連れ出した。


「ごめんね、美羽ちゃん。お昼寝の途中に声かけちゃって」

「ううん。もう眠くないから大丈夫」

「ありがとう。あのさ、昨日、みんなでお絵描きしたの覚えてる？」

「うん！　ママの絵描いた」

「そうだね。それでね、先生、優太くんがどんな絵を描いてたのか、思い出したいんだけど、忘れちゃったんだ」

「えー？　忘れちゃったのー？」

「うん……。美羽ちゃんは覚えてる？」

「うん！　あのね、マンションのところに、優太くんと、優太くんのママが立ってる絵だよ！」

「よく覚えてるね！」

「ふふん！」

「それでさ、先生、優太くんがその絵をどうやって描いたのか知りたいんだ。美羽ちゃん、優太くんがお絵描きしてるところ、見てた？」

「うん！　見てた！」

——鼓動が高鳴る。

「優太くんがどうやって描いてたか、先生に教えてくれる？」

「いいよ！　えーとねー、最初はー、優太くん、クレヨンでおっきい四角描いてた」

「おっきい四角ね？　その次は？」

「その次はねー、ちっちゃい三角描いてた」

「ちっちゃい三角？」

「うん！　おっきい四角の中にちっちゃい三角描いてたの。それでね、その後ね……うーん」

そこから先は、美羽自身、自分の絵に集中していたこともあり、よく覚えていないらしかった。

＊＊＊

春岡は美羽にお礼を言ってお昼寝部屋に戻し、保育室に戻った。彼女のおかげで、重要なことがわかった。

「優太くんはまず、大きな長方形を描いた。その中に、小さな三角形を描いた。それを白いクレヨンで塗りつぶした。その後『部屋』を描き足して、マンションの絵を完成させた」

この一連の行動から、一つの事実が浮かび上がる。

優太は最初、マンションではなく、別の何かを描こうとしていた。

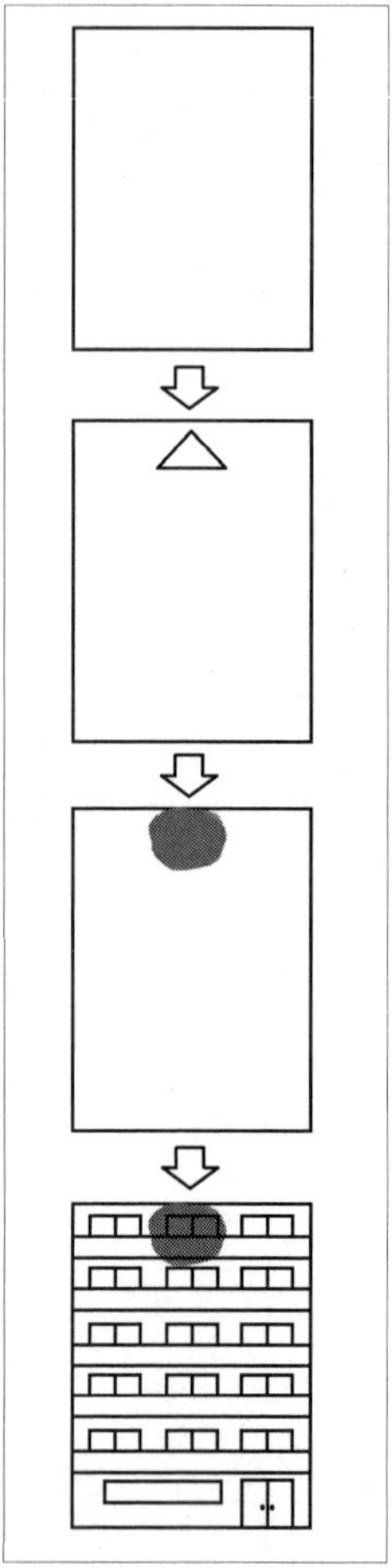

大きな長方形の中に小さな三角形のある図形……ここに何か描き足すことで、その絵は完成するはずだった。

しかし、優太は途中でそれを描くことを断念した。画用紙に残された、未完成の図形を前に、優太は考えたはずだ。

「これに部屋を描き足して、『マンションの絵』ということにしてしまおう」と。

いわば、書き間違えた文字の一部を無理矢理変形させて、正しい字に書き直すような行為。なぜ、優太はそんなごまかしをしたのか。

春岡のクラスでは、園児が絵を失敗したら、新しい画用紙を渡すようにしている。優太もこれまで、何度か画用紙の『おかわり』をもらいにきたことがある。なのにどうして昨日に限っては、ここまで強引な描き直しをしたのか。……考えられる理由は、一つしかない。

優太は、隠したかったのだ。最初に『別の絵』を描こうとしたことを。

その絵を描こうとしたという事実そのものを、春岡に知られたくなかったのだ。

では、優太がそこまでして隠したかった『別の絵』とは何だったのか。春岡は一度、根本に立ち返って考えてみることにした。

そもそも、この絵は『お母さん』をテーマに描かれたものだ。実際、画用紙の右端には、優太と手をつなぐ、直美の姿が描かれている。……と、ここで春岡は、初歩的な疑問にぶつかった。

はたして優太は、『人間の絵』と『図形』、どちらを先に描いたのか。

先ほどの、美羽との会話を思い出す。美羽はたしか、こんなことを言っていた。

『えーとねー、最初はー、優太くん、クレヨンでおっきい四角描いてた』

『最初は』……つまり、『図形』を先に描いた、ということだ。だとすると、違和感が生じる。

優太は『お母さん』というテーマに対して、最初にこの奇妙な図形を描いたのだ。どういう意図があったのだろう。考えを巡らせ、春岡は、不可思議な結論にたどり着いた。

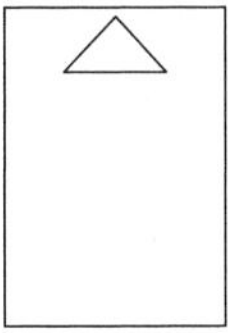

この図形は、母親の絵なのではないか。

一見、直美とは似ても似つかない、無機質な図形だ。しかし……。

『私たち大人は、目に見えるもの……「実物」を絵に描くことができます。しかし子供は、頭に浮かんだ「イメージ」を描くんです』

優太は『お母さん』の絵を描こうとして、おそらくは無意識的に、この図形を描いてしまった。それが、頭に浮かんだ『お母さん』のイメージだったからだ。そしてそれは、優太にとって、なんとしても隠さなければいけない、禁忌《きんき》だった。

この気づきをきっかけに、春岡の脳内で、バラバラに散らばっていた情報の欠片《かけら》が、一気に組み合わさっていった。それはまるでジグソーパズルのように、一枚の恐ろしい絵を描き出した。

＊＊＊

『今野直美は、優太を虐待した』

信じたくはない。思い違いであってほしい。

職員室に続く廊下を歩きながら、春岡は頭の中でパズルを組み直した。しかし、何度やっても、同じ絵ができてしまう。今の状況を総合すると、それ以外、考えようがない。

なぜ、警察から連絡が来ないのか。

……直美が通報していないからだ。直美には、警察に関わりたくない、後ろめたい事情があるのだ。

なぜ、優太は何も言わずに家からいなくなったのか。

……彼は、直美から逃げたかったのではないか。

そしてなにより、優太の描いた図形……春岡はここから、あるものを連想した。

三角形の穴が開いた長方形……『お絵描き定規』だ。

一昨日《おととい》の夜、優太はお絵描き定規でイタズラをして、直美にきつく叱られた。そして昨日の午後、お絵描きの時間に『お母さんの絵』を描くことになった。優太はイメージしようとしたはずだ。直美の笑顔、優しい声、安心できる匂い……しかし、それに反して彼の頭に浮かんだのは、お絵描き定規のイメージだった。

それほどまでに、直美に叱られた記憶は、激しいトラウマとして優太に染みついていたのだ。

しかし……叱られただけで、そこまで心に傷を負うだろうか？


そう思ったとき、春岡の脳裏に、昨日の直美の様子がよみがえった。

涙ながらに、自分の行いを悔やむ姿……懺悔《ざんげ》といってもよかった。子供を叱ったことを、あそこまで後悔する保護者は見たことがない。叱るたびに泣いていたら、小さい子供を持つ親など、数日で干からびてしまうだろう。

おそらく、叱る以上のことをしてしまったのだ。

とはいえ、あの子煩悩《こぼんのう》な直美が、優太を殴ったり蹴ったりするとは思えない。少し強めに叩いた、程度のことかもしれない。それでも、信頼するママから初めて受けた暴力は、優太の心を深くえぐった。そのつらさと、お絵描き定規のイメージが頭の中で結びついてしまったのだろう。

だが、この仮説が事実だったとしても、春岡は直美を責める気にはなれなかった。

働きながら、一人で子供を育てるのは、並大抵のことではない。日々、苦労の連続だろう。疲れ、不安、孤独、それらが溜まりに溜まった結果、つい手をあげてしまった……。誰にでも起こりうることだ。

しかし、問題なのは、それが発覚するのを恐れて、直美が警察に連絡できないでいることだ。その間に、優太が事故や誘拐に遭う危険がある。春岡は、今すぐ直美に言ってあげたかった。

「大丈夫ですよ。誰もあなたを責めたりしません。だから、安心して警察に相談しましょう。そして、優太くんを一刻も早く見つけ出しましょう」

職員室に入ると、春岡は直美の携帯に電話をかけた。

今野直美

「もう二度と電話をかけてこないでください！　あなたみたいな人とは一生話したくない！」

今いる場所が、静かな住宅街であることも忘れ、直美はありったけの大声で怒鳴った。そして、全身の力を親指に込め、『切』ボタンを押した。それでもまだ足りなかった。本当は携帯を地面に叩きつけたかった。

直美は朝からずっと、近所をかけまわり、優太を捜していた。付近の家を一軒ずつ訪ね、情報を聞いて回った。その途中、保育園から電話がかかってきた。担任の春岡からだった。

春岡は、直美にとって、この上なく侮辱的な言葉を口にした。

（あのクソ保育士！　私が優太を虐待した、ですって……？）

悔しくて仕方がなかった。信頼していた先生に『暴力ママ』扱いされたのだ。

（そんなわけがない！　ありえない！　優太が生まれてから今まで、一度だって手をあげたことはない）

（たしかに私が小さい頃は、親が子供を殴るのは当たり前だった。母親にはしょっちゅう暴力を振るわれた。だからこそ、自分が親になったとき、子供に同じことはしないと誓った）

（自分が完璧な親だとは思っていない。でも、優太の体を傷つけるような真似は絶対にしない。それだけは言い切れる。神に誓ってもいい）

頭の中で叫び続けた。

知らぬ間に涙があふれていた。自分の人生がすべて否定された思いだった。

しかし皮肉にも、春岡のおかげで、優太が今どこにいるのか、見当がついた。

（長方形に三角……。お絵描き定規の絵なんかじゃない。きっと……）

携帯電話のアドレス帳を開く。下へ下へとページを繰り、もう何年も目にしていない番号に電話をかけた。優太はきっと、この場所にいる。

数回のコール音の後、しわがれた声の男性が出た。

「お電話ありがとうございます。こちら、さくら霊園でございます」

「あの、ちょっとお伺いしたいのですが、そちらに、小さい男の子が来ていませんでしょうか？」

「ああ！　もしかして、ユウタくんの保護者さんですか？」

「はい……！　そうです！」

「よかった！　ご安心ください。今こちらでお預かりしてますよ」

朝からずっと張りつめていた心が緩み、直美は立っていられず、その場でしゃがみ込んだ。

「あ……ありがとうございます……。すぐに向かいます……」


さくら霊園……直美たちのマンションから、徒歩十分ほどの場所にある墓地だ。散歩ついでに行ける距離だが、直美はこの数年間、一度も行ったことがなかった。それどころか、付近を通ることさえ避けていた。因縁の場所だったのだ。

霊園の入口にある小さな事務所に入り、受付に座る初老の男性に声をかけた。


「あの、失礼します。先ほどお電話をした今野と申します」

直美を見ると、男性はにこやかに笑った。

「おお！　お待ちしてました」

「本当に、ご迷惑をかけて申し訳ありません……」

「いえいえ、とんでもない。優太くん、今、奥の部屋にいますから、ご案内しますね」

部屋に向かう途中、男性はこれまでの経緯を話してくれた。

「一時間ほど前だったかな。お墓参りにいらしたご婦人が教えてくれたんですよ。『墓地の中を小さな男の子がずっとうろうろしてる。もしかしたら保護者とはぐれちゃったんじゃないか』って。それで私、墓地に行ってみましたら、小さな男の子が何か捜し物でもするみたいに、きょろきょろ歩いてましてね。どうしたんだろうと思って、声をかけたんですよ。

そしたら『お母さんのお墓を捜してる』って言うもんでね。いやあ、事情はわからないけど感心しましたよ。あんなに小さいのに。一人でお墓参りなんて……立派なもんだ」

(やっぱり……)

直美は思った。優太は、本当のお母さんに会いに来たのだ。

『長方形の中に小さな三角形』……優太が描こうとしたのは、墓だ。おそらく、縦長の墓石に『今野』という苗字を書こうとして、途中でやめたのだろう。米沢美羽は『今』の上半分を見て三角形だと勘違いしたに違いない。

すると、優太は……。

今野優太

記憶の中で、蟬の声だけが、うるさく鳴り続けていた。

カンカン照りの青空の下、麦わら帽子をかぶった優太に、父親の武司は優しい声で何かを言った。それがどんな言葉だったのか、優太はずっと思い出せずにいた。

しかし、二人の前に、大きな石があったことだけは覚えていた。縦長の石だった。そこには、六つの記号が書かれていた。

『お墓』という言葉を知ったのは、ずっと後だった。4歳の頃、保育園で先生が読み聞かせてくれた絵本の中に、その絵は出てきた。

縦長の石……それを見たとき、優太は知った。あの日、父と見たものが『お墓』だったことに。先生は、『この石の下には亡くなった人が眠っている』と教えてくれた。

優太は思った。

あのお墓には、誰が眠っていたのだろう……。

その疑問が解けたのは、つい先日のことだった。保育園の教室で、先生は言った。

「みんなは、4月から『年長クラス』になったよね。この保育園で一番のお兄さん、お姉さんだ！　それでね、もう知ってると思うけど、来年はみんな保育園を卒園して、小学校に通うことになるの。小学校には、今よりももっと楽しいことがいっぱいあって、新しいお友達もいっぱいできるんだけど、そのぶん、やらなきゃいけないこともいっぱい増えるんだ。

たとえば、今はみんな、自分のお名前をひらがなで書いてるでしょ？　だけど、小学校に上がったら『漢字』で書けるようにならないといけないの。だから今日は、来年のために、漢字でお名前を書く練習をしようと思います！　今から一人一枚紙を配るね。みんなのお名前が漢字で書いてあるから、一回指でなぞってみよう」

優太の受け取った紙には［今野優太］と書かれていた。このとき、優太は初めて自分の名前の漢字を見た……はずだった。しかし……。

『今野』……この形に、なぜか見覚えがあった。

突然、頭がくらくらして、遠い記憶がよみがえった。

蝉のうるさい鳴き声。暑い日差し。

隣には父親がいる。彼が指差した先にはお墓があった。そこには六つの『記号』が書かれていた。あれは、『漢字』だったのだ。最初の二つが『今野』だった。

父の声が聞こえた。懐かしくて、優しい声だった。

「ここに、優太のお母さんが眠ってるんだ。優太が生まれる前に死んじゃったんだよ」

「え？　ママ生きてるよ」

「うん。『ママ』はね。でも、優太には『お母さん』がいるんだ」


『ママ』と『お母さん』……自分には二人の母親がいることを、優太はこのとき、ぼんやりと理解した。

『ママ』は、いつも優太のお世話をしてくれる、優しくて、楽しくて、ときどき怖い、そして優太が世界一大好きな『ママ』だ。ママは『ナオミ』という名前であることも、すでに知っていた。

　そして『お母さん』は……よくわからなかった。優太はその人の顔も名前も知らなかった。しかし、自分にとって、そして父にとって、とても大切な人なのだろう、ということはわかった。

　麦わら帽子の上から息子の頭をぽんぽんと触りながら、父は言った。

「だけどね、優太。ママのいるところで、『お母さん』のお話はしないでほしいんだ。約束してくれるかな？」

「……うん」

「ありがとう。もし『お母さん』のことがもっと知りたくなったら、いつでもパパに言いなさい。色んなこと、教えてあげるから。約束だよ」

しかし、その約束を果たす前に、父は死んだ。

だから、優太にとって『お母さん』の記憶は、その日見た、お墓だけになってしまった。そしてその記憶すらも、いつの間にか心の奥底に押し込めていた。『ママ』に対する気遣いがそうさせたのかもしれない。

しかし、数年の時を経て、優太は思い出した。

自分には『お母さん』がいることを。そして、その人はお墓に眠っていることを。

＊＊＊

漢字を習ってから、数日後のことだった。

お絵描きの時間に、先生は言った。

「もうすぐ母の日です。今日は、お母さんにプレゼントする絵を描きましょう！」

優太はあまり気乗りしなかった。前の晩、お絵描きのことでひどく叱られて、ママと少しだけギクシャクしていたからだ。

クレヨンを手に取ったとき、胸に何かが湧き上がってきた。

ちょっとしたイタズラ心だった。ママではなく、『お母さん』の絵を描いてみようと思った。叱られたことへの、小さな反抗だった。

優太はお墓の絵を描こうとした。それが唯一の『お母さん』に関する記憶だったからだ。だが……途中でやめてしまった。『ママ』に対して、とてもひどいことをしている気分になったからだ。

必死に考えた工夫で、絵はなんとかごまかした。しかし、それからずっと『お母さん』のことが頭から離れなくなった。その夜、布団の中で考えた。

（お母さんに会いたい）

（もう一度、あの場所に行きたい）

翌朝、優太は初めて、一人で外出をした。

お墓への道のりは、よく覚えていなかった。父に連れられて歩いた、かすかな記憶をたよりに歩き続けた。迷子になることなく、誰の助けも借りず、ほんの数十分でたどり着くことができたのは、ほとんど奇跡としか言いようがなかった。優太はまだその言葉を知らなかったが、まるで「何かに導かれるよう」だった。

到着したとき、霊園の門は閉まっていた。開くまで、近くの公園で待つことにした。いけないことをしている自覚があったので、誰にも見つからないよう、トンネル遊具の中に身をひそめた。

人生でもっとも長く、不安な数時間が過ぎた。午前10時。門が開いたのを確認すると、一目散に駆け込んだ。ドキドキする胸を押さえて、あのお墓を捜す。

だが、墓地は思ったよりも広く、複雑に入り組んでおり、なかなか見つけられなかった。ずいぶん長い時間、ぐるぐると歩き回った。足が疲れた。お腹がすいた。喉が渇いた。でも、帰りたくなかった。帰ったら、またママに怒られる。絶望的な気分になった。

そのとき、前からおじさんが歩いてきた。

「ぼうや、どうした？　お父ちゃんお母ちゃんとはぐれちゃったか？」

おじさんに連れられるまま、優太は霊園の入口にある建物に入った。案内された部屋で、おじさんは優太の名前を聞いた後、麦茶とせんべいを出してくれた。今日初めてのご飯だった。渇きを癒やすように、むさぼった。

「優太くん！　親御さんと連絡ついたよ。よかったなあ！　すぐ迎えにくるって！」

おじさんが嬉しそうに話すのを聞いて、優太の気持ちはどんよりと曇った。

もうすぐママが来る。絶対に怒られる。怖い。逃げたい。

優太はママにぶたれたことが一度もなかった。だが、今回ばかりは覚悟した。それほど、悪いことをしたという自覚があった。

だから……部屋に入ってきたママが、何も言わずに自分を抱きしめたときは、嬉しさよりも、驚きが勝った。

「優ちゃん……よかった……よかった……生きててくれてよかった……」

ママの涙声を聞きながら、優太もいつの間にか泣いていた。

今野直美

叱るつもりだった。

『心配かけるんじゃないわよ！』『事故に遭ったらどうするの！』『危ない人に攫《さら》われたらどうするの！』……しかし、すべての言葉は、優太の顔を見た瞬間、頭から消え去っていた。抱きしめることしかできなかった。

優太が生きている。それだけで幸せなのだと気づいた。


「いやあ、よかったですね。無事に会えて」

男性の言葉で、ようやく我に返った。

「本当に、ご迷惑をおかけして申し訳ありませんでした」

「全然いいんですよ。あ、そうだ。話は変わりますけど、優太くんのお母さんは何てお名前なんでしょうか？」

「名前……？」

「はい。さっき調べましたら、こちらの霊園には『今野さん』という苗字のお墓が三つほどありまして、どれかわからなくて、まだ優太くんを案内できていないんですよね」

「……優太の母親の名前は……由紀《ゆき》……今野由紀です」

＊＊＊

男性は、直美と優太を墓の前まで案内した。

『今野由紀 之墓』……この文字を見るのは、一周忌の法要以来、およそ五年ぶりだ。

『今野家 之墓』としなかったのは、由紀を一人、この場所に置き去りにしたかったからだ。二度と関わりを持ちたくなかった。それほど、直美は由紀に怯えていた。いつも呪われているような気がしていた。

武司が死んだとき、電車で一時間もかかる遠い墓地を選んだのは、武司と由紀の魂が近づくことを恐れたからだ。今だって、すぐにでも優太の手を引いてここから逃げ出したい。

しかし、懐かしそうに墓を眺める優太の顔を見ると、そんなこと、できるはずもなかった。どんなに忌々《いまいま》しくても、由紀はたった一人の、優太の母親なのだ。

直美は、小さな声でささやいた。

「優ちゃん、お墓におててを合わせて。そう。目をつむって、心の中でお話ししなさい」

二人がさくら霊園を出たのは、午後2時過ぎだった。

「優ちゃん、これから保育園に行くよ。心配かけてごめんなさい、って二人で先生に謝ろうね」

「……うん」

直美には、もう一つ謝らなければいけないことがあった。先ほどは感情に任せて怒りを爆発させてしまったが、考えてみれば、春岡なりに優太のことを思って言ってくれたのだ。

これからも世話になる関係だ。ケンカしたままではいけない。

二人は手をつないで歩き出した。

春岡美穂

「本当に、ご迷惑おかけして申し訳ありませんでした」

職員室で、直美は何度も頭を下げた。

春岡も、あの電話以来、ずっと気に病んでいたことを伝えた。

「こちらこそ、勝手な思い込みで失礼なことを言ってしまい、すみませんでした」

「そんな……もとはといえば、私の責任です。……ほら、優太も先生にごめんなさいって言わなきゃ」

「……………先生、ごめんなさい」

優太は小さな頭をペコリと下げる。

「いいんだよ、優太くん。でもね、もうママに黙って一人でおでかけしちゃダメだよ」

厳しい口調で言うつもりが、最後のほうは声が震えてしまった。

＊＊＊

直美も優太も、ひどく疲れているらしく、今日はそのまま帰ることになった。

春岡は二人を門まで送り届けた。

「それじゃあ、優太くん。また明日ね。バイバイ！」

「先生、バイバイ！」

手をつないで歩いていく二人を、春岡は穏やかな気持ちで見送った。あんなに仲のいい二人に限って、虐待なんてあるはずがない。

「私もまだまだだな……」

独り言のようにつぶやく。

保育室に戻る途中、廊下で磯崎に声をかけられた。

「春岡先生！　優太くん、見つかったんだってね。よかったじゃん」

「はい！　今日は朝からご心配かけました」

「いやいや、私なんてなーんにも協力できなくてごめんね！　それで、二人はもう帰ったの？　優太くんとおばあちゃん」

春岡は一瞬、返答に詰まった。

そのとき、会話を聞きつけたらしく、保育室から美羽が駆け出してきて、磯崎に抗議した。

「イソザキ先生！　違うよ！　『おばあちゃん』じゃなくて、優太くんの『ママ』だよ！」

「ママ？　でも……」

不思議がる磯崎に、春岡は事情を説明しようとした。しかし、どうやって今野家の複雑な家庭環境を伝えるべきか迷う。

春岡の様子を見て、美羽が『やれやれ』という感じで助け船を出した。どこで覚えたのか、大人びた言葉で、しかし、あまりにも簡潔にすべてを言い表した。

「あのね、イソザキ先生。それぞれ色々あるんだよ」

今野直美

その夜、直美は洗面所の鏡の前に立ち、今日一日、すっぴんで過ごしたことに気がついた。朝起きてから、優太を捜すのに必死で、化粧などしている余裕もなかったのだ。

仕方がないとはいえ、この顔をたくさんの人に見られたのはショックだ。同年代と比べて、あまりに老けていることを直美は自覚していた。まるで老婆のようだ。とても64歳とは思えない。

＊＊＊

寝室をのぞくと、優太はすでに寝息を立てていた。相当疲れたのだろう。直美も同じだった。リビングに戻り、ソファに腰掛ける。長い一日だった。

仏壇に目をやる。写真立ての中で微笑む息子に向かって、直美はつぶやいた。

「武ちゃん……今日ね、あの人のお墓に行ってきたの」

由紀……二度と耳にしたくない名前だった。

武司の妻。そして、直美の義理の娘。

携帯電話を取り出し、とあるウェブサイトにアクセスする。生前、武司がやっていたブログだ。

『インターネットで個人情報を出すのは危ない』

直美の言いつけを守り、武司は本名ではなくハンドルネームを使っていた。

『レン』……どうしてそんな名前にしたのか聞くと、武司は恥ずかしそうに教えてくれた。


『これにはある仕掛けがあるんだ。僕の名前を……』

ピンポーン。


思い出に浸っていた直美を現実に呼び戻すように、インターホンが鳴った。

時計を見ると、10時を過ぎている。こんな時間に来客など、おかしい。

背筋が冷たくなる。

足音を忍ばせ、玄関に行き、ドアスコープをのぞく。

ドアの前には、灰色のコートの男が立っていた。

(ついに……部屋まで……)

この男が誰で、何のために直美たちをつけ狙うのか、わからない。

しかし、放っておけば、優太に危害が及ぶ可能性は高い。その前に、なんとかしなければ。

直美は、すり足で玄関から離れ、寝室のドアをそっと閉めた。そして台所に向かい、握りしめた包丁を体の後ろに隠した。

「はーい、今開けまーす」

わざとらしく明るい声を出し、今度は足音を気にせず玄関に向かった。ドアチェーンを外し、鍵を開ける。

『うちのマンション、管理費が低いんで防犯カメラは、そこの入口にしか付けてないんですよ』

廊下にカメラはない。

ゆっくりドアを開ける。

目の前の男は、体はそこまで大きくないが、異様な威圧感があった。直美は足がすくみそうになる。しかし、負けてはいけない。無理に笑顔を作り、男に言った。

「どうぞ、お入りください」


男は従うように、玄関に入ってくる。

ドアが閉まる。今、この部屋で何が起きたとしても、誰も見ていない。

直美は隠した包丁を、男に突き付けた。

男は動じない。刃先を前に、無言で直立を続けている。直美は不気味に感じた。

男の目的がわからない。これから何をするつもりなのかも……。

だが、やるなら今しかない。


決意まで時間はかからなかった。包丁を両手で握りしめ、男に向かって突進した。

＊＊＊

格闘になると思っていた。

しかし意外にも、相手は抵抗しなかった。包丁の刺さった腹からあふれ出す血を手で押さえながら、男は苦しそうに倒れる。

フードがめくれ、顔があらわになった。

しわだらけの、初老の男の顔だった。

その顔を、直美はどこかで見たことがあった。
しかし、どうしても思い出せない。

第二章「部屋を覆う、もやの絵」おわり

第三章　美術教師 最期の絵

三浦義春

教師の職に就いて以来、三浦義春《みうらよしはる》は自分のために時間を使ったことがほとんどなかった。平日昼間は授業に追われ、放課後は生徒の進路相談や部活の指導を忙しくこなし、定時を過ぎてようやく始まる事務作業は、夜遅くまで続いた。

休日は、眠気をこらえて家族をレジャーに連れ出し、テントを張り、炭をおこし、肉を焼いた。

それだけではない。

友人が困っていれば何時間でも相談に乗り、仕事の紹介や、ときには金の工面《くめん》もした。

生徒・家族・友人……彼らの幸せが、三浦の生きがいだった。見返りなど求めたことがなかった。

ただ、そんな三浦にも、年に数回自分のための日があった。

家の近くの山に登り、そこから見える絶景を絵に収める。これが彼にとって、何よりの贅沢《ぜいたく》だった。

今日はまさに、その日だったのだ。

しかし……今、彼の前には、地獄が広がっている。

それは、今までの人生をすべて否定するような、絶望的な景色だった。

三浦は、ポケットの中からペンを取り出す。

描かなければ。

絵を描かなければ。

あいつの、ために。

＊＊＊

1992年9月21日、L県K山の山中で、男性の遺体が発見された。被害者は付近に住む41歳の男性・三浦義春。高校の教師をしており、担当科目は美術だった。

遺体には、多数の刺し傷と暴行の痕《あと》があり、殺人事件として捜査が開始された。警察の調べにより、三浦は20日から21日にかけてキャンプを行うため、K山を訪れていたことが判明した。

現場には、**三浦が描いたと思われる絵が残されていた。**

証言① 第一発見者

「私は、K山の整備をする仕事をしております。21日の朝、登山道の設備を見るために山に登ったんです。そしたら人が倒れていて……すみません。思い出しただけで、気分が悪くなってしまいまして……。とにかくひどい有様でした。……ええ、すぐに下山して警察に連絡をしました。……亡くなった方、高校の先生なんですよね？　まだお若いし、奥さんとお子さんもいらっしゃるというのに……お気の毒です」

証言② 三浦義春の生徒

「……ええ、私は美術部の部長をしています。亡くなった三浦先生は美術部の顧問で、私は特にお世話になりました。……三浦先生についてですか？　本当のことを言うと、好きじゃありませんでした。というより、嫌いでした。……いえ、私だけじゃありません。学校の中で三浦先生を慕《した》っている生徒は、ほとんどいなかったと思います。だってあの人、すぐ怒るし……。本人は『熱血教師』のつもりなのかもしれないけど、みんな本心ではうっとうしく思っていました。私も美術部で指導を受けているとき、しょっちゅう大声で怒鳴られて……それが怖くて怖くて……。先生が亡くなったのはショックではありますけど……悲しい……とは思いません……」

証言③　三浦義春の妻

「夫が亡くなったことについて……ですか？　まだ、実感が湧いていないんです。正直な話、私たちはあまり仲のいい夫婦ではありませんでした。子育てのことで揉めていたんです。……たとえば、うちの息子は家の中で本を読んで過ごすのが好きなのに、夫はしょっちゅう外に連れ出して、キャンプだのバーベキューだの無理矢理やらせて……。息子はとても嫌がっていました。子供の気持ちも考えずに独断で行動して『俺は家族想いのいい父親だ』なんて、独りよがりもいいところで……。すみません。なんか愚痴みたいになっちゃいましたね。……たぶん、もう少し時間が経てば、だんだん悲しくなってくるんだと思います。色々と嫌な部分はあったけど、私にとっては、たった一人の夫でしたから」

証言④　三浦義春の友人

「三浦くんとは美大時代からの友達なんですよ。彼には卒業後も、色々と世話になりました。僕、彼の勤めてる高校で、週に一回、美術部の外部講師をさせてもらってるんです。ええ。もちろん、彼にもらった仕事です。安月給の僕を気遣ってくれたんでしょうね。『生活の足しに副業しろ』って言ってくれて。まあ、そういうわけで感謝はしていました。していましたけど……うーん。彼のことを好きかと聞かれれば……

難しいですね。彼、自分勝手なんですよ。電話でいきなり『明日、一緒にハイキングに行こう』とか『これから二人で飲みに行こう』とか、こっちの都合も考えずに誘ってきたり。……まあ、断ればいいんですけどね。でも彼に世話になってる手前、『嫌だ』とは言いづらいじゃないですか……」

（取材：L日報・熊井《くまい》勇《いさむ》）

――1995年8月28日……L県 地方新聞社『L日報』 本社

分厚いファイルを前に、19歳の青年・岩田俊介《いわたしゅんすけ》は生唾を飲んだ。

ファイルの表紙には『**K山・美術教師殺人事件(1992) 取材資料まとめ**』と書かれている。この中には、三年前に起きた猟奇殺人事件のデータが詰まっている。

隣で上司の熊井が言う。

「岩田、覚悟はできたか?」

「……はい」

「じゃあ、開くぞ」

熊井は、ファイルの表紙をめくる。

岩田俊介

岩田俊介は、今年L日報に入社したばかりの新人だ。三年前、あることがきっかけで新聞記者になることを決意し、高卒でL日報の門を叩いた。

面接では『自分の目で真実を見極め、それを多くの人に伝えたい』という思いを熱く語った。面接官の反応は良く、すぐに採用通知が届いた。

『これで記者になれる！』……そんな彼の喜びは、入社後、打ち砕かれた。

岩田が配属されたのは、記者とはまったく無関係の部署『総務局』だったからだ。

岩田は後になって知った。

三百人以上の社員を抱えるL日報において、記者の数は半分にも満たない。『編集局』という、いわば会社の花形部署に所属するエリート社員のみだ。彼らは全員、大学を卒業していた。

岩田が採用されたのは、記者に対する熱意を買われたからではない。単純に、大卒よりも安く雇える高卒の応募者が、たまたまその年、少なかったからにすぎない。

もちろん、社員を裏でサポートする総務局の仕事が重要であることは、岩田もよくわかっていた。しかし、やはり不満だった。

『俺は取材をしたくて新聞社に入ったんだ……』それが本心だった。

熊井勇

そんな岩田の教育係に任命されたのが、入社二十三年目のベテラン、熊井勇だった。かつては編集局に所属し、記者として数多くの記事を書いてきた。

当時のあだ名は『事件屋のクマ』。刑事事件のスクープで、彼の右に出るものはいなかった。だが、人より才能があったわけではない。がむしゃらに努力しただけ……熊井はそう自負していた。

朝でも夜中でも、事件が起きたと聞けば、すぐに走って現場に直行した。雨の日も、炎天下の日も、外を飛び歩き、関係者に取材をして回った。刑事たちと深い関係を築き、ときには土下座までして、まだ表に出ていない情報を聞き出した。

常に全力で走り続けた。そんな自分に、誇りを持っていた。

しかし三年前、転機が訪れた。

とある事件を追いかけている最中、食道がんが発覚し、初の長期休職を取ることになった。熊井は悔しかった。事件の取材を途中で投げ出すなど、初めてのことだったからだ。その事件とは、『**K山・美術教師殺人事件**』……県内の高校教師・三浦義春が山中で殺害された事件だった。

『病気を治したら、すぐに取材を再開しよう』……その一心で、必死に治療に取り組んだ。その甲斐あって、二か月という早さで職場に復帰することができた。

だが復帰初日、社長から呼び出され、思わぬことを伝えられた。

「熊井。今までご苦労だったな。知っての通り、記者ってのは命削って金に換える商売だ。病気やっちまったお前にはきついだろう。今日から、総務局に移ってくれ。これからは自分の体いたわって、ゆっくり仕事してくれや」

戦力外通告……病気をして、体を酷使できなくなった熊井に、もはや記者としての価値はない……そう言われたも同然だった。

熊井は食い下がった。せめてやりかけの『K山事件』だけは最後まで追わせてくれ、と何度も頼んだ。だが、結果は変わらなかった。

＊＊＊

それから三年の月日が流れた。

１９９５年の春、総務局に一人の新入社員が入ってきた。岩田俊介という高卒の青年だった。もともとは記者志望だったというが、希望は叶わず、総務局に配属されることになったらしい。よくあることだ。会社員とは会社の理不尽に従って生きるものだ……わかっていながら、熊井は岩田のことが不憫で仕方なかった。

『記者をやりたい。でも、できない』……今の自分の状況と重なったからだ。

とはいえ、仕事をする以上、甘やかすわけにはいかない。熊井は心を鬼にして総務の仕事を厳しく教えた。岩田もそれに応えるように、よく学び、吸収した。やがて、入社半年足らずで、総務局を支える大事な戦力にまで育った。

そんなある日のことだった。終業後、岩田は思いつめた表情で熊井にこんなことを言い出した。

「熊井さん。ご相談があります」

「どうした？」

「……会社をやめようと思っています」

熊井は驚かなかった。いずれそのときは来る……そんな予感はしていた。

「やめて、その後はどうするんだ？」

「フリーの記者になります」

「……もともと記者志望だったもんな」

「はい。……今の仕事は楽しいですし、熊井さんには本当に感謝しています。……でも、僕はどうしても記者になって、取材したい事件があるんです」

「……なんの事件だ？」

「三年前にK山で起きた、**美術教師殺人事件**です」

「なんだとっ？」

熊井は困惑した。自分にとって苦い思い出となっている、あの事件をなぜ岩田が……？

「岩田……お前、K山事件と何か関係があるのか？」

「はい。……実は、被害者の三浦義春先生は、高校1年のときの恩師なんです」

「恩師……？」

半年近くも一緒に仕事をしてきたのに、まったく知らなかった。おそらく、岩田がその話をするのを避けていたのかもしれない。たしかに『恩師が殺された』など、言いたくはないだろう。

「そうか……。いい先生だったのか？」

「…………」

岩田俊介

『いい先生だったのか？』

熊井にそう聞かれ、岩田は答えに迷った。『いい先生』と言い切れるほど、三浦は完璧な教師ではなかったからだ。

「……本当のことを言うと……三浦先生は、生徒たちから疎《うと》まれていました。規則と礼儀に厳しくて、校則違反した生徒を引っぱたいたり、敬語を使わない生徒を怒鳴りつけたり……。顧問を務める、美術部に対する指導が行きすぎてるという話も、よく聞きました。

でも、悪い人ではないんです。教育熱心すぎるあまり、つい気持ちが高ぶってしまう、というだけで……根っこの部分は、とても優しかったと思います。

生徒の悩み相談に何時間も付き合ったり、いじめが起きたら率先して解決しようとしたり……僕も、家庭環境が特別だったので、先生にはよくお世話になりました」

岩田には両親がいなかった。11歳で母親を、15歳で父親を、ともに病気で亡くした。父の死後は祖父の家に引き取られたが、年金暮らしの祖父は、孫を十分に養う余裕はなく、岩田は毎日アルバイトをしなければならなかった。そんな岩田を一番助けてくれたのが、当時の担任、三浦義春だった。

『岩田。これ知ってるか？　駅前のスーパーに売ってる「はなやぎ弁当」っていうんだ。先生これが好きでさ、毎日買っちゃうんだ。余分にあるから持って帰って、じいちゃんと一緒に食ってくれ』

そう言って、三浦は毎日のように『はなやぎ弁当』を二つ持たせてくれた。おかげで貧しいながらも、空腹に苦しむことはなかった。

またあるとき、将来や人間関係が不安でたまらなくなり、放課後に悩みを打ち明けたことがあった。忙しいだろうに、三浦は二時間以上も顔を突き合わせて相談に乗ってくれた。そして最後に、優しく言った。

『岩田。先生な。よくK山に登って絵を描くんだ。8合目から見える山並みが絶景なんだよ。今度連れてって見せてやるよ。悩みなんて溶けてなくなるぞ』

三浦はたしかに厳しい教師だった。理不尽なところも、自分勝手な部分もあった。しかし同時に、生徒に対する深い愛情を持っていた。裸の心でぶつかれば、正面から応えてくれた。岩田は、三浦と一緒に山に登るのを楽しみにしていた。しかし、それが叶うことはなかった。


三浦が死んだのは、高校1年の夏休みが明けてすぐのことだった。

ニュースは連日、事件の話題で持ち切りとなった。岩田は毎日、食い入るように事件の進展を見つめた。だが、なかなか犯人は捕まらず、日に日に報道の数は減り、いつの間にか誰も話題にすらしなくなってしまった。

耐えられなかった。事件の真相が明らかにされないまま、三浦義春という人間が忘れ去られていくことに。あの日何があったのか、なぜ三浦は殺されなければならなかったのか、どうしても知りたかった。

16歳のとき、岩田は記者になることを決意した。

メディアが報道しないなら、自分の力で真相を解明しようと決めたのだ。

＊＊＊

「そうか……先生の無念を晴らすために、L日報《うち》に入ったわけか。そりゃあ、総務の仕事なんてやってる場合じゃないよな……」

「もちろん、総務の仕事も好きです。でも、僕はどうしても……記者になって」三浦先生の事件を調べたいんです」

「まあ、気持ちはわかる。だけどな、経験も人脈もない人間が、いきなりフリーの記者になったところで、できることは限られてるぞ。それに、当たり前だが月給も出ない。どうやって生活していくつもりだ？」

「…………」

「そして、これは一番大事なことだが……俺の目から見て、お前は記者に向いてない」

「え!?……どうしてですか!?」

「甘っちょろいからだよ」

その一言に、怒りが込み上げてきた。

「熊井さん！　バカにしないでください！　僕は真剣に記者をやりたいと思ってるんです！」

「ならどうして俺に取材しない？」

「……え？」

「俺は三年前までこの会社で記者をやっていた。それは知ってるな？」

「はい」

「これは言ってなかったことだが、当時、俺はK山事件の取材をしていた」

「え⁉……そうだったんですか？」

「ああ。だから、事件に関する情報は山ほど持っている。そんな人間が身近にいるのに、お前は今まで見過ごしていたんだ。なぜ俺が元記者だと知った時点で、事件のことを質問しなかった？」

「それは……」

「俺が上司だからか？　上司だから遠慮したのか？　そこが甘っちょろいって言ってんだよ。上司だろうがなんだろうが、情報持ってそうな奴にはひるまずに食らいつく。それが記者ってもんだ。今のお前がフリーになったところで、何もつかめずに飢え死にするだけだ」

岩田には、返す言葉がなかった。

「岩田。悪いことは言わない。せっかく入った会社だ。仕事がつらくないなら、やめるな。事件のことが知りたきゃ、俺が教えてやるよ。ちょっと待ってろ」

熊井は、自分のデスクの引き出しから、一冊の分厚いファイルを取り出した。

表紙には『**Ｋ山・美術教師殺人事件（１９９２）取材資料まとめ**』と書かれている。

「この事件には、俺も思い入れがあってな。記者をやめた後も、ずっと手放せずにいた。でも、持っておいてよかったよ」

「……見せていただけるんですか？」

「ああ。ただし誰にも言うなよ」

「はい」

「それから……覚悟はしておけ。この資料には、三浦義春氏がどうやって殺されたのか、詳細に書かれている。お前にとっては、あまり知りたくない話だろう」

三浦が惨殺された、という情報は当時テレビでよく報道されていた。だが、具体的にどのような殺され方をしたのかは知らなかった。たしかに、できることなら恩師の悲惨な死に際など知りたくはない。しかし『真相を明らかにする』と決めたのは自分だ。

ごくりと生唾を飲む。

「岩田、覚悟はできたか？」

「……はい」

熊井は、資料を指差しながら、事件の概要を話し始めた。

「１９９２年９月20日から21日にかけて、三浦氏はＫ山にキャンプに行く計画を立てた」

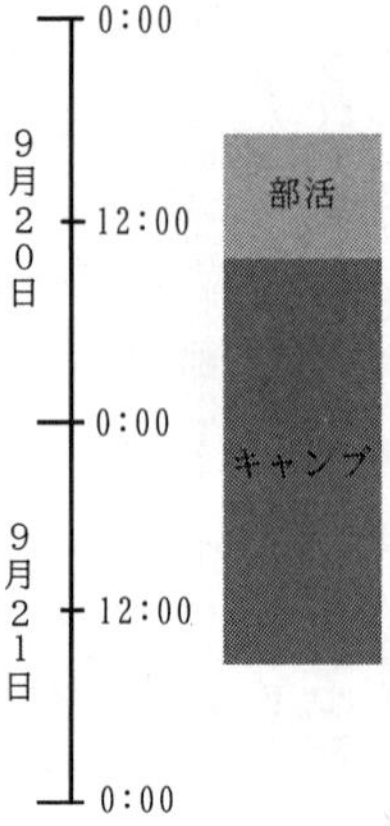

「20日は日曜日。そして、卒業生のお前はよく知ってるだろうが、21日は高校の創立記念日だ。連休を利用したんだな。ただ、三浦氏には日曜の午前中だけ、仕事が入っていた。顧問を務める美術部の指導だ。

三浦氏は部活の指導を終えた後、そのままキャンプに行くことにしたらしい。日曜の朝、三浦氏は7時40分頃に家を出て、車で学校に向かった。車には登山のためのリュックサックを積んでいた。奥さんの話によれば、リュックの中身は、簡易テント・寝袋・懐中電灯・水筒などのキャンプ用品、そして絵を描くためのスケッチブックと鉛筆だ。

学校に到着したのは、7時50分。職員室には寄らず、そのまま美術室に向かい、当時3年生だった**亀戸**《かめいど》という女子生徒にマンツーマンで指導を行った。

20日（日曜日）	
7:40	家を出発
7:50	学校に到着
8:00	指導を開始

「マンツーマン？　美術部の練習なのに？」

「なんでも、三浦氏の指導があまりに厳しくて、美術部員の数が極端に少なかったらしい」

「あ……そういえば、そんな話聞いたことがあります。10人入った新入部員が一か月で全員やめた……とか」

「当時は1年生の部員はゼロ。2年生は一人。そして、3年生は亀戸だけだった」

「二人だけの美術部か……」

「しかも、その日は2年生の部員が親戚の葬式で休んだため、生徒は亀戸一人だったんだ」

「そんな状態でも部活は休みにならないんですね」
「ああ。三浦氏はスパルタだったらしいからな。『一人でもやるぞ！』ってことだ。俺は以前、彼女に取材したことがあるが、三浦氏のことをずいぶん嫌っていた。相当しごかれていたんだろうな。そのときの取材データもこのファイルに入っているから、あとで読んでみるといい」

『三浦先生についてですか？　本当のことを言うと、好きじゃありませんでした。というより、嫌いでした。…………だってあの人、すぐ怒るし……。本人は『熱血教師』のつもりなのかもしれないけど、みんな本心ではうっとうしく思っていました。私も美術部で指導を受けているとき、しょっちゅう大声で怒鳴られて……それが怖くて怖くて……』

「ちなみに三浦氏は指導の合間、**午後からK山にキャンプに行くことを亀戸に伝えている**」

＊＊＊

「部活が終わったのは13時。三浦氏はすぐに車で最寄り駅に向かった。最寄り駅は学校とK山の間にある。学校から直接K山に行くこともできるが、三浦氏は駅に用があった。一つは、駅前のスーパーで**食料を調達すること**。そしてもう一つは、**駅の近くに住んでいる豊川《とよかわ》という男を迎えに行くこと**だ」

「豊川……？　誰ですか？　それは」

「三浦氏の美大時代からの友人だ。まあ、『友人』とは言っても、豊川は三浦氏のことを、内心嫌っていたそうだがな」

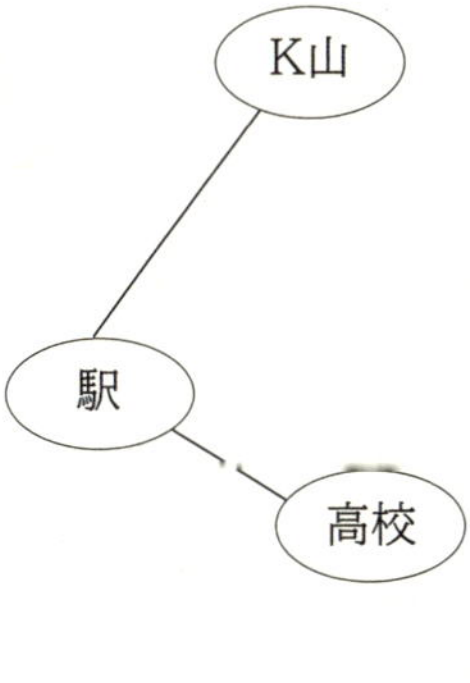

『三浦くんとは美大時代からの友達なんですよ。彼には卒業後も、色々と世話になりました。僕、彼の勤めてる高校で、週に一回、美術部の外部講師をさせてもらってるんです。ええ。もちろん、彼にもらった仕事です。安月給の僕を気遣ってくれたんでしょうね。『生活の足しに副業しろ』って言ってくれて。まあ、そういうわけで感謝はしていました。していましたけど……うーん。彼のことを好きかと聞かれれば……難しいですね。彼、自分勝手なんですよ。電話でいきなり『明日、一緒にハイキングに行こう』とか『これから二人で飲みに行こう』とか、こっちの都合も考えずに誘ってきたり』

「前日……つまり土曜日の夜、三浦氏は豊川に電話をして『日曜《あした》と月曜《あさって》、一緒にK山にキャンプに行こう』と誘ったらしい。普段は言いなりの豊川も、そのときばかりは断ったそうだ。当たり前だよな。会社員が本業の豊川にしてみりゃ、月曜は平日で、朝から出勤だ。泊まりのキャンプに行けるわけがない。だが、それを伝えても、三浦氏は折れなかったらしい。
彼はこう提案した。途中まで、一緒に山に登って、豊川だけその日のうちに下山すればいい、と」

「『途中まで付き合え』ってことか……なんというか……強引ですね」

「結局、豊川は三浦氏の提案に従い、日帰り登山をすることになった。駅前で落ち合った二人は、近くのスーパーに寄り、山で食うための飯を買った。このとき三浦氏が買ったのは、あんぱん、カツサンド、そして『はなやぎ弁当』だ。

買い物を終えた二人は、車でK山に向かった。到着したのは13時30分頃。麓《ふもと》の駐車場に車を停め、登山道を登り始めた。ところで岩田。K山に登ったことはあるか？」

「はい。昔、父親と4合目まで。子供でも登りやすい山でした」

20日（日曜日）

7:40	家を出発
7:50	学校に到着
8:00	指導を開始
13:00	学校を出発
13:10	駅前で豊川と落ち合い スーパーで買い物
13:30	K山に到着 登山開始

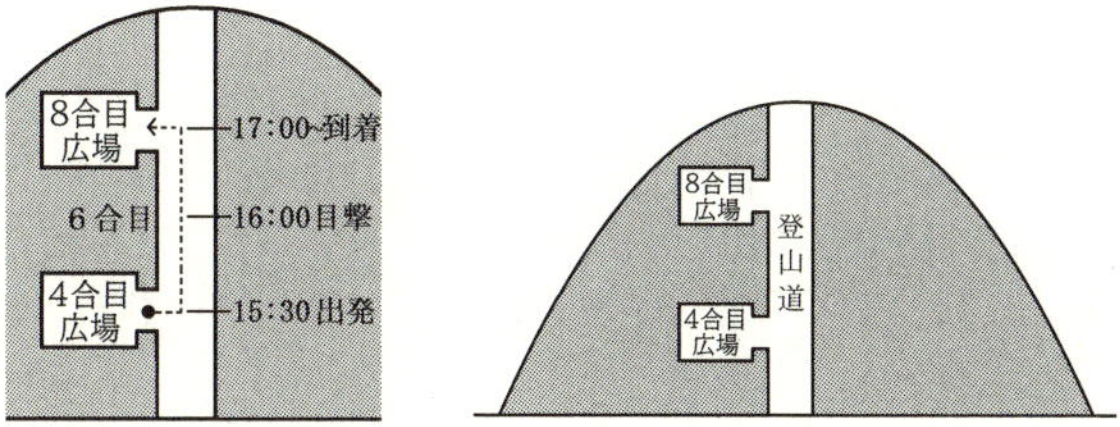

K山

「そうだな。俺も取材のために何度か登ったが、傾斜が緩やかでずいぶん楽だった。登山道にはロープが張ってあり、道に迷うことはまずない。途中までは道も整備されている。だから地元民に人気で、いつもそれなりに人出があった。そして、この山が人気な理由はもう一つある。4合目と8合目に『広場』と呼ばれる休憩所があるんだ。4合目広場にはテーブルがいくつか設置されているから飯を食うのにちょうどいい。また、8合目広場はキャンプをするのに適している。

14時30分頃、三浦氏と豊川は4合目広場に到着し、昼食をとった。このとき三浦氏が食ったのはスーパーで買った『**はなやぎ弁当**』だ。これは重要だから覚えておけよ。食事の後、二人は広場で絵を描き、15時30分頃に解散。豊川はここで下山し、三浦氏は8合目広場を目指して登山を再開した。

その後、登山道を歩く三浦氏の姿を、下山中の数人が見ている。最後に目撃されたのは**16時頃、場所は6合目付近**だ。ちなみに、6合目から8合目までは道が険しく、到着するのに早くても一時間はかかる。つまり、三浦氏が8合目に着いたのは、**17時以降**だと考えられる。

そして翌朝の9時頃。8合目を訪れた男性が、広場で倒れている三浦氏の遺体を発見した」

「……どうしてその男性は、そんなに朝早くから、山に登ったんでしょうか？」

「彼は**K山の整備士**だったんだ。8合目の設備が壊れていると聞き、その様子を見に行ったんだよ。さっきも言ったが、K山の登山道にはロープが張られている。それを支える木の杭を、前日……つまり日曜の昼頃、大学生の登山サークルがふざけて蹴っ飛ばして折っちまったんだそうだ」

「乱暴なことをしますね」

「本人たちも下山してしばらく経ってから『やっぱりあれは

13:00	学校を出発
13:10	豊川と落ち合い 買い物
13:30	Ｋ山に到着 登山開始
14:30	４合目に到着 食事とスケッチ
15:30	豊川と別れ 登山再開
16:00	６合目付近で 最後の目撃
２１日（月曜日）	
9:00	遺体発見

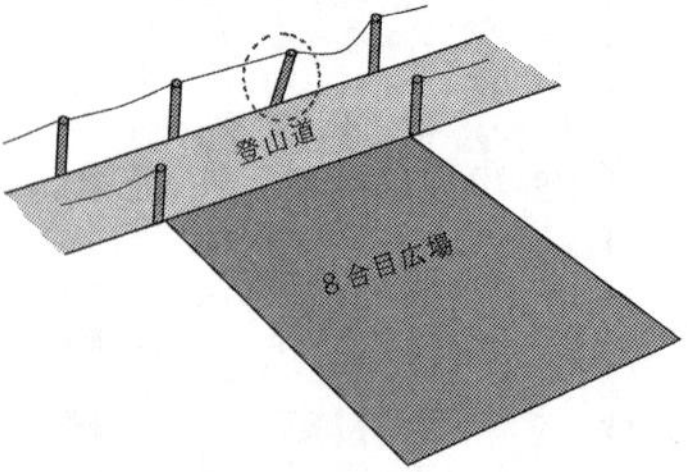

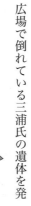

マズかったんじゃないか』と反省し、山の管理団体に電話して謝ったらしい。電話に出たのがその男性だ。電話がきた時点で夜10時を過ぎていたため、翌朝早くに登って、確認しに行くことにしたという。それで運悪く、遺体の第一発見者になったんだから気の毒な話だ」

『21日の朝、登山道の設備を見るために山に登ったんです。そしたら人が倒れていて……すみません。思い出しただけで、気分が悪くなってしまいまして……』とにかくひどい有様でした。……ええ、すぐに下山して警察に連絡をしました』

「男性は下山して警察に通報。昼頃には現場検証が始まった。現場に残されたリュックの中から三浦氏の身分証が発見されたこと、そして、麓の駐車場に三浦氏の車が停めてあったことから、遺体は三浦氏のものであると推測された」

「推測？」

「その時点では断定できなかったんだ。あまりに遺体の損傷が激しくてな。顔はおろか、性別すら見ただけじゃわからなかったらしい。生々しい言い方をすれば、**かろうじて人の形をした何か**だった」

「うっ……相当ひどい殺され方をしたんですね」

「刃物による刺し傷、そして石で殴打された痕が合わせて**二百か所以上**もあったと聞いた」

「二百か所以上……」

「殺人犯が被害者にここまでの暴行を加える場合、考えられる動機は二つある。一つは、身元をわからなくするため。もう一つは激しい恨みを晴らすため。この場合、どちらだと思う？」

「……もしも、身元をわからなくすることが目的だとしたら、身分証を現場から持ち去らないのはおかしい。つまり……激しい恨み……ということになると思います」

「その通りだ。犯人は三浦氏を心底恨んでいたんだろう」


岩田は寒気がした。二百か所以上も暴行を加えるような恨み……いったい、犯人と三浦の間に何があったのか。


「ところで、三浦先生が殺害されたのはいつなんでしょうか」

「それについては、だいぶ詳しいことがわかっている。遺体は損傷が激しく司法解剖は難航を極めたそうだが、幸いというべきか、胃の中から**未消化の食物**が検出されたんだ。『はなやぎ弁当』の中身と同じだったそうだ。

食物は胃の中で三時間かけて消化される。消化が終わったら胃の中は空っぽになる。だが、その途中で死亡し、胃の活動が停止したら、食い物は胃の中にずっと残る。消化具合を見れば、食後何時間で死んだかわかるわけだ。三浦氏が死亡したのは、**食事をしてから、およそ2時間30分後と推定された**」

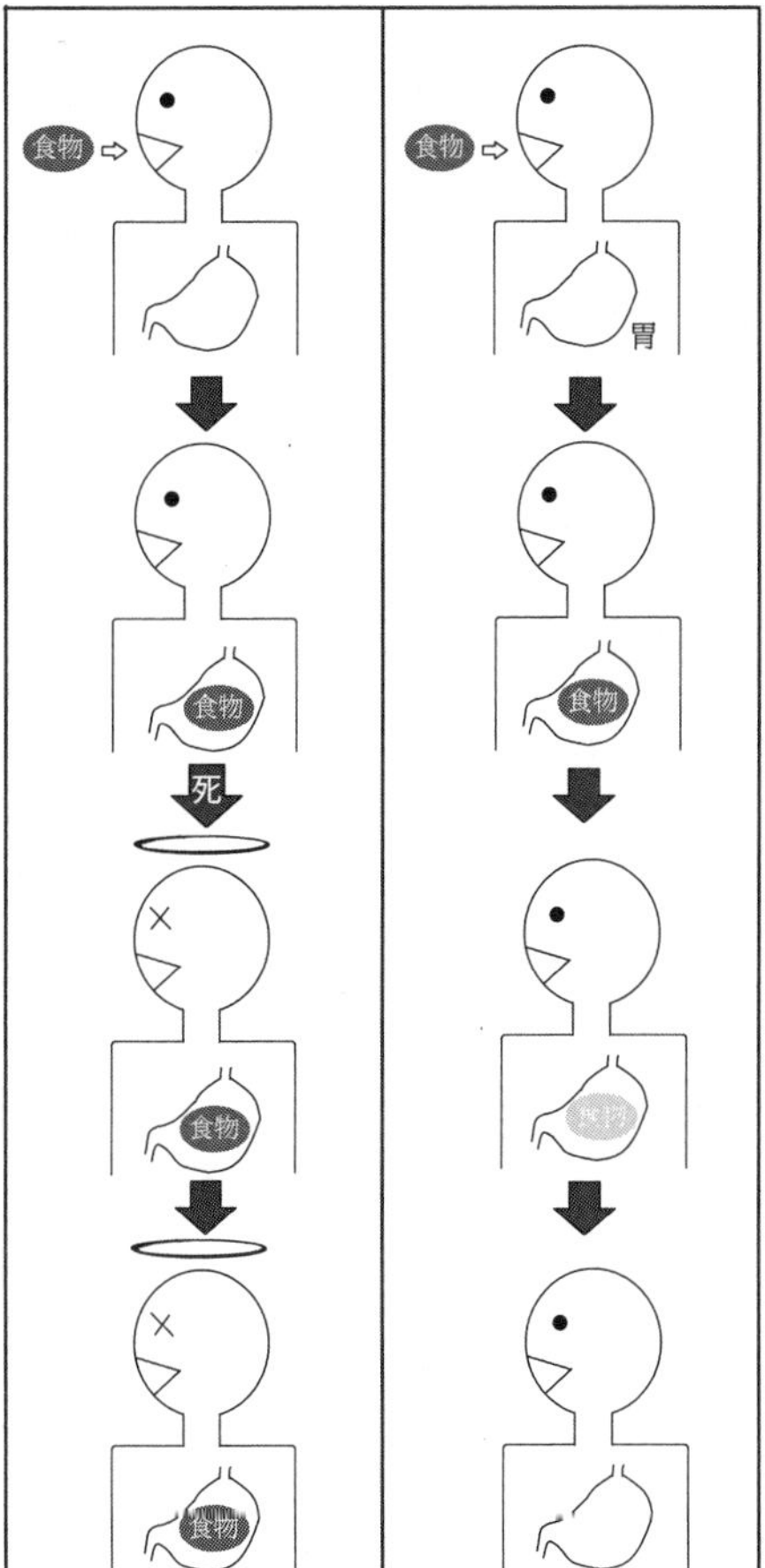

「三浦氏が『はなやぎ弁当』を食ったのは14時30分頃。その二時間半後……つまり**17時頃**に殺害されたことになる」

「なるほど……あれ？　ちょっと待ってください。たしか、三浦先生が8合目に到着したのは17時以降でしたよね」

20日（日曜日）	
7:40	家を出発
7:50	学校に到着
8:00	美術部の指導を開始
13:00	指導を終え　学校を出発
13:10	駅前で豊川と落ち合い スーパーで買い物
13:30	Ｋ山に到着　登山開始
14:30	４合目広場に到着 食事の後、スケッチ
15:30	豊川と別れ登山再開
16:00	６合目付近で最後の目撃
17:00~	８合目広場に到着 到着後　間もなく殺害される
21日（月曜日）	
9:00	遺体発見

「ああ。つまり、三浦氏は8合目に到着してすぐに殺されたってことだ。岩田。ここまでの話を聞いて、どんな犯人像をイメージする？」

「そうですね……。まず、遺体の状況から考えて、犯人は三浦先生のことを相当恨んでいた。よって、**犯人は先生の知人**だと思います」

「そうだな。初対面の人間と口論になってつい殺してしまった……という事件もまれにあるが、二百か所以上も暴行を加えるとは考えられない。犯人は顔見知り。しかも、相当深い関係にあった人物だ」

「そして、三浦先生が日曜日に山に登ることを知っていた人。となると……これまでに出てきた中で怪しいのは……**三浦先生の奥さん、美術部の亀戸さん**、そして**豊川さん**です」

「その通りだ。むろん、条件にあてはまる人物は他にもいた可能性はあるが、三浦氏との関係の深さから考えて、警察はこの三人に焦点を絞った。そしてアリバイを検証した結果、容疑者は一人に絞られた」

「え!?」

「順を追って説明する。三浦氏と途中まで同行した豊川はひとまず置いといて、他二人のアリバイを見ていこう。二人の住む町からK山の8合目まで、交通機関を使っても片道三時間ほどかかる」

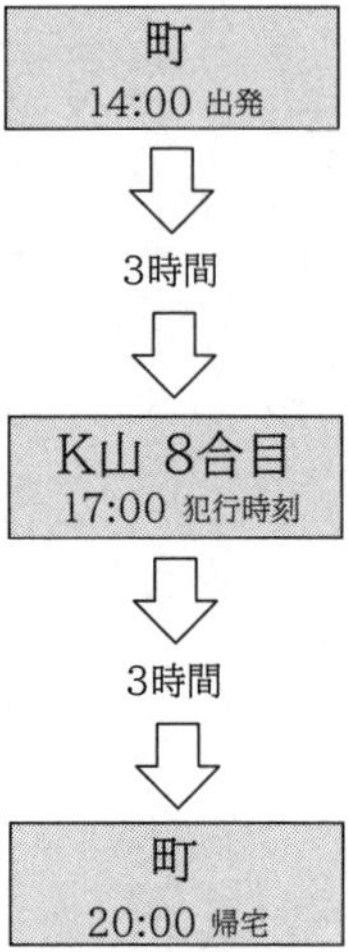

「犯行時刻が17時だから……往復の時間を考えれば、14時から20時までの間にアリバイがあればシロってことですね」
「ああ、だが、もう一つヒントがある。三浦氏の所持品で、なくなっていたものがあったんだ。**寝袋、そしてあんぱんとカツサンド**だ。あんぱんとカツサンドは三浦氏が駅前のスーパーで『はなやぎ弁当』と一緒に買ったものだ。おそらく、夕食と朝食に食うつもりだったんだろう。だが、食う前に殺されちまったんだろうな。司法解剖の結果、体内からは検出されなかった。つまり、犯人が持ち去った可能性が高い」
「食べ物と寝袋を盗んだということは……犯人は山の中で一晩を越して、朝になってから下山したんでしょうか？」
「と、思うよな。だが、それにしてはおかしいんだ。三浦氏の所持品の中には、懐中電灯、飲み水、テントなど、野宿に必要な物品が他にもあった。だが、どれも盗まれていなかった。つまり、**犯人はそれらを持っていた**ということだ。そこまで用意周到な犯人が、『食べ物』『寝袋』という野宿には必要不可欠なものを忘れるなんてヘマをすると思うか？」

「たしかに……。しかし、それなら何の目的で……」

「おそらく、警察を騙《だま》すためだ。まさに今、お前は犯人のミスリードに引っかかった。『犯人は山の中で一晩を越して、朝になってから下山した』……こう思わせるため、食料と寝袋を盗んだんだろう。そして、その日のうちに山を下り、翌朝までにアリバイを作った」

「そうか。『犯人は山で夜を越した』と警察が誤解すれば、朝までにアリバイのある自分は容疑者から外れる……という作戦ですね」

「ああ。だが、そんな浅知恵は警察に通用しない。犯人の作戦を逆手に取り、警察は次のような捜査をすることにした。14時から20時までをA時間、20時から翌朝までをB時間とし、『A時間』にアリバイがあればシロ。『B時間』にのみアリバイがあった場合、アリバイ偽装の可能性アリで逆に疑いが強まる、という寸法だ。結果、三浦氏の妻と亀戸はシロと判明した。

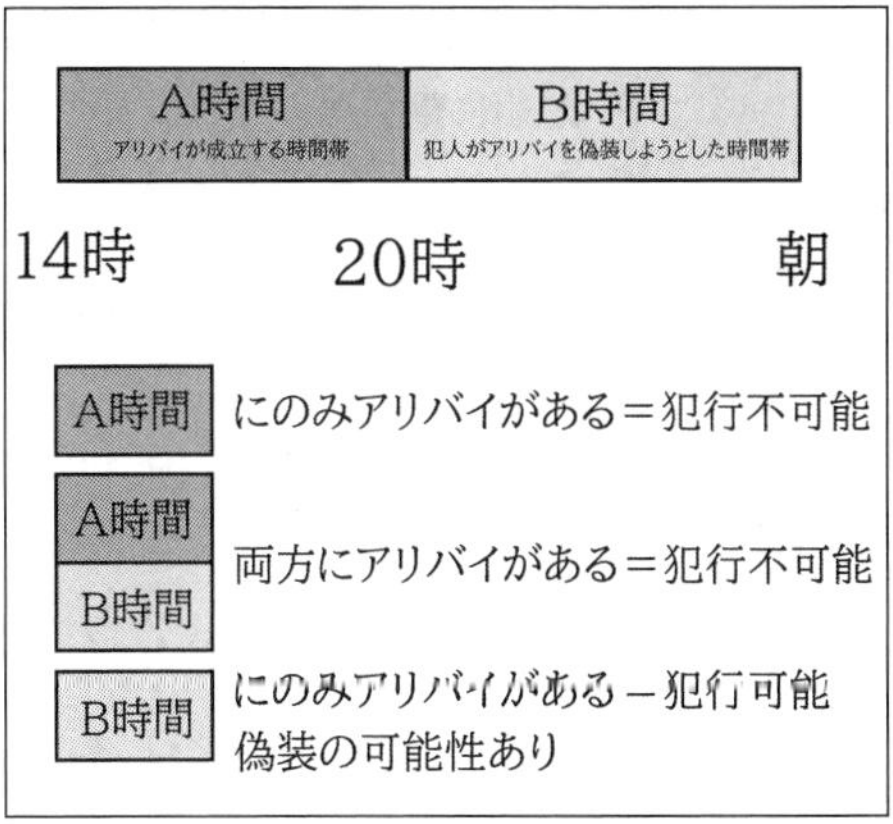

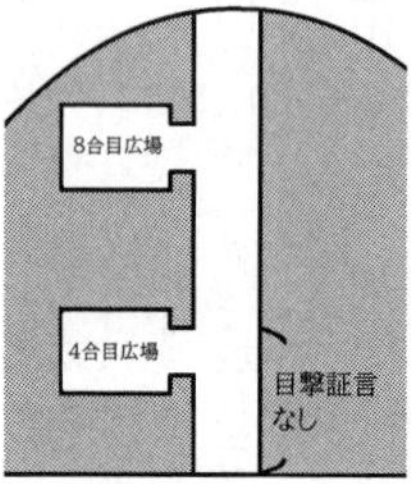

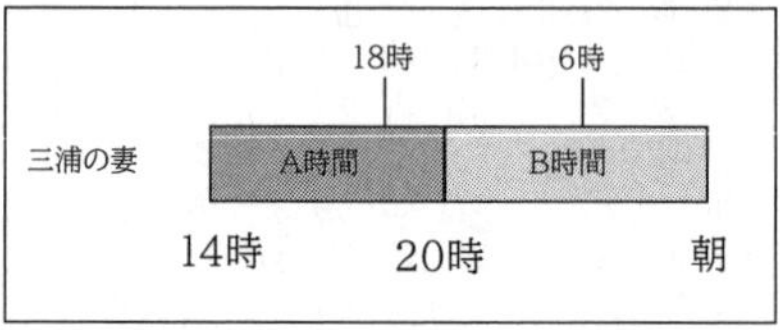

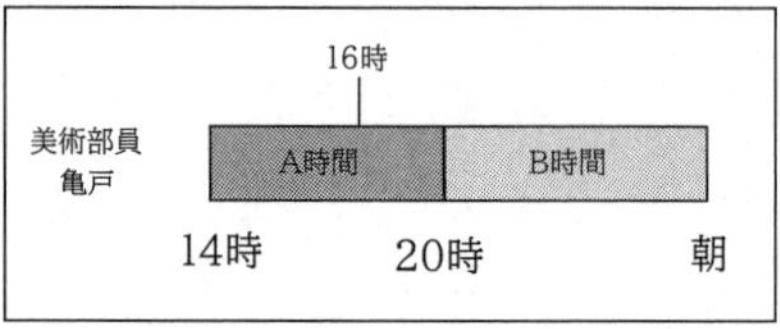

三浦氏の妻は事件当日の18時頃、当時11歳の息子を連れて近所の八百屋に買い物に行っている。また、翌朝の6時過ぎ、家の前を掃除する姿を隣人に目撃されている。次に亀戸だが、彼女は事件当日の16時頃、自宅から友達の家へ電話をかけている。友達の証言、そして通話記録から証明されている」

「では犯人は……豊川」

「ああ。警察が豊川を集中的に調べたところ、怪しげな情報が出てきたそうだ。事件当日、4合目で三浦氏と別れた後、**下山する豊川の姿を誰も見ていないんだ**」

「え!?」

「つまり、豊川は山を下りていない可能性が高い」

「じゃあ、三浦先生の後をつけたってことですか?」

「いや、そういった目撃証言もなかった。言うなれば、豊川は4合目からいきなり消えたんだ。警察はこう考えた。豊川は三浦氏と別れた後、**登山道を外**

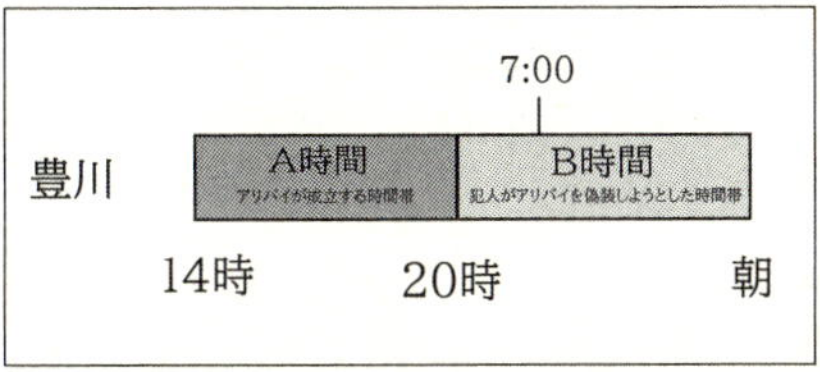

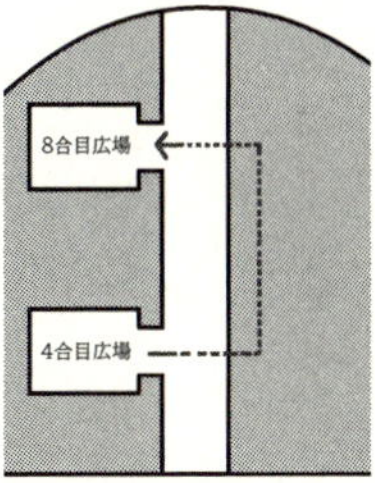

れて8合目まで行ったんじゃないか、と」

「別ルートがあるんですか？」

「険しい獣道《けものみち》だが、大人ならそこまで苦労せずに歩けるそうだ。急げば、登山道と同程度の時間で8合目まで行けるらしい。まとめるとこうだ。三浦氏と別れた豊川は、登山道を外れて獣道を登り、8合目に到着。三浦氏を殺害し、寝袋と食料を盗み、その日のうちに下山した。ちなみに翌朝7時頃、豊川は近隣住民と挨拶をしている」

「B時間にアリバイがある……よけいに疑いが強まった、ということか」

今の話を聞けば、豊川が犯人としか考えられない。だが……。

「熊井さん……。この事件、これまで誰も逮捕されていませんよね。どうして警察は豊川を逮捕しなかったんですか？」

「できなかったんだ。今話したことはすべて憶測にすぎない。ギリギリのところで逮捕状が下りなかったらしい」

「こんなに怪しいのに？」

「怪しいだけじゃダメなんだ。明確な証拠が一個あれば簡単なんだが、残念ながら今にいたるまで見つかっていないらしい。そしてもう一つ問題がある。豊川は動機が弱いんだ。たしかに、奴が三浦氏を疎ましく思っていたのは事実だろう。しかし、惨殺するほどの理由になるかといえば……難しい」

「三人の他に容疑者はいなかったんですか？」

「どうだろうな……。俺は途中で取材を離れて入院しちまったから、詳しいことはわからないが、逮捕者が出ていないということは……めぼしい人物はいなかったんだろうな」


熊井はファイルをめくりながらつぶやく。

「まあ、これだけなら、数ある猟奇殺人の一つだ。しかしな、この事件には、もう一つ奇妙なところがあった」

熊井が開いたページには、写真が掲載されていた。

「これは……？」

「現場に残されたリュックには、スケッチブックが入っていた。そこにはいくつも絵

が描かれていた。写真に写っている二枚は、事件当日に4合目広場で描かれたものだと思われる」

「それで……これの何が奇妙なんですか？」

「奇妙なのはこれじゃない。この後、8合目広場で描かれた最期の絵だ」

「最期の絵？」

熊井はページを一枚めくる。

そこに載っている写真を見て、岩田は目を疑った。

絵の上手い三浦が描いたとは思えない、雑で汚い絵。

「これ……本当に三浦先生が描いたんですか？」

「ああ、間違いなく三浦氏の絵だ。8合目広場から見える山並みを描いたものらしい。

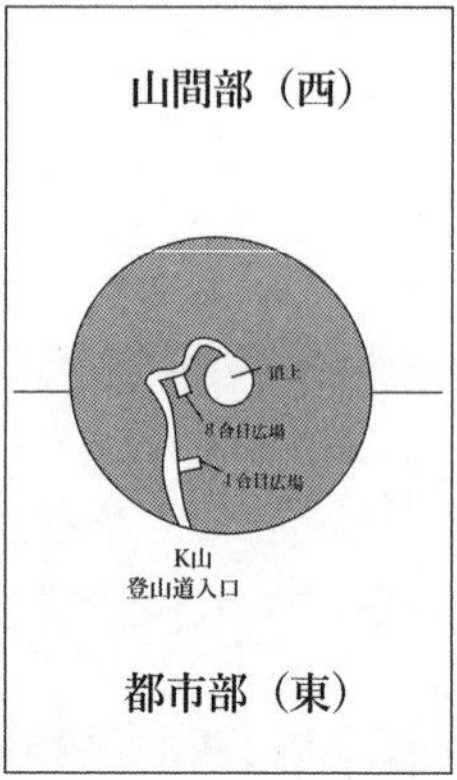

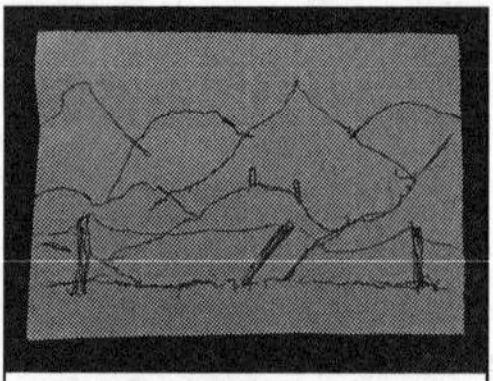
三浦の描いた絵

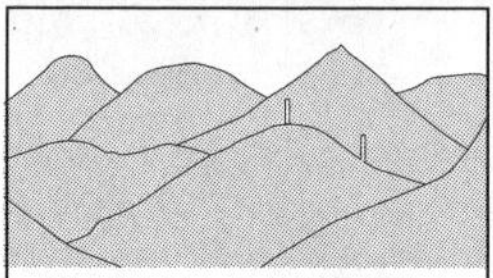
8合目広場から見える山並み

お前も知ってると思うが、K山は山間部と都市部の境にそびえている。登山道を登っていくと、ちょうど8合目で山間部の山々が見渡せる。三浦氏はこの景色が好きで、生前、何度も訪れてスケッチをしていたらしい」

『岩田。先生な。よくK山に登って絵を描くんだ。8合目から見える山並みが絶景なんだよ』

「その話、三浦先生に聞いたことがあります。でも……この絵は……」

「おかしいだろ？　他の絵とはタッチがまったく違う。しかもこれ、**レシートの裏に描かれていたんだ**」

＊＊＊

「三浦氏のズボンのポケットには、財布が入っていた。その中からレシートが見つかった。日曜の昼間に駅前のスーパーで食料を買ったときのものだ。その裏に、この絵

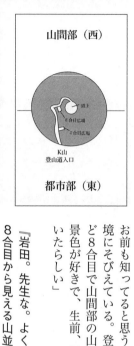

が描かれていたんだ。鑑識の結果、レシートの指紋などから絵は三浦氏が自分で描いたものと断定された。画材は、彼がいつもポケットに入れていたボールペン。雑な絵だが、テキトーに描いたわけじゃなさそうだ。以前、俺は8合目まで登って実際の景色を見てみたが、構図がほとんど一緒だった。それぞれの山の高さ、勾配、位置関係、そして山の上に立つアンテナまで忠実に再現されていた。よほど正確に描きたかったんだろう。**補助線**までついていた」

「補助線……ってなんですか？」

「写真をよく見てみろ。紙に折り目がついてるだろ？」

「……たしかに、細かく折りたたんだような跡がありますね」

「俺はアートに詳しくないからよく知らなかったんだが、絵描きが模写をするとき、紙にあらかじめ、基準となる線を引くらしい。これがいわゆる『補助線』だ。これがあることによって、バランスの取れた、正確な絵が描けるんだそうだ」

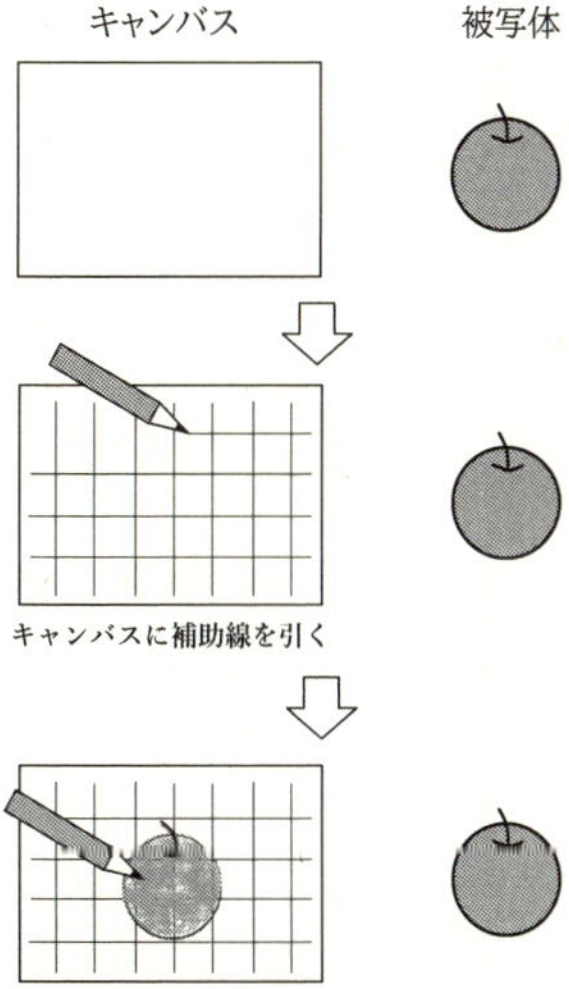

「三浦先生はレシートに折り目をつけることで、補助線をつけた……？」

「それが警察の見立てだ。事実、絵をよく見ると、補助線に合わせて描かれていることがわかる」

「でも、どうしてレシートの裏なんかに描いたんでしょう」

「たしかに、絵を描くならスケッチブックを使えばいい。だが、三浦氏はそうしなかった。なぜだと思う？」

その問いかけに、岩田は恐ろしい可能性を思いつく。

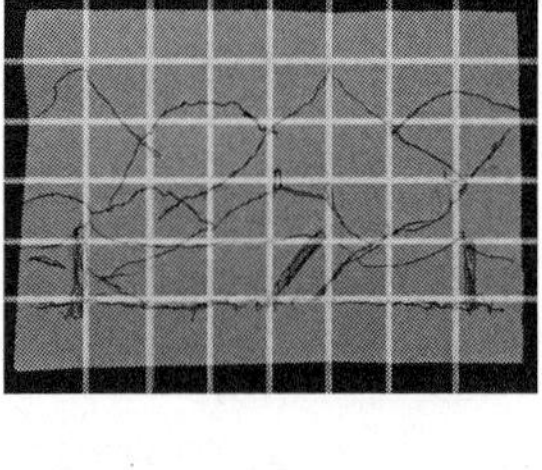

「………三浦先生は、スケッチブックを取り出せる状況になかった……？」

「そうだ。俺は次のように考えている。三浦氏は8合目に到着した後、何者かに襲われた。犯人は三浦氏に刃物を突き付けた。しばらくの間、二人はにらみ合った。その途中、三浦氏はポケットからレシートとボールペンを取り出し、恐怖で震える手で、犯人の背後に見える景色……山並みの絵を模写した。絵をしまった後、三浦氏は殺害された」

たしかに、そうとでも考えなければ説明がつかないが、あまりにも不自然だ。なぜ三浦は刃物を向けられているときに、逃げもせず、模写などしようと思ったのか。

そのとき、一つの可能性が思い浮かんだ。

「熊井さん。三浦先生は、本当に殺される寸前に絵を描いたんでしょうか？」

「どういうことだ？」

「先生は生前、何度もK山の8合目を訪れていたんですよね。以前来たときに描いたものが、財布に入ったままだった……という可能性はありませんか？」

「それはないな。さっきも言っただろ？　絵が描かれたレシートは、**その日の昼に**駅前のスーパーで発行されたものだ」

「あ……そうか」

「それにだ。絵をよく見てみろ。手前に杭が三本立ってるよな？　これは、登山道のロープを張るための杭だ。真ん中の杭が傾いているのがわかるか？」

「はい……あ！　もしかして」

「思い出したか？　事件当日の昼頃、大学生の登山サークルが、8合目で杭を蹴っ飛ばして折った。それがこれなんだ。三浦氏が殺される数時間前のことだ」

「それが描かれているということは……やっぱりこの絵は死ぬ間際に描かれたんですね」

「ああ。三浦氏が8合目広場に到着してから殺されるまでのわずかな時間だ」

　犯人に襲われながら描いた山並みの絵。いったい、どんな目的があったのだろう。

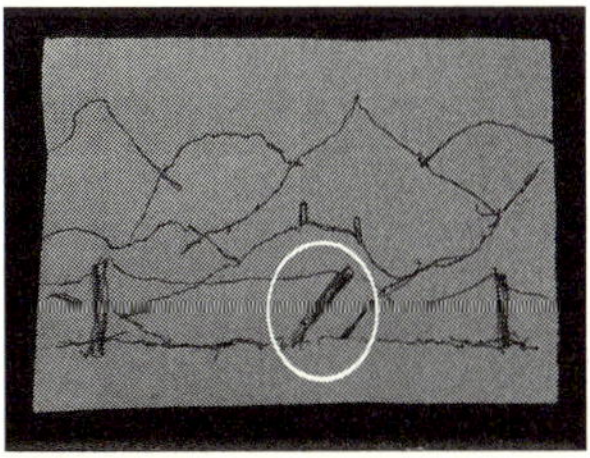

「……もしかしてこの絵、犯人を示すメッセージ……とかなんでしょうか？」

「どうだろうな。似顔絵でも描いておいてくれれば、ありがたかったんだが。まあ、そんなことをすれば犯人に処分されてただろうけどな」

「たしかに……」

三浦は、犯人に処分されないよう、簡単には解読できない暗号を残したということか……。だが、そうなると、別の疑問が湧いてくる。**犯人はなぜ、絵を現場に残したのか**。自分の名前や似顔絵が描かれていなくても、殺した相手が死に際に妙な絵を描いていたら、念のために処分するのが自然ではないか……。

考え込む岩田に、熊井は言った。

「まあ、事件の概要はおおよそこんなもんだ。さあ、もう時間も遅いし帰るぞ」

＊＊＊

岩田は社員寮に帰ると、殺風景な八畳間に体を横たえた。三浦の描いた絵が頭から離れない。とりわけ気になるのは、補助線のことだ。

スケッチブックに描かれた絵には、線が引かれていなかった。つまり三浦は、**普段は補助線を使わずに絵を描くタイプだった**ということだ。なのになぜ、山並みの絵だけは、わざわざ丁寧に補助線を引いたのか。そこまでして正確に模写しなければなら

ない理由があったのだろうか。
また、『折り目をつけた』というところも気になる。補助線が必要なら、ペンで線を引けば済む話だ。なぜ、折り目をつけるなど、面倒くさいことをしたのだろう……。
考えれば考えるほどわからなくなる。
岩田は小さくため息をつき、寝返りを打った。そのときふと、壁にかけたカレンダーが目に入った。もうすぐ9月だ。三浦が死んで三年になる。

『岩田。先生な。よくK山に登って絵を描くんだ。8合目から見える山並みが絶景なんだよ。今度連れてってって見せてやるよ。悩みなんて溶けてなくなるぞ』

（来月、登ってみるか）

三浦が愛した絶景を、岩田は一度、見てみたいと思った。

事件当日の三浦の行動

20日（日）

7:40　家を出発
7:50　学校に到着
8:00　美術部の指導を開始
13:00　指導を終え　学校を出発
13:10　駅前で豊川と落ち合い
　　　スーパーで買い物
13:30　K山に到着　登山開始
14:30　4合目広場に到着
　　　食事の後、スケッチ
15:30　豊川と別れ登山再開
17:00頃　8合目広場に到着
　　　レシート裏に山並みの絵を模写
　　　間もなく殺害される

21日（月）

9:00　遺体発見

・二百か所以上に暴行の痕→激しい恨み？
・寝袋と食料が盗まれていた→アリバイ偽装？
・レシートの裏に山並みの模写→なぜ？

3人の容疑者

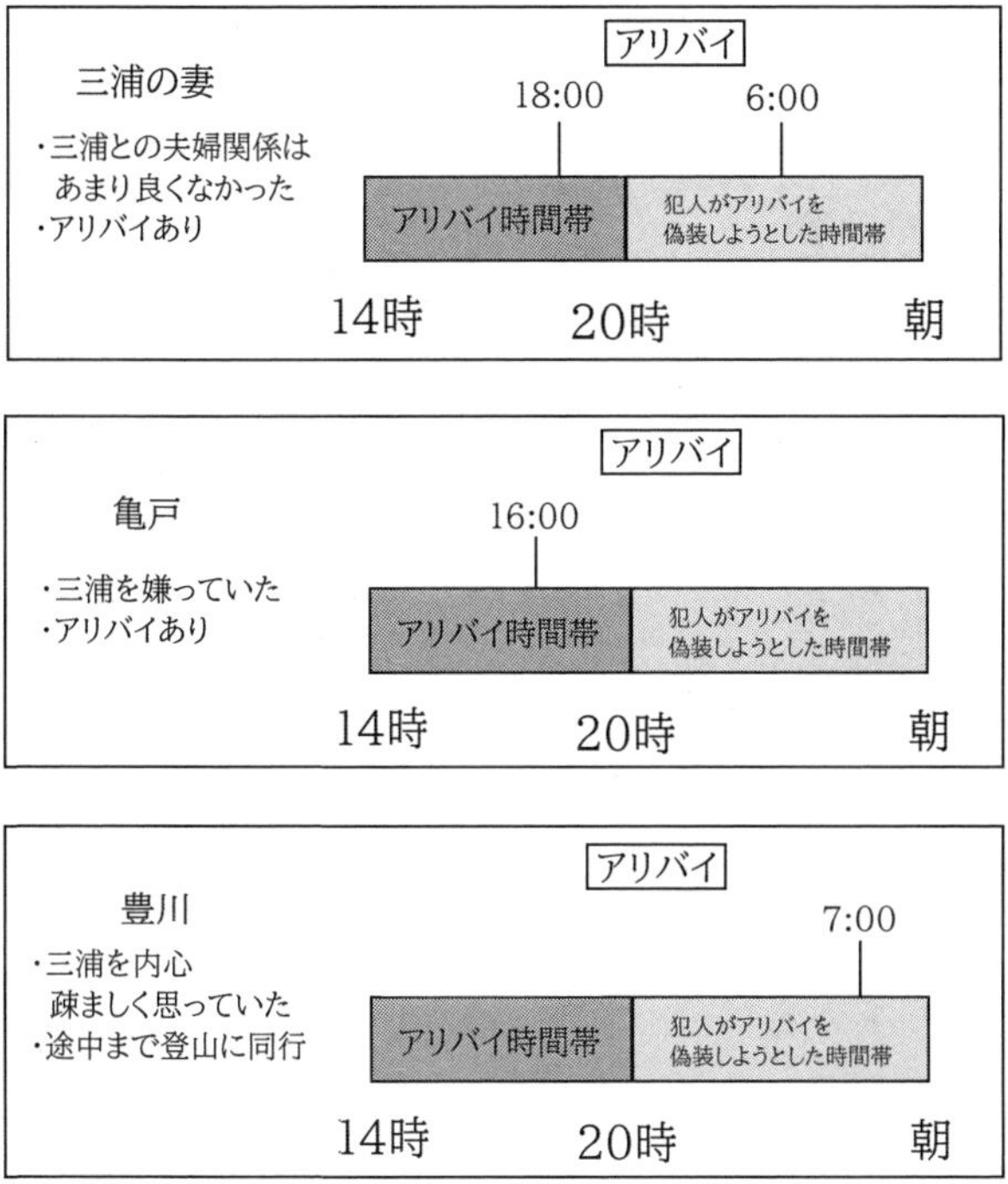
三浦の妻
・三浦との夫婦関係は
あまり良くなかった
・アリバイあり
アリバイ
18:00
6:00
アリバイ時間帯
犯人がアリバイを
偽装しようとした時間帯
14時
20時
朝
亀戸
・三浦を嫌っていた
・アリバイあり
アリバイ
16:00
アリバイ時間帯
犯人がアリバイを
偽装しようとした時間帯
14時
20時
朝
豊川
・三浦を内心
疎ましく思っていた
・途中まで登山に同行
アリバイ
7:00
アリバイ時間帯
犯人がアリバイを
偽装しようとした時間帯
14時
20時
朝

翌日の昼休み、岩田はデスクの上に手帳を開いた。そこには、熊井から聞いた話をまとめた、事件の概要が記されている。どう考えても一番怪しいのは豊川だ。だが、決定的な証拠がなく、そして熊井によると動機が弱い。

動機……岩田は昨晩考えた。豊川には心に秘めた恨みがあったのではないか。三浦と豊川は美術大学で知り合ってから、二十年以上も友達付き合いを続けた。その間に、豊川の中で三浦に対する何らかの感情が芽生え、熟成された……そんな可能性はないだろうか。

豊川に話を聞きたい。取材をしてみたい。

そのとき、後ろから熊井にポンと肩を叩かれた。


「熱心だな」

「昨日教えてもらったことをまとめてみたんです」

「そうか……。ところで、あの件はどうなった？　会社をやめるだとかなんだとか……」

「あ……もう少しだけ、続けてみようと思います」

「うん……それがいい。このご時世にわざわざ月給を捨てることはない。フリーの記者ならいつでもなれる。急ぐことはないだろう」

「あの、そのことなんですが、休みの日に記者として活動することは可能でしょうか？」

「え？」

「会社に迷惑はかけません。あくまで個人の社外活動として、三浦先生の事件を追いかけたいんです」

「追いかけるって……具体的に何をするんだ」

「豊川に取材をしたいです。三浦先生のことを本当はどう思っていたのか。直接聞いて動機を知りたいんです」

熊井は少し考えた後、真面目な顔で言った。

「……会社に黙っていれば問題ない。だが、俺は反対だ」

「どうしてですか……？」

「いいか。逮捕こそされていないが、豊川は犯人かもしれない男だ。そんな奴に『事件のことを調べています。あなたは被害者に恨みはありましたか？』なんて聞いてみろ。事件をほじくられることを恐れて、お前に危害を加える危険がある」

「…………」

「記者っていうのは、危険な商売だ。だから、各々が自分の身を守る術を持っている。これは簡単に身に付くもんじゃない。経験が必要だ。岩田。お前は記者としての経験もなければ、社会人としてもまだまだ未熟だ。危ないことはしないほうがいい」

「それはわかっています。……でも……」

「……まあ、どうしても豊川に話を聞きたいなら、雑談をすればいいんじゃないか？」

「雑談？」

「豊川は以前、三浦氏の計らいで毎週土曜に美術部の外部講師をしていた。今でも講師を続けている可能性はある。お前は卒業生だろ？　卒業生が母校を訪問したってなんの問題もない。記者ではなく、あくまで一般人として豊川に接触すればいい。会う理由はテキトーにでっちあげろ。そして、雑談の中からこっそり情報を集めるんだ」

「なるほど……」

「取材の基本は会話だ。まずは会話から始めてみろ」

「……はい。ありがとうございます！」

＊＊＊

翌週の土曜日、岩田は電車に三十分揺られ、母校の最寄り駅に降り立った。高校時代は祖父の家から毎日バスで通学していたため、この駅を利用することはほとんどなかったが、やはり町の雰囲気は懐かしい。岩田は学校を目指して歩き出した。

十五分ほどで見慣れた木造校舎が見えてくる。校庭からは運動部が練習をする声が聞こえる。ここに来るのは卒業以来半年ぶりだ。事務室で来賓札とスリッパを借り、職員室に向かう。

廊下から見える教室、トイレ、階段……何も変わっていない。しかし岩田は、どこか居心地の悪さを感じた。半年前まで当たり前のように通っていた場所が、今はまるで異世界のようだ。『お前はもうここの住人じゃない』……ひんやりした校舎が、大人になった自分を拒んでいる……そんな感覚だった。

しかし、職員室に入ると、岩田は歓迎された。かつて世話になった数人の教師が、駆け寄ってくる。

「岩田！　久しぶりだな！　元気にしてたか？」

「新聞社に入ったんだよね？　ってことは記者さん？」

「え？　じゃあ記者会見に行ったりするのか？」

質問攻めを笑顔でかわしながら、岩田は奥のデスクで事務作業をしている一人の女性教師のほうへ歩いていった。三浦が亡くなった後、赴任してきた、美術教師の丸岡《まるおか》だ。美術部の顧問も引き継ぐことになったと聞いている。

パーマ頭にオーバーオールという、教師としてはやや奇抜な恰好と、飄々《ひょうひょう》とした性格が生徒たちから面白がられ『丸ちゃん』というあだ名で慕われていた。岩田は美術の授業でしか接点がなかったが、個性の強い彼女のことは、強く記憶に残っていた。

「丸岡先生。お久しぶりです。昨年度まで美術の授業でお世話になった、岩田俊介です」

「おー！　久しぶりだね！　さっき先生たちが騒いでたけど、君、記者やってるんだって？」

「記者ではないですが、新聞社に勤めています」

「へー、偉いもんだ。で、今日は何の用？」

「はい。少しお尋ねしたいことがありまして。以前、豊川さんという方が、美術部で外部講師をされていたと思いますが、今も続けていらっしゃいますか？」

「やめたよ。だいぶ前に」


遅かった……。岩田は肩を落とした。


「豊川さんは、どうしてやめられたんでしょうか？」

「本業の転勤で引っ越しが決まったんだって」

「どちらに引っ越されたか、わかりますか？」

「うーん……忘れちゃったな。……そうだ、亀《かめ》ちゃんなら知ってるかも」

「亀ちゃん？」

「豊川さんの後任で入った外部講師の女の子」

「……もしかして、元美術部の亀戸さんのことですか……？」

「知ってるの？　そうそう。彼女、今は美大生だからアルバイトとして毎週来てもらってるんだ。今も部活の指導してるよ。もうすぐ終わる頃だから会いに行く？」

「はい……ぜひ！」

思いがけない偶然だった。豊川は期待外れだったが、当時の関係者に会えるとは幸運だ。岩田は丸岡に連れられ、美術室に向かった。ちょうど部活を終えたらしき美術部員たちが、ぞろぞろと出てきた。スパルタの三浦がいなくなり、人数が増えたのだろう。部員たちは丸岡に声をかける。

「丸ちゃん！　お疲れでーす！」

「はーい、お疲れさん。気をつけて帰りな」

生徒と教師とは思えない、友達同士のような会話だ。三浦が生徒からこんな軽口をたたかれたら、小一時間は説教していただろう。岩田は思わず苦笑した。

美術室に入ると、中で一人の若い女性が絵筆を洗っていた。丸岡は彼女に向かって叫ぶ。

「亀ちゃーん！　新聞記者のお兄さんがね、亀ちゃんに聞きたいことがあるって！」

慌てて訂正しようとしたが遅かった。

「じゃあ、あとは二人で好きに話しな」と言い残して、丸岡は出て行った。

二人だけになった美術室には、緊迫した空気が漂った。亀戸はいぶかしげな目で岩田を見ている。いきなり『新聞記者』が訪ねてきたら、不審に思うのは当然だ。岩田は、彼女の警戒心を解くため、精一杯、柔らかい笑顔を作った。

「亀戸さん、突然申し訳ありません。僕は岩田俊介と申します。この学校の卒業生です」

「卒業生……？」

「はい。現在、新聞社に勤めていますが、いわゆる取材ではなく、あくまで一個人として亀戸さんに伺いたいことがあります。少しだけお時間よろしいでしょうか？」

「……はい。とりあえず、こちらにおかけください」

二人は、木製の大きな机をはさんで向かい合って座った。改めて見ると、彼女はかなりきれいな顔をしている。黒い瞳はぱっちりと大きく、肌は透き通るように白い。後ろにまとめられた黒髪は、ほどけば相当な長さになるだろう。学年が二つ違うので面識はなかったが、同じ学校にこんな美人がいたのかと、今になって驚く。

「ええと、亀戸さんにお聞きしたいのは、以前、こちらで講師をされていた豊川さんに関することです。豊川さんのことは、ご存じですか？」

「はい。高校時代、毎週指導を受けていたので」

「彼、本業の都合で引っ越しをされたと聞いたのですが、今どちらにお住まいかご存じですか？」

「……福井県に移った、ということは聞きましたが……詳しい場所までは知りません。

あの、豊川さんに何か？」

「はい……。彼に、聞いてみたいことがあるんです」

「……もしかして、三浦先生のことですか？」

岩田はドキリとした。

たしかに、新聞社の人間が豊川のことを調べていると聞けば、三浦の事件を連想するのは自然なことだ。だが、亀戸の表情と声には、それ以上の含みがあった。下手に取り繕《つくろ》うより、正直に話したほうがいいと岩田は思った。

「はい。……実は三浦先生は、僕の恩師なんです」

「え!?」

「今、個人的な感情から、彼が亡くなった事件について調べています。今日は、事件の関係者である豊川さんに直接お話を伺いたいと考え、ここに来ました」

「そうだったんですか……」

「亀戸さん。もし、豊川さんについて知っていることがあれば、どんなことでもいいので、教えていただけませんか？」

「……こんなこと、言っていいのかわかりませんが……」

亀戸はあたりを気にするように、小さな声で言った。

「私……**三浦先生を殺したのは、豊川さんだと思っています**」

＊＊＊

衝撃的な言葉だった。

「……どうしてですか？」

「豊川さん……三浦先生のことを、ものすごく嫌っていたみたいなんです」

「ものすごく？」

「はい。そのことを知ったのは、事件の後でした。私は当時、毎週土曜日に豊川さんからデザイン画の指導を受けていたんですが、三浦先生が亡くなった後、豊川さん、指導の途中に先生の悪口を言うようになったんです。『三浦くんに教わったことは全部忘れたほうがいい』とか、『あの人はしょせん公務員だから、アートの才能がない』とか……。まるで死者に鞭《むち》打つみたいに」

「初耳です……。たしかに、豊川さんが三浦先生の自分勝手な性格を、内心うっとうしく思っていたのは知っています。でも、どうして先生の才能を否定するようなことまで……？」

「それには、とても根深い理由があるんです。豊川さんって、子供の頃から絵がすごく上手かったらしくて、美大もトップの点数で合格して、入学式でスピーチを任されるくらいのエリートだったそうです。……それに対して三浦先生は、下から数えて何番目かのギリギリ合格だった……と、生前、本人がよく笑い話にしていました。二人は同級生ですが、どちらかといえば、豊川さんが三浦先生に絵を教えてあげるような、師弟関係に近かったと聞いています」

「……全然知りませんでした」

「ただ、社会に出た後、この関係が逆転したんです。豊川さんが新卒で就職したのは東京のデザイン事務所で、でも、思うような仕事ができなくて、会社の人と揉めて、数年でやめてしまったそうです。再就職に困っているとき、手助けをしてくれたのが三浦先生だったんです。そのうえ、副業として美術部の講師の仕事までもらって……。プライドの高い豊川さんは、かつて自分が指導していた相手に世話になっている現状が、悔しくて仕方なかったんじゃないかって……今になって思うんです。……最後のほうは、私の憶測ですけどね」

「いえいえ、とても参考になります。……ところで、亀戸さんは豊川さんについてとてもお詳しいようですが、部活の指導以外で、彼との付き合いがあったんですか？」

「はい。……三浦先生のお家で、よく一緒に食事をしました」

「え!?　先生の家で？」

「はい。私、事件の後、先生のご自宅によくお邪魔していたんです。旦那さんがいなくなって、色々と大変だろうと思って、食事の支度とか、お子さんのお世話とか、お手伝いをしに行ってました」

岩田は不思議に思った。たしかに亀戸は、美術部で三浦から世話になっていたというが、それにしたって、生徒が亡くなった教師の遺族のためにそこまでするだろうか。しかも、亀戸は三浦のことを嫌っていたはずなのに……。

「そのとき、豊川さんも一緒にいらっしゃることが多かったんです。彼は、お肉とかお魚とか、毎回食材を買ってきてくれました」

「へえ。三浦先生の悪口は言っても、ご遺族のことは気にかけていたんですね」

「いえ……それが……彼には、目的があったんです」

「目的？」

「私、豊川さんが三浦先生の奥さんに、いやらしい目つきで言い寄っているのを、何度か見てしまったことがあります」

「本当ですか……!?」

「はい。奥さん、すごく怖がってらして……。私、どうしたらいいのかわからなくて……」

豊川の下衆《げす》な本性がだんだんと見えてきた。彼への疑いを強める一方、岩田は同時に、亀戸に対しても、疑問を持ち始めていた。

「亀戸さん。貴重なお話をありがとうございます。最後に……一つだけお聞きしたいのですが、亀戸さんは、三浦先生のことをどう思っていたのですか？」

「どう……と言いますと？」

「事件当時、亀戸さんは取材に対して『三浦先生のことが嫌いだった』と話されていたと思います。それなのに、三浦先生のご家族のお世話をしたり……奥さんの心配をしたり……どうしてそこまで？」

亀戸はうつむき、もじもじしながら言った。

「好きだったんです」

「……え？」

「私、三浦先生のこと、好きだったんです。……いえ、でも、『嫌い』と言ったのも決して嘘ではなくて……たくさん怒られたし、嫌な部分もいっぱいあって……でも、あんなに親身になってくれる人、他には誰もいなくて……」

あまりにも予想外な言葉が、彼女の口からあふれ出していく。

「私、両親と仲悪くて……いつもお互い無視し合ってて。だから三浦先生のこと、親みたいに感じていたんです。だから反抗もしたし、どうしようもなく嫌いになったこともあったけど……先生が亡くなったとき……体の一部をもがれたみたいにつらくて……。何日もずっと泣き続けて……。たぶん、私は三浦先生に、それ以上の感情を持っていたんだと思います」

「……恋をしていた、ということですか？」

「……そうかもしれません。でも、当時はそんな自分が恥ずかしくて、バレたくなくて……事情聴取とか取材では『嫌いでした』って、わざとつっぱねたんです。そうでもしないと、色んな気持ちがあふれちゃって、正気でいられない気がして……。今だって、先生のことを思い出すと……」


亀戸は、顔を真っ赤にして泣き出してしまった。岩田は面食らった。だが同時に、どういうわけか救われた気分になった。

思い返せば、三浦が死んだとき、同級生は誰も泣かなかった。それが『三浦義春』という教師に対する、生徒たちの評価だったのだろう。あるとき、クラスメイトの一人が言った。

「口うるさい奴がいなくなってよかったな」……さすがに誰も同調しなかったが、多くの生徒が同じことを思っているのは、雰囲気でわかった。

岩田は孤独を感じていた。三浦の死を悲しんでいるのは、世界で自分一人だけなのではないか……そんな気さえしていた。だから今、目の前で涙を流す亀戸は、初めて出会えた同志のように思えた。

「亀戸さん。今日は、本当にありがとうございました。僕にとっても、三浦先生は一番の恩師です。同じように、彼の死を悲しむあなたに会えて、とても嬉しいです」

「私もです……」

「そうだ。実は今月の20日、K山に登る計画を立てているんです。三浦先生の命日に、慰霊登山をしようと思いまして。もしお時間があれば、一緒に行きませんか?」

「ありがとうございます……。でも、その日はどうしても休めない講義があって……」

「ああ……それは仕方ないですね」

「せっかくお誘いいただいたのにすみません。あの……もし来年も行くなら、そのときはご一緒させてください」

「ええ、もちろんです。……そうだ。一応、僕の名刺をお渡ししますね。何かあったら連絡してください」

「ありがとうございます。じゃあ、私も名刺、渡しちゃおうかな……?」

「え? 学生なのに名刺を持ってるんですか?」

「はい。大学の課題で作ったんです。ちょっと恥ずかしいですけど……どうぞ」

亀戸から渡されたのは、きれいなデザインの名刺だった。

カラフルな花のイラストの隣に、漢字とアルファベットで名前が印刷されていた。

亀戸由紀
YUKI KAMEIDO

＊＊＊

岩田は礼を言って、椅子から立ち上がった。

そのときふと、部屋の隅に一枚の絵があることに気づいた。木製のイーゼルに立てかけられた猫の絵だ。なぜかキャンバス全体に、たくさんの小さな穴が等間隔に開けられている。

「亀戸さん。あの絵は何ですか？」

「ああ！　穴が気になりますよね。あれ、目が見えなくても絵が描けるキャンバスなんです」

「目が見えなくても？」

「はい。今、美術部に全盲の女の子がいるんですけど、その子のために丸岡先生が考案したんです。……岩田さんは、目をつむったまま絵を描いたことってありますか？」

「いや……ないですね」

「福笑いをイメージしてもらえばわかると思いますが、手元が見えない状態で手作業をするのって本当に難しいんです。特に絵は大変で、キャンバスのどこに線を引けばいいのかさえわからないんですよね。だけどキャンバスに穴が開いていれば、指の感触で位置を確かめられるので、それを参考にしながら、線を引けるんです。

　たとえば、左下の点、右下の点、一番上の真ん中の点を結ぶと、三角形が描けますよね。目が見えなくても、頭の中のイメージをキャンバス上に出力できるんです。これを応用して、人間の絵とか、動物の絵とか、色んな絵を描く練習を、その子にしてもらっています」

「なるほど……『指の感触をたよりに絵を描く』……か」

　そのとき、岩田の脳裏に閃光《せんこう》が走った。

　ずっと引っかかっていた疑問と、『穴の開いたキャンバス』が重なった。

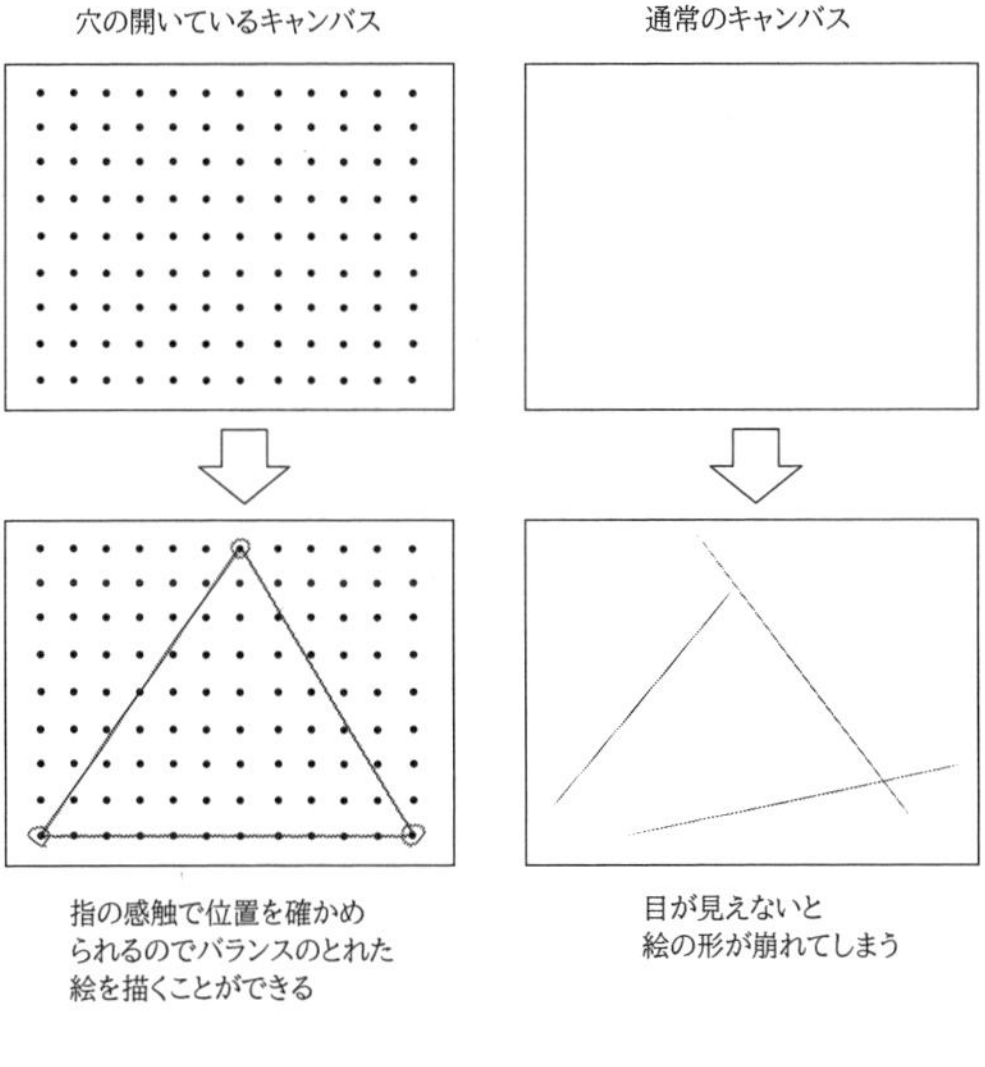
穴の開いているキャンバス
通常のキャンバス
指の感触で位置を確かめられるのでバランスのとれた絵を描くことができる
目が見えないと絵の形が崩れてしまう

三浦の絵に付けられた折り目。あれは、『穴』と同じ意味を持つのではないか。

細かい折り目を付けることで、紙の上には多数の点が生じる。三浦は補助線を引いたのではなく、点を打とうとしたのではないか。全盲の美術部員のために、穴の開いたキャンバスを作った丸岡と同じ発想……**目が見えなくても絵を描けるようにするための工夫だったのではないか**。

この考えが正しければ、三浦は目が見えない状態であの絵を描いたことになる。

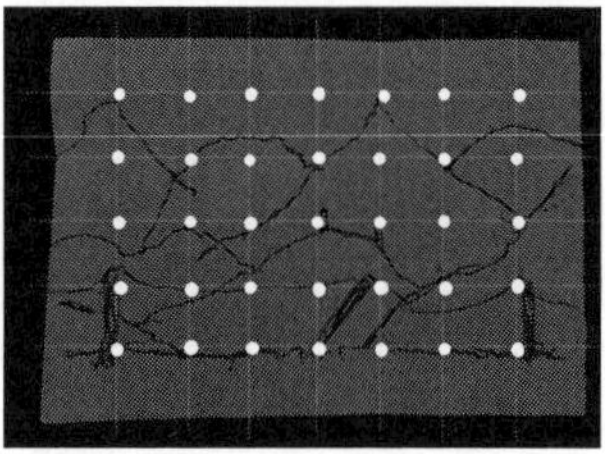

だが、おかしい。

たとえば、犯人に目隠しをされるなどして視力を奪われていたら、当然、**山並みも見えず、模写はできない**。少なくとも、三浦には山並みが見えていたということだ。

しかし、手元は見えなかった……どんな状況だったのだろう……？

岩田は必死に考えた。そして、ある結論にたどり着いた。

もしや、**両手を後ろに縛られていたのではないか**。

（犯人は三浦先生の体を拘束した。先生は後ろに縛られた両手で、ポケットの中からレシートとペンを取り出して絵を描こうとした。でも、手元が見えないから描けない。そこで、レシートに折り目をつけて、**指の感触で位置を確かめながら、手探りで描くことにした**）

だが、それでも疑問は残る。

後ろ手に縛られたまま絵を描くなど可能なのか。

可能だったとして、なぜ犯人に気づかれずに最後まで描き切ることができたのか。

そもそも、そんな状態で絵を描いた三浦の目的は何だったのか。

まだまだわからないことは山ほどある。だが、突破口を見つけた気がした。

＊＊＊

9月20日、朝。岩田はリュックサックに、買ったばかりのテントや寝袋、そしてスケッチブックを詰め、寮を出た。当初は日帰りの予定だったが、偶然にも二連休が取れたことをきっかけに、一泊二日のキャンプに切り替えた。その際、岩田は自分にルールを課した。

それは、**事件当日の完全再現**……三浦がたどった道順を時間通りに追っていく、というものだ。三浦がその日どんな景色を見たのか、岩田は自分の目で確かめようと考えた。

13時頃、駅に到着し、付近のスーパーで食料を購入する。あんぱんとカツサンド、そして『はなやぎ弁当』だ。その後、タクシーを拾いK山に向かう。麓に着いたのは13時30分少し前。おおよそ時間通りだ。

9月中旬にしては珍しい、汗ばむほどの晴天ということもあり、人出はそれなりに多い。岩田は腕時計を確認しつつ、山を登り始めた。

事件当日の三浦の行動	
7:40	家を出発
7:50	学校に到着
8:00	美術部の指導を開始
13:00	指導を終え　学校を出発
13:10	駅前で豊川と落ち合い スーパーで買い物
13:30	K山に到着　登山開始
14:30	4合目広場に到着 食事の後、スケッチ
15:30	豊川と別れ登山再開
16:00	6合目付近で最後の目撃
17:00～	8合目広場に到着

緩やかな登山道を一時間ほど歩くと、一つめの休憩所・4合目広場にたどり着く。六つあるテーブルはすでに登山客で満杯だ。岩田は仕方なく、木の根元に腰を下ろし、先ほどスーパーで買った『はなやぎ弁当』を開いた。

『岩田。これ知ってるか？駅前のスーパーに売ってる「はなやぎ弁当」っていうんだ。先生これが好きでさ、毎日買っちゃうんだ。余分にあるから持って帰って、じいちゃんと一緒に食ってくれ』

三浦はそう言って、毎日のように二人分の弁当を持たせてくれた。甘酢のかかった肉団子。大きく切った野菜の天ぷら。梅干しののったご飯。あの頃と変わらない味がした。

昼食を終えると、リュックの中からスケッチブックと鉛筆を取り出す。あの日、三浦はこの場所で絵を描いた。岩田は絵が苦手だったが、事件当日の完全再現をするならば、手を抜くわけにはいかない。

手始めに、木の根元に咲いている花を描いてみる。が、なかなか思うように描けない。三十分を超える苦闘の末に完成したのは、見るも無残な下手くそな絵だった。

「やっぱり芸術には向いてないな……」小さくつぶやき、スケッチブックを閉じた。

腕時計を見ると、15時20分を過ぎたばかりだ。

あの日、三浦がここを出たのは15時30分頃。本来ならば、あと十分待つべきだ。しかし、少し不安になる。三浦と違い、岩田は登山に慣れていない。この山に登るのも、子供のとき以来だ。もしかしたら、17時までに目的地の8合目にたどり着けないかもしれない。念のため、時間に余裕を持って出発するべきではないか。早いぶんには途中でいくらでも調整できる。

岩田はスケッチブックをしまい、4合目広場を後にした。

＊＊＊

岩田の判断は正解だった。

6合目に到着したときには、すでに16時を過ぎていた。時間通りに出発していたら、確実に遅れていたことだろう。やはり三浦と比べ、岩田の足は遅いのだ。

一度立ち止まり、水筒の水を飲む。空を見上げると、西のほうがうっすらとオレンジがかっている。すでに夕焼けが始まっているのだ。ここからは、もっと急がなければ間に合わない。早歩きで登り始める。

6合目を過ぎると、道は急に険しくなった。ロープが張られているので迷子になることはないが、舗装されていないため歩きづらくて仕方ない。小動物ほどの大きさのごつごつした石がそこら中に転がっていて、油断すると転びそうになる。見たこともない、気色悪い虫がいたるところにいる。

くじけそうになる気持ちを抑え、岩田は歩き続けた。一時間ほど経つとようやく『8合目広場』の看板が見えてくる。心底ホッとした。17時少し前。急いだ甲斐あって、なんとか予定通りに到着した。

8合目広場は、児童公園ほどの広さの空き地だった。4合目広場と違い、ベンチなどの設備は一切なく、ゆえに広々とテントを張ることができる。

キャンプをするには最適だが、岩田の他に泊まりの客は誰もいなかった。無理もない。ここは、数年前に殺人事件が起きた場所なのだ。

岩田は重いリュックサックを下ろし、背伸びをした。

ポケットから、先ほど駅前のスーパーでもらったレシートを取り出す。三浦は死の直前、どういうわけか、この場所で山並みの絵を描いた。その行為をなぞることで、彼の意図がわかるかもしれない。

鉛筆を取り出し、西の方角に目を向ける。そこには、三浦が愛した景色、美しい山並みが見える……はずだった。

しかし、岩田の目の前に広がっていたのは、信じがたい光景だった。

（あの絵と……違う）

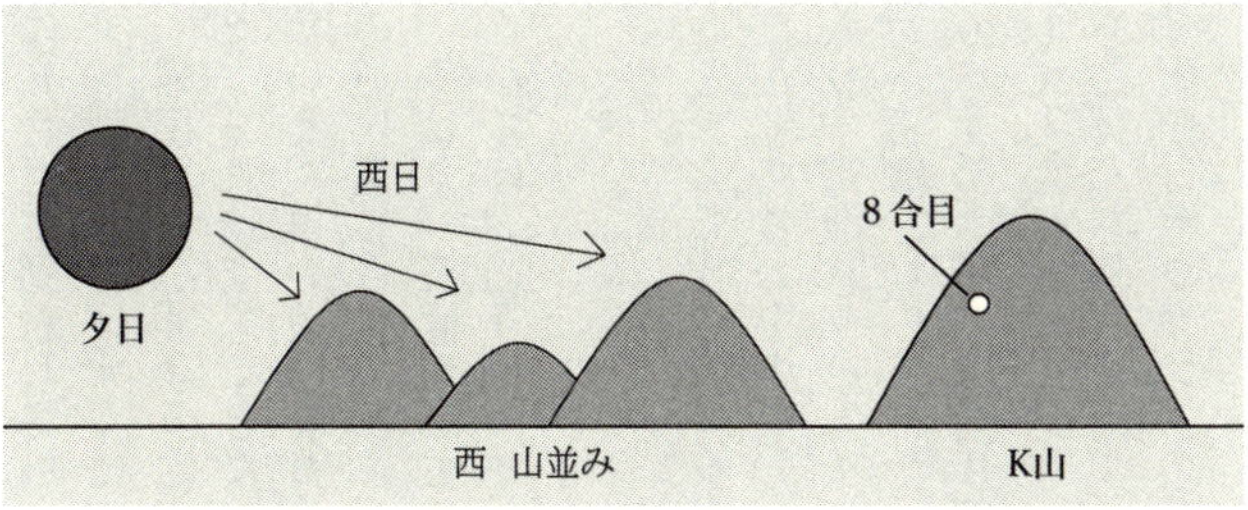

夕焼け空の下、山並みは真っ黒な塊になっていた。

一瞬、混乱したが、理由はすぐにわかった。**逆光**だ。

今の時期、日没は17時30分頃。そして今は17時。日没の30分前といえば、ちょうど西日のピークだ。

山並みはK山の西側に位置している。

西の空に沈みかけた夕日は、山々を背後から強烈な光で照らす。K山の8合目から見ると、その逆光によって、山並みは暗くなってしまうのだ。昼間ならば、上から日光が当たり、山肌までくっきりと見えるだろう。しかしこの時間帯は、それぞれの山の境目を確認することすらできない。

岩田は、三浦の描いた絵を思い浮かべる。

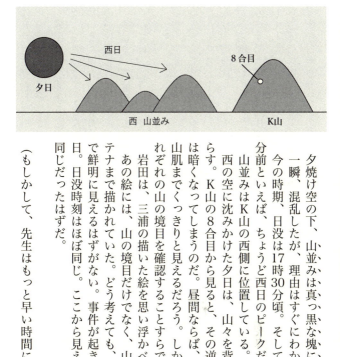

あの絵には、山の境目だけでなく、山頂に立つ二本のアンテナまで描かれていた。どう考えても、この時間帯にそこまで鮮明に見えるはずがない。事件が起きたのは、三年前の今日。日没時刻はほぼ同じ。ここから見える景色も、おおよそ同じだったはずだ。

（もしかして、先生はもっと早い時間に……まだ明るい時間に8合目に到着していたのか?)

一瞬思って、すぐに打ち消した。そんなはずはない。

岩田は、三浦よりも十分早く4合目を出発し、しかも途中からは早歩きで登ってきた。あれ以上急ぐとなれば、もはや走るしかない。いくら三浦が登山に慣れていたとはいえ、重い荷物を背負って山道を駆け上るなど想像できない。しかも、6合目からの道は舗装されておらず険しい。あそこで走ったりすれば、転んでしまうだろう。

やはり、三浦がここに着いたのは、今の時間帯か、それより後だ。

ならば、どうやってあの絵を描いたのか。

＊＊＊

しばらくすると、夕日は山の向こうに沈み、あたり一面薄暗くなった。岩田はいったん考えるのを中断し、キャンプの支度をすることにした。テントを組み立て、中に入り、電池式ライトをつけ、スーパーで買ったあんぱんとカツサンドを取り出す。

三浦はどちらを夕食にするつもりだったのだろう。賞味期限を見ると、カツサンドのパッケージには『9月20日 PM 10:00』と書かれている。今日の夜10時までだ。対してあんぱんは今週末までもつ。ということは、カツサンドを夜に食べ、日持ちするあんぱんを朝食に回すつもりだったのだろうか。

岩田はカツサンドの箱を開け、一つつまんで口に入れる。あまりおいしくない。山の上では味覚が鈍るというから、そのせいだろうか。

水筒の水をがぶ飲みし、勢いで喉に流し込んだ。


そのときだった。

岩田の頭で何かがはじけた。


「まさか……そういうことだったのか……!?」

衝撃は体を駆け巡り、心臓がざわざわと騒ぎ、全身に鳥肌が立つ。

『惨殺遺体』『盗まれた食料』『レシートの絵』……すべての要素が一つにつながっていく……。


「そうか……だから三浦先生は、山並みの絵を描いたんだ」


***

岩田はテントの外に出て、西の方角を眺める。すでに山並みは、夜の闇に溶け込んで、完全に見えなくなってしまった。

しかし、あと十数時間もすれば太陽が昇り、再び山並みは姿を現すだろう。警察も、熊井も、そして岩田も、あまりにも致命的な勘違いをしていた。

三浦は、朝日に照らされた山並みを描いたのだ。

三浦があの絵を描いた理由は、たった一つ。

『自分は、朝まで生きていた』……その事実を、伝えたかったからではないか。

司法解剖の結果、三浦が死亡したのは9月20日の17時頃と推定された。もし仮に、三浦が**翌朝の夜明け**まで生きていたとしたら、警察は、十時間以上も死亡推定時刻を見誤ったことになる。日本の優秀な警察に限って、そんなミスはありえない。

しかし、もしも犯人が何らかのトリックを使って、十時間以上の誤差を意図的に作りだせたとしたらどうだろう。岩田は、そのトリックに気づいてしまったのだ。

ヒントになったのは、以前、熊井から聞いた言葉だった。

『遺体は損傷が激しく司法解剖は難航を極めたそうだが、幸いというべきか、胃の中から未消化の食物が検出されたんだ。「はなやぎ弁当」の中身と同じだったそうだ。……消化具合から見れば……三浦氏が死亡したのは、食事をしてから、およそ2時間30分後と推定された』

そこから、三浦が死亡したのは、4合目で昼食をとってから2時間30分後であると警察は考えた。だが、これを逆手に取れば、死亡推定時刻を偽装できるのではないか。

筋書きはこうだ。

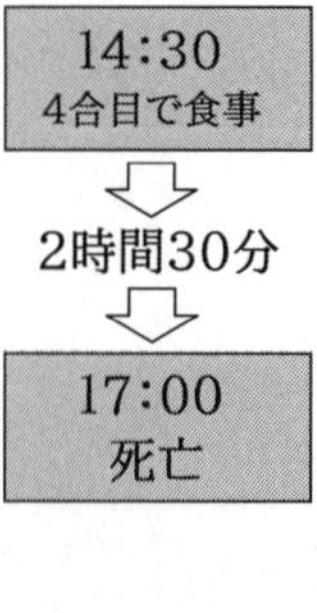

17時頃、8合目広場に到着
⇩
テントを組み立て、夕食を食べる
⇩
寝袋にくるまり、眠る
⇩
夜明け後、犯人が8合目に到着
⇩
三浦を拘束し、無理矢理
『はなやぎ弁当』を食べさせる
⇩
その後、殺害

三浦は三年前の今日、17時頃にこの場所に到着し、テントを組み立て、夕食（おそらくカツサンド）を食べた。その後、寝袋にくるまり、眠りについた。犯人が現場を訪れたのは、**翌日の夜明け後**。寝ぼけた三浦をテントから引きずり出し、寝袋をはぎ、両手を後ろに縛った。そして、持参した『はなやぎ弁当』を**無理矢理口に入れ、水で流し込んだ。そのまま2時間30分放置し、殺害した**。

こうすれば、遺体からは食後2時間30分後の『はなやぎ弁当』の食材が検出され、死亡推定時刻は十時間以上スライドする。この時間を利用すれば、アリバイはいくらでも作れる。三浦が毎日『はなやぎ弁当』を食べることは、彼をよく知る人物なら誰でも知っていた。弁当は駅前のスーパーにいつでも売っている。用意するのは簡単だっただろう。

単純なトリックだ。実は岩田は、このトリックを知っていた……厳密に言えば、読んだことがあった。

『被害者の口に無理矢理食べ物を詰め込み、死亡推定時刻をごまかす』……多くの推理小説で使われてきた、古典的なネタだ。

だが……いや、だからこそ、今までこのトリックに思い至らなかった。『そんなわけがない』『考えるのも馬鹿らしい』と、はなから可能性を除外していたのだ。

この手法は、あくまでフィクションの中でのみ成立するものであって、現実世界で同じことをしても、警察を騙すことはできない。

なぜなら、死亡時刻を割り出す方法は、『胃の内容物』以外にもたくさんあるからだ。

その一つが死後硬直だ。人間の体は死後、徐々に全身の筋肉が硬くなり、やがて緩んでいく。その速度は、ほぼ一定といっていい。つまり、遺体発見時の硬直具合から、死亡時刻を逆算できるのだ。

他にも、眼球のにごり具合を調べる方法、血流の停滞具合を調べる方法など、様々な推定方法が存在する。胃の内容物は、その中の一つにすぎない。

だからだ。

だから犯人は、三浦を惨殺したのだ。

『遺体は損傷が激しく司法解剖は難航を極めたそうだが、幸いというべきか、胃の中から未消化の食物が検出されたんだ』

言い換えれば、遺体の損傷が激しすぎて、『胃の中の未消化の食物』以外、死亡時刻を推定する手がかりがなかった、ということだ。そしてそれこそが、犯人の作戦だった。

全身に二百か所以上も暴行を加え、『人間の形をした何か』になるまで破壊したのは、胃袋以外の手がかりを封じるためだったのだ。警察はそれを、『激しい怨恨』と見誤ってしまった。

そして、この筋書きならば、寝袋が盗まれていた本当の理由もわかる。

三浦は20日の夜、テントを張り、寝袋にくるまり、一晩を越した。それらを現場に残しておけば、三浦が夜を明かしたことが丸わかりで、トリックは台無しになってしまう。簡易テントは解体して元に戻せば済むが、寝袋はどうしても使用感が出てしまう。だから持ち去ったのだ。

食料を盗んだのも同じ理由だろう。三浦は20日の夜、おそらくカツサンドを食べた。仮に食べた時間が深夜0時だったとしても、夜明け頃には胃は空っぽになっていたはずだ。司法解剖で検出されることはない。

だが、現場からカツサンドだけが消えていれば『三浦は夕食にカツサンドを食べた』＝『夜を明かしたのではないか』という可能性に気づかれてしまう。だから**あんぱんを盗んだ**。食料がすべてなくなっていれば、『犯人が盗んだ』と警察は考える。犯人は思考を誘導しようとしたのだ。

＊＊＊

三浦が山並みの絵を描いたのは、犯人のアリバイ工作を崩すために違いない。

おそらく、無理矢理口に食べ物を詰め込まれている最中、犯人の計画……死亡推定時刻偽装のトリックに三浦は気づいた。そこで、後ろに縛られた手で、ポケットからペンとレシートを取り出し、犯人に気づかれないよう、慎重にメッセージを書こうとした。

三浦は考えたはずだ。いったい、何を書き残すべきか。犯人の名前や、具体的なトリックの説明を書けば、メモが犯人に見つかったとき、処分される危険がある。だから、ぎりぎり見過ごされる範囲の、遠回しなメッセージを考えた。それが、山並みの模写だった。

『自分は朝まで生きていた』……三浦は、そう伝えたかったのだろう。

犯人は三浦の思惑通り、『絵を現場に残しても問題ない』と考えたのか、それとも単に絵の存在に気づかなかったのか、それはわからない。だが、結果として、絵は警察の手に渡った。だが、誰もその意味に気づくことはできなかった。

＊＊＊

では、犯人は誰なのか。

今の時期、夜明けは午前5時30分頃だ。遺体が発見されたのが午前9時だから、犯行はその間に行われたことになる。

往復時間も含めれば、午前6時にアリバイのある三浦の妻、そして午前7時にアリバイのある豊川に犯行は不可能だ。となると……残るは一人しかいない。

亀戸由紀

岩田はぞっとする。

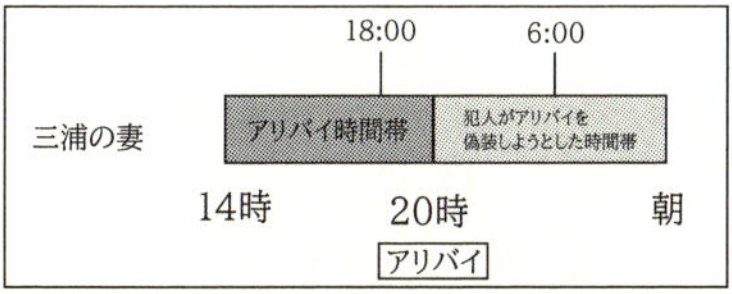

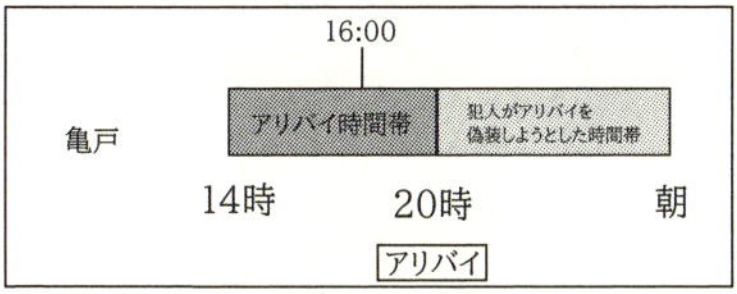

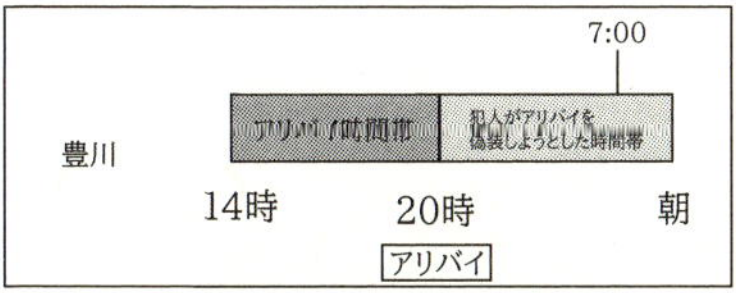

美術室で見た、彼女の涙ぐんだ顔が目に浮かぶ。

『私、三浦先生のこと、好きでした』

あの言葉は、すべて嘘だったのか。やはり、熊井さんによる取材の際の発言が彼女の本心だったのか。大嫌いだから殺したのか…………。

……いや、そうとは限らない。好きだから殺した。その可能性もある。教師と生徒……叶わぬ恋だ。ならばいっそのこと……まるで陳腐《ちんぷ》なドラマのようだが、人が人を殺す動機など、たいがいが下らないもの……そんな話も聞いたことがある。

だが、それでもまだ大きな疑念があった。

亀戸は小柄な女性だ。しかも当時は高校3年生。大人の男を拘束し、無理矢理弁当を食べさせ、殺すなどという荒業ができるのだろうか……。

……とはいえ、ここでいくら考えても仕方がない。今すぐにでも山を下りて、このことを警察に伝えるべきだ。だが、すでに日は落ち、あたりは真っ暗闇に包まれている。

今から下山する勇気はなかった。

肌を刺すような冷たい風が吹きつけてくる。夜の山は寒い。これから夜中にかけて、さらに気温は下がるだろう。岩田はテントに入り、リュックから寝袋を取り出してくるまった。

夜が更けるにつれ、風は激しくなり轟音を立て始めた。四方八方から、奇抜なノイズのような虫の声が鳴り響く。

夜の山がこんなに不気味なものだとは知らなかった。早く寝てしまおうと、目をぎゅっと閉じた。

＊＊＊

何時間経ったのだろうか。いつの間にか眠っていたらしい。

目を開けると、まだ真っ暗だった。テントの外では相変わらず、風の轟音と虫の声が鳴っている。時間を確認するため、顔の横に置いた腕時計に手を伸ばそうとする。

そのとき、異変に気づいた。

手が動かない。両腕が『気をつけ』の状態で固まっている。下半身も同様に、両脚がぴったりくっついて離れない。

(金縛り……か?)

岩田は子供の頃、よく金縛りを経験した。だが、当時のそれとは何かが違っていた。

なぜか、手首から先は自由に動かせるのだ。それだけではない。首も、目も、口も、自由に動く。動かないのは、腕と足だけ。

これは金縛りではない。では、いったい自分の身に何が起こっているのか。

目が覚めるにつれ、体の感覚もはっきりしてくる。腕と足に、妙な圧迫感があることに気づく。一部分を強く締め付けられるような感じ……岩田は理解した。

寝袋の上から、紐のようなものを巻き付けられているのだ。そうとしか考えられない。だが、状況が飲み込めない。ここは山の8合目だ。岩田の他には誰もいないはずだ。

しばらくすると、暗闇に目が慣れてくる。テントの中の様子がうっすらわかるようになる。首を動かし、あたりを見回してみる。足元に目を向けたとき……心臓が凍りついた。

誰かが、いる。

足元に誰かが座っている。顔はよく見えない。

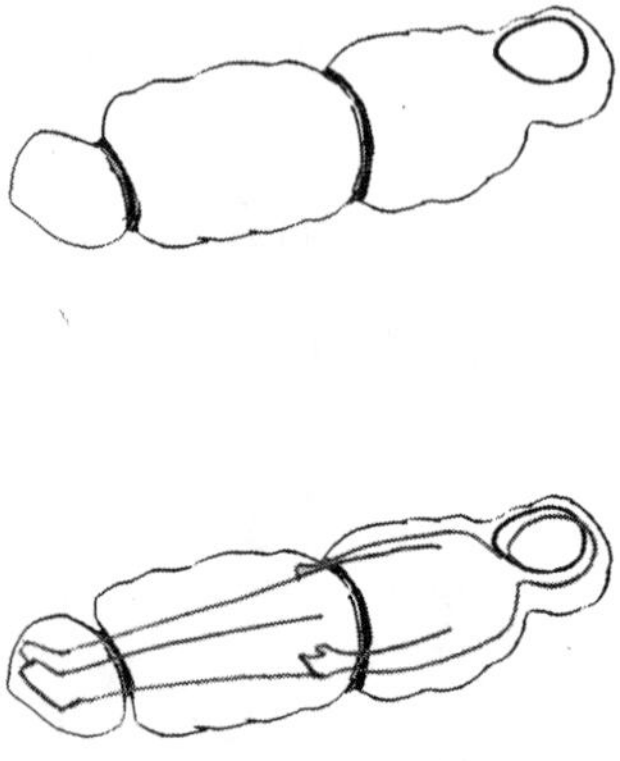

だが、小柄で髪の毛が長いことはわかった。女だ。
全身の血の気が引いていく。思い出した。
今日、この場所に来ることを、亀戸由紀に話してしまった。

突然、女が両手を高くあげた。手には何かが握られている。小動物ほどの大きさの、ごつごつとした物体。ここに来る途中、登山道にいくつも落ちていた石だ。次の瞬間、それが勢いよく岩田の脚に振り下ろされた。

ゴッッッッ

鈍い音とともに、スネに激痛が走る。岩田は声にならない叫びを上げる。
女はまたすぐに、両手を高くあげ、容赦なく振り下ろす。

ゴッッッッ

足の中で『メリッ』という音がした。骨が軋《きし》んだ。痛みで息が止まりそうになる。
精一杯の抵抗で、縛られた全身を暴れさせた。すると女は、強引に体の上にまたがってきた。そして何回も何回も、激しく石を脚に打ちつけた。

ゴッッッッ

絶え間なく続く激痛に、岩田は呼吸ができなくなった。肺の上のほうだけするような、細かい息を必死に繰り返す。酸欠で目の前が真っ白になる。やがて激痛と苦しさの中で、意識は遠のいていった。

＊＊＊

目を覚ますと、眼前に星空が広がっていた。冷たい風が頬に吹きつける。野外にいるのだと気づく。気絶している間に、テントから引きずり出されたのだろう。

逃げなければ……だが、体が動かない。脚がまったく言うことを聞かない。痛みはなかった。だが、感覚もなくなっていた。もはやそれは自分の脚というより、**体にくっついた二本の鉄棒のようだった**。

脚がダメなら、上半身を起こそうと試みる。だが、やはり動かない。腹の上に、柔らかい肉が乗っているような感触がある。女に馬乗りにされているのだ。

恐怖と絶望を感じながらも、岩田は妙に納得していた。

なぜ、小柄な少女に三浦を殺すことができたのか……**三浦が寝袋にくるまっていたからだ**。寝袋は、人間の体を拘束するようにできている。その上から紐で縛れば、少ない労力で、動きを封じることができる。

同時に、謎がもう一つ解けた。三浦は、この状態で絵を描いたのだ。縛られていても、なんとか動かすことのできる手首を使い、寝袋の中で必死にペンを走らせたのだ。手元は寝袋の布で隠れるため、外からは見えない。だから犯人に気づかれることなく、メッセージを残すことができたのだ。

そのとき、頭上で女の声がした。


「岩田さん……だっけ？　ごめんね。ひどいことして」

その声に、違和感を覚えた。

(違う……亀戸は、こんな声じゃなかった)

「あなたは悪くないの。でもね」

やはりそうだ。亀戸の声はもっと高く、若々しかった。

……今、岩田の上にまたがっている女は誰なんだ……。

「夫のことなんて、調べようとするから……」

『夫』……まさか……。

しかし、おかしい。三浦の妻は朝6時にアリバイがある。どう考えても、夜明け後の犯行は不可能だ。彼女にアリバイがないのは、夜中だけ。今と同じ時間帯だ。当然、山並みは見えない。山並みが見えなければ、三浦はあの絵を描けるはずがない……と、そこまで考えて、急に不安になった。

本当にそうだろうか？　実物を見なければ、絵は描けないのだろうか。

たしかに、普通の人間ならば難しいだろう。だが、三浦は二十年近いキャリアを持つ美術教師だ。絵の腕はプロレベルと言っていい。

しかも、ここから見える景色が大好きで、スケッチをするため、何度もこの場所を訪れていた。三浦は、景色を見なくても、記憶だけで絵を描くことができたのではないか。

絵が苦手な岩田だって、自分が生まれ育った家の外観ならば、ある程度は記憶をたよりに描ける自信はある。

だが……仮にそうだとして、なぜ三浦はそんなことをしたのか。なぜ死に際に、見えない山並みなど描いたのか。

再び、頭上で声がする。

「あなたが、私たちの幸せを壊そうとするから……」

私たち……?

「私とタ、タケシの人生を邪魔しようとするから……」

タケシ……その名前に覚えがあった。

三浦の一人息子だ。

「あなたを殺すしかないじゃない」

突然、女の指が、岩田の唇に触れる。そして無理矢理上下の歯をこじあけた。

「ねえ……ご飯……食べて……」

口の中に何かが流し込まれる。ドロッとねばりけのある液体……その味は、なぜか懐かしかった。そうだ……この味は……肉団子、野菜の天ぷら、ご飯。そのすべてが混ざり合った味。『はなやぎ弁当』の中身をペースト状にしたものだ。

(この女……もしかして……)

絶対に飲み込んではいけない。吐き出そうとするが、その前に手で口をふさがれた。

「ねえ……食べてよ」

間違いない。女は、三浦と同じ方法で岩田を殺そうとしている。

「……食べないと……死んじゃうよ」

女のもう片方の手が、岩田の鼻をつまむ。口と鼻がふさがれ、息ができなくなる。振りほどこうとするが、すればするほど強い力で押さえつけられる。

岩田は、飲み込むまいと耐えた。だが、時間が経つほど苦しくなっていく。一分も経つ頃には限界がきた。頭が痛い。体中の細胞が酸素を求めて暴れている。そのとき、女が言った。

「飲み込めば、息させてあげる」

『ダメだ』と頭が命令する。しかし、体はそれを拒んだ。喉が勝手に飲み込んでしまう。

液体が、食道を通り、胃に落ちていく。

女の手が離れる。岩田は激しく空気を吸い込んだ。

が、次の瞬間には、再び鼻をふさがれ、口の中には液体が注ぎ込まれた。

今度は先ほどよりも素直に飲み込んだ。諦めたわけではない。

今はひとまず従順になり、呼吸を整え、体力を温存し、隙をついて逃げようと考えたのだ。男と女だ。体格差でこちらのほうが有利だ。勝機はある。

だが、そんな岩田の思惑を感じ取ったのか、女は石を手に持ち、岩田の眼球を殴りつけた。激痛が走り、目の前が真っ赤になる。やがて徐々に視界がぼやけていく。まばたきをする。目から血が流れ、頬をつたうのがわかる。

すべてが悪い方向に向かっている。体は動かない。目も見えない。

しかし、岩田はまだ諦めていなかった。まだ逃げるチャンスはある。逆転できる。そう信じていた。だがその一方で、別の考えもあった。

仮にこれから自分が殺されるとしても、記者として情報を残すべきだ。

岩田は寝袋の中で、ちぎれるほど手首を激しく動かし、ポケットから鉛筆とレシートを取り出した。まずはレシートを細かく折りたたむ。

指先の感触をたよりに、位置を確かめながら、少しずつ、鉛筆を動かしていく。

三浦ほどうまく描けるかわからない。

しかし、描かなければならない。

これを見た誰かに、犯人を伝えるため……。

＊＊＊

1995年9月21日、L県K山の8合目広場で、会社員・岩田俊介の遺体が発見された。現場には、山並みの絵が残されていた。

1995年、9月26日。

福井県のマンションの一室で、男性の遺体が発見された。遺体はその部屋に住む、豊川信夫《のぶお》（43）のものと判明した。豊川の体内からは大量の睡眠薬が検出され、警察は自殺と断定した。

部屋からは、遺書とみられる一通の手紙が見つかった。

ごめんなさい。
三浦義春と岩田俊介を殺したのは自分です。
死んでお詫びします。さようなら。
豊川信夫

手紙は、ワープロで書かれていた。

第三章「美術教師 最期の絵」 おわり

——2015年4月24日　都内のマンション　6階　602号室

玄関に倒れた謎の男を、今野直美は不思議な気持ちで見下ろしていた。灰色のフードがめくれ、あらわになったその顔には、見覚えがあった。遠い昔、どこかで会ったことがある。しかし、思い出せない。

「あなた……誰なの？」

すると男は、刺された腹の傷を手で押さえながら、苦しそうに口を開いた。

「……覚えてないのも無理はねえ。……もう二十年以上も前に会ったきりだからな……。当時、あんたを取材させてもらった……」

「取材……？」

「俺は……元記者の……熊井という者だ。久しぶりだな。三浦直美さん。……いや、今は旧姓に戻したから、今野直美さんか……。ここまでたどり着くのに苦労したぜ……」

記憶の奥底から見つけ出した。

熊井……事件当時、一度だけ会った新聞記者だ。

「……熊井さん……どうして……あなたが……？」

「……以前、俺の部下があんたの世話になったんだ。覚えてるか……？　**岩田**って男だ」

突如、直美の頭に映像が浮かんだ。

暗闇に横たわる、ぼろぼろの肉塊……。

「直美さん……。いいかげん、償ったほうがいいぜ……。ここらが潮時だ……………。

おい！　応援を頼む！」

そのとき、ドアが開いて別の男が入ってきた。男は直美に向かって叫んだ。

「今野直美！　警察だ！　傷害罪で現行犯逮捕する！」

最終章　文鳥を守る樹の絵

今野直美

冷たい拘置所《こうち》の中で、直美は無表情で壁を見つめていた。

あれから、何日が過ぎたのだろう。あの男……熊井がやってきて、自分たちのささやかな幸せを奪ってから。思えば、今までずっと奪われ続けてきた。幸せになろうとすると、必ず誰かが邪魔をした。

走馬灯のように、これまでの人生が頭の中を流れていく。

最初に思い出すのは、子供時代だ。

＊＊＊

直美は、自分は恵まれた家庭の子供だという自覚があった。

東京の一等地で育ち、父親は真面目で優しく、直美を愛してくれた。そんな父の隣でいつもおとなしく微笑む母親は、真っ白な肌と、長く艶《つや》やかな黒髪を持つ、美しい女性だった。

授業参観のときなどは、教室の後ろにズラリと並んだ、浅黒かったり、太っていたり、小皺《こじわ》だらけだったりする同級生の母親たちの中で、一人際立って美しく、凛《りん》と立つその姿に優越感を覚えたものだった。

直美が10歳を迎えた日、両親は誕生日のお祝いに、外食に連れて行ってくれた。デパートの食堂でハンバーグを頬張る直美に、父親は尋ねた。

「この後、直美のプレゼントを買いに行くけど、何か欲しいものはある？」

直美は迷った。あのことをお願いすべきか。

「なんでもいいぞ。最近、勉強頑張ってるみたいじゃないか。ご褒美《ほうび》だから、多少高いものでも構わないよ。言ってみなさい」

今を逃したらチャンスは来ないと思った。一か八かの賭けに出ることにした。

「あのね……お父さん……文鳥、飼いたい」

直美は以前、母と買い物に出かけた際、ペットショップのショーウィンドウ越しに、一羽の文鳥を見つけた。つんと尖ったくちばし。小さくて丸っこい体。キラキラとしたつぶらな瞳。一瞬で心を奪われた。以来、来る日も来る日も、あの子と暮らすことを夢見ていた。しかし、母があまり動物好きではないことを知っていたので、その願いをずっと口に出せずにいた。

「そうか……文鳥か……。でもな、お母さんが何て言うか……」

父は少し困ったような、懇願《こんがん》するような顔を妻に向けた。母の判断次第、ということだ。母は諦めたようにふっと息を吐いて「どうぞご自由に」とぶっきらぼうに言った。直美は心の中でガッツポーズをした。

帰りに三人はペットショップに寄った。目を付けていた文鳥は、以前より少しだけ大きくなり、丸みが増していた。

「ちゃんと自分で世話するんだよ」

父の言葉に、直美は大きくうなずいた。

＊＊＊

それからは毎日が夢のようだった。

学校から帰ると、真っ先に自分の部屋に直行した。父が買ってくれた鳥かごの中には、スンとすました文鳥がいた。

「ちっぴ！　ただいま！」

ちびっこい体で『ピー』と鳴くので『ちっぴ』と名づけた。

最初の頃こそ人間を警戒していたが、毎日エサをやり、甲斐甲斐しく世話をし、鳴き真似をしたり、話しかけていく中で、徐々にちっぴは直美に懐いていった。鳥かごを開けると、真っ先に手の上に飛び乗ってくるようになった。触ろうとすると、ちっぴのほうから『なでて』と要求するように、手に頭をすりつけるようになった。

夢中でエサをついばむ姿、真剣な目で羽づくろいをする姿、丸くなって眠る姿……かわいい、愛しい、大好き……こんな気持ちは初めてだった。

ちっぴの遊び場を作るため、父と協力して木工に挑戦したこともあった。苦労して完成させた、ドールハウスほどの『別荘』にちっぴがピョコッと入った瞬間、直美と父は手を叩いて喜んだ。

母は「鳥のためにそこまでする？」と苦笑しながらも、楽しそうな娘と夫を見守ってくれた。幸せだった。こんな毎日がずっと続いてほしい……続くと思っていた。

しかし、悲劇は突然訪れた。

ちっぴが家に来て一年が過ぎたある日、父が死んだ。

自殺だった。当時の日本では、その言葉はまだ一般的ではなかったが、おそらく鬱《うつ》だったのだろう。管理職になって以来、職場で過度のストレスにさらされ、亡くなる前の半年間は精神科に通っていたらしい。

母は泣かなかった。仏壇の前でひたすら呆然としていた。直美は年を取ってから、その気持ちを理解することができた。本当の悲しみに直面したとき、人は涙を流す気力さえ失ってしまうのだ。

＊＊＊

父の死後、母は変わってしまった。直美はそう感じていた。

食事は毎日缶詰ばかり。掃除や洗濯をすることもなくなり、家はたちまちゴミだらけになった。父の死因が、いっそう状況を悪くしたのだろう。たとえば病死や事故死ならば、周囲から同情を得られたかもしれない。慰めの言葉や、多少の支援はあったはずだ。

しかし……。

『今野さんのお宅、なんでご主人自殺しちゃったのかしら……』
『もしかして、女房が不倫してたんじゃねーのか？』
『たしかに、あの顔はやりそうよね』
『娘だって本当に旦那の子供か怪しいもんだぜ』

そんな根も葉もない噂が、嫌でも耳に入ってきた。母は近隣の視線から逃れるように、だんだん家に引きこもるようになった。もともと近所付き合いが苦手だった母に、味方してくれる人は誰もいなかった。

孤独、悲しみ、怒り……母が抱え込んだ負の感情は、すべて直美に降りかかった。ことあるごとに、暴力を振るわれるようになった。しかし、直美は耐えた。

(我慢していい子にしていれば、お母さんはいつか、元のお母さんに戻ってくれる)

痣《あざ》だらけの手で、ちっぴをなでながら、何度も自分に言い聞かせた。

母に喜んでもらうため、掃除や洗濯を進んでやった。つらくても笑顔を絶やさなかった。簡単なものしか作れないが、料理もするようになった。ある日、母の好物であるきんぴらごぼうに挑戦しようと思い立ち、貯めたお小遣いで材料を買い、二時間かけて作り上げた。形は不格好だが、味は悪くないと思った。

母の部屋に持っていくため、食器棚から皿を取り出そうとしたそのとき。油断していたのかもしれない。皿は手から滑り落ち、割れてしまった。その音を聞いて、母がやってきた。

(殴られる……!)

身構えた直美を無視するように、母は割れた皿の破片を素手で拾い始めた。

「お母さん……ごめんなさい……あの、きんぴらを……」

震える声を、なんとか絞り出す。母は破片を拾いながら、独り言のようにつぶやいた。

「パパじゃなくて、あんたが死ねばよかったのに」

その瞬間、気づいた。

母は、変わったんじゃない。もともと、こういう人間だったのだ。もともと、直美を愛してなどいなかったのだ。そういえば、直美は母と二人で話をしたり、遊んだ記憶がほとんどなかった。楽しい家族の思い出は、すべて父親が作ってくれたものだった。

母が優しく微笑んでいたのは、隣に父がいたからだ。父のため、父に愛してもらうため、優しい母親を演じていただけだったのだ。

そして同時に、直美は自分の心にも気づいてしまった。直美は母のことを『美人のお母さん』として自慢に思うことはあっても、愛情を感じたことは、一度もなかった。二人が親子でいられたのは、父という接点があったからにすぎない。父が死んだ今、二人はただの、女と女でしかなかった。

今野家は、直美が思うほど、幸せな家庭ではなかった。

＊＊＊

事件は、起こるべくして起こった。それは、夏休みが明けた9月1日の午後だった。始業式を終え帰宅し、玄関の扉を開けた瞬間、けたたましい鳴き声が聞こえた。ちっぴだ。今まで聞いたこともない、威嚇《いかく》するような声だった。

嫌な予感を覚え、急いで自分の部屋へ走った。ドアが開いていた。部屋の真ん中に母が立っていた。足元には鳥かごが転がっていた。母の右手はちっぴを握りしめていた。手の中で、ちっぴは苦しそうにもがいていた。母は直美のほうを向き、半笑いで言った。

「ああ、直美。この鳥、朝からずっと鳴き続けてさ。うるさくて寝られやしないよ」

「そんな……どうして……？」

ちっぴはおとなしい性格だ。うるさい声で鳴き続けるなど、今まで一度もなかった。

なぜ今日に限って……？　考えを巡らせ、理由に気づいた。

夏休みの間、直美はずっとちっぴと一緒にいた。朝から晩まで相手をしていた。だから今日、ご主人が久しぶりに学校に行ってしまい、寂しかったのだろう。直美を求めて、鳴いていたのだろう。そう思うと、ちっぴが健気《けなげ》に思えて、涙が出てきた。

「お母さん……ごめんなさい。もう大丈夫だから、うるさく鳴かないから、放してあげて」

「黙りな。躾《しつ》けもできないくせに」

「違うの。ちっぴは、私がいないから寂しがって……」

「『違うの』って何？　子供のくせに親に反論するの？　偉そうに」

何を言っても無駄だと思った。直美はその場に手をついて土下座をした。

「お母さん、ごめんなさい。私が全部悪いです。私を殴ってください。どんなに殴られても我慢します。だからちっぴを許してあげてください」

捨て身の覚悟で叫んだ。すると、ちっぴの声が少し静かになった。

（よかった……許してくれた）

そう思い、顔をあげる。戦慄《せんりつ》した。母の手は、先ほどよりもきつく、ちっぴを締めつけていた。ちっぴは鳴く力もなくし、ぐったりとうなだれていた。

「お母さん……お願い……ちっぴが……死んじゃう……」

「殺すつもりでやってんだよ！！！」

「………っ！」


その言葉を聞き、頭に一気に血が上った。

反射的に、母に飛びかかった。初めての反抗だった。しかし、返り討ちで腹を蹴られ、床にもんどり打って転んだ。

(このままじゃ……ちっぴが死んじゃう……どうすれば……)

そのとき、あるものが目に入った。部屋の隅に置かれた木の家。以前、父と一緒に作った、ちっぴの別荘だ。直美は全力で走り、それをつかみ取ると、母の顔めがけて投げつけた。

虚を突かれた母は、体勢を崩し、尻もちをついた。

今だと思った。木の家を拾い上げ、母の頭に思いっきり叩きつけた。脳震盪《のうしんとう》を起こしたのか、上半身がバタッと倒れる。

直美はちっぴを救い出そうとする。だが、母の手はまだ、小さい体をきつく握りしめている。

(どうしたらいいの……)

しばらくすると、母が上体を起こし、憎らしげな目で睨《にら》んできた。同時に、手の中のちっぴが「ぎうぃいいいぃ」と低い声で呻《うめ》く。死ぬ前の、最後の叫びに聞こえた。

その声で決心が固まった。

直美は立ち上がり、母の上体を蹴り倒し、勢いをつけて腹に飛び乗った。左足が胃を、右足が下腹部を踏みつける。巨大なゲップのような音が鳴り、母の口から血の泡が噴き出す。

直美は左足を高く上げ、全体重をかけて、首を踏みつけた。

『ゴギッ』というくぐもった音がしたかと思うと、母は白目をむいて、口をぽっかりと開けた。……勝負はついた。

直美は慌ててちっぴを救い出す。小さな体をそっと手で包むと、甘えるように、頭をすりつけてきた。

「よかった……生きてる……」

心が温かい幸福で満たされた。

母の死体の隣で、直美は歓喜の涙を流した。

＊＊＊

以後六年間、直美は教護院（現在の児童自立支援施設）で過ごした。ちっぴは施設の職員室で飼われることになり、直美は世話係を任された。本来であれば許されない、

こんな特別扱いが実現したのは、直美の精神分析を担当した、若い女性のカウンセラーの言葉がきっかけだった。

『直美ちゃんの絵には、文鳥を守る木が描かれています。これは、彼女が心の底に、優しい母性愛……自分より弱い生き物を守ってあげたい、という気持ちを持っていることの表れです。

一方で、木の枝は鋭く尖り、彼女がトゲトゲしい攻撃心を持っていることを示唆《しさ》していますが、生き物や子供と触れ合う機会を与えれば、やがてそれは、丸みを帯びていくでしょう』

施設での暮らしは厳しく不自由ではあったものの、母との二人暮らしに比べれば、ずっと快適だった。何より、ちっぴと一緒に過ごせることが嬉しく、何よりもありがたかった。

施設に入って六年目の秋、ちっぴは直美に見守られながら静かに息を引き取った。

「ありがとう……ちっぴのおかげで、私は強くなれたよ」

ちっぴの亡骸《なきがら》は施設の庭の隅に埋められた。その半年後、直美は高校を卒業すると同時に施設を出た。

その後は、都内の安いアパートに部屋を借り、助産婦を目指すため、看護学校に通い始めた。教護院の職員が言った『直美は庇護欲が強いから医療の仕事が向いてるんじゃないか？　女だったら、やっぱり助産婦かな』という、半ば無責任な言葉がきっかけだった。

『母親を殺した女が助産婦になるなんて』と、少し皮肉に感じたものの、かといって、今の自分がまともな民間企業に就職できるとは思えず、また、当時の日本には、女性が仕事に活かせる技術資格など数えるほどしかなかったため、しぶしぶ、助産婦の道を選ぶことになった。

看護学校では毎日、山のような課題をこなさなければならなかった。だが、もともと勉強は嫌いではなかったので、さほど苦ではなかった。しかし、金銭的な問題にはいつも悩まされた。

奨学金だけでは日々の生活はきつく、週に三回、喫茶店でアルバイトをすることになった。その店は、とある美術大学の学生通りにあり、常連客の大半は美大生だった。

その中に、三浦義春はいた。

短髪の黒髪に、ジーンズと白シャツという地味な恰好は、個性的な美大生集団の中にあって、むしろ目立っていた。何気ない世間話から始まった彼との関係は、いつの間にか、個人的な悩みを打ち明け合うまでに深まっていった。

彼を通して、新しい友人ができた。豊川信夫という、三浦と同じ美大に通う青年だった。三浦は豊川のことをいつも『天才』と評していた。それは決して大げさではなく、素人の直美から見ても、豊川の描く絵は桁違いに上手だった。

三浦と豊川はたびたび、直美の部屋に遊びに来るようになった。勉強が忙しい直美の代わりに、二人は食事の支度や部屋の掃除をしてくれた。三人で過ごす時間を楽しみながらも、直美は薄々感づいていた。

『二人は、自分を巡って争っている』……自惚《うぬぼ》れではない。鏡の前に立つたびに確信した。

『私の顔は、母に似ている』……真っ白な肌。長く艶やかな黒髪。生き写しのように美しかった。

＊＊＊

ある夏の午後、決着はついた。二人きりの蒸し暑い部屋で、三浦は直美に言った。

「俺、来年卒業したら地元に戻って教師になるんだ。直美も、一緒に行ってくれないか」

彼らしい、無骨なプロポーズだった。直美は、その場で「うん」と言った。豊川も魅力的な男には違いない。だが直美は、三浦のまっすぐな性格に惚れていた。

過去のことは、黙っておくことにした。

翌年の春、三浦と直美は、ともにそれぞれの学校を卒業した。就職と引っ越しが重なり慌ただしかったため、結婚式を挙げたのはL県に移住して一年後になってしまった。式には豊川も駆けつけてくれた。少し気まずかったが、彼は笑顔で『おめでとう』と言ってくれた。

結婚後の生活は、大変ではあったが充実していた。三浦は地元の高校の教師に、直美は小さな産院の助産婦になった。もともとは施設職員のいいかげんな一言で決めた仕事ではあったが、働き始めると、助産婦は天職のように思えた。

出産は、世間の男がイメージするような神聖な儀式ではない。何十時間にも及ぶ激痛にもだえ、苦しみ、泣き、わめき、死ぬ思いで体から子供をひきずり出す……一言で言えば拷問《ごうもん》だ。だが、それを乗り越えた顔は、直美の目に美しく見えた。直美は全力で彼女たちを励まし、叱り、助け、讃《たた》えた。

数年後、ついに直美にも子供ができた。だが、産むべきか悩んだ。一番の懸念は、あの母の存在だった。母は死んだ後も、片時も離れず直美についてまわった。鏡を見れば、そこには母がいた。

（自分は母に似ている。子供を作ったら、あの女と同じようになってしまうのではないか。子供に一切愛情を持たず、暴力を振るってしまうのではないか）

それが怖くて仕方なかった。

だが、その恐れとは裏腹に、子供を産んで立派に育てて、母を見返したい気持ちもあった。

『私はあんたとは違う』……胸を張って、そう言ってやりたかった。悩んだ末、産む決断をした。直美の子育ては、復讐《ふくしゅう》心から始まった。

出産当日は、想像を超える難産になった。気絶しそうな痛みの中で、直美は無我夢中で頑張った。分娩《ぶんべん》台の上で、生まれたばかりの赤ちゃんを抱っこしたとき、朦朧《もうろう》とする頭に懐かしい感覚がよみがえってきた。ずっと昔に味わった、心の底から湧き出るような幸福。大切な命を守れた喜び。果てることのない愛情。……そうだ……あのときだ。

母の死体の隣でちっぴを抱いた、あのときと同じだ。

ぞっとした。不吉な運命の歯車が、動き出した気がした。

＊＊＊

子供の名前は『武司』に決まった。夫が考えてくれたものだった。

妊娠した頃感じていた不安……母と同じように、自分も子供を愛せないのではないかという不安は、息子が生まれてすぐに吹き飛んだ。直美は武司がかわいくて仕方なかった。弱くて、儚《はかな》くて、おぼつかない、自分なしでは生きられない小さな我が子に、持てる愛情のすべてを注いだ。武司のおかげで、直美はようやく母の呪縛から逃れることができた。

ただ、成長するにつれ、武司が他の子供たちと違うことに気づき始めた。『引っ込み思案』と言えば、多くの先輩ママは『うちの子も小さい頃はそうだったわよ』と笑う。しかし、武司のそれは度を越えていた。直美以外の人間と、ほとんどコミュニケーションが取れなかった。

小学校に上がると、それはより深刻になった。クラスメイトたちはそれぞれ友達を作り、放課後は外に出て元気よく遊んでいるのに、武司はいつも一人で帰ってきて、部屋にこもって本を読んでいた。

夫は息子の様子が気に入らないらしく、たびたび叱りつけた。

「武司！　男なら外で走り回って強くならないとダメだ」

「家に閉じこもるな。友達をたくさん作れ！」

「外でご近所さんに会ったら、大きな声で挨拶をしなさい！　もじもじしてたら、みっともないぞ！」

直美は夫の教育方針に反対した。外に出たくないなら家にいればいい。人と話したくないのなら、無理して話さなくていい。やりたくないことを無理矢理やらせたら、それがトラウマになって、よけいに内向的になってしまう。そう主張するほど、互いの意見がぶつかり合い、夫婦の仲は徐々に険悪になっていった。

ある日、直美が台所で料理をしていると、武司が怯えた顔で抱き着いてきた。明らかに様子がおかしかった。

「何があったの？　話してごらん」……すると、武司は泣きそうな声で言った。

「パパにぶたれた」

直美はすぐに夫を問い詰めた。夫はこう答えた。

「さっき武司に『外に出て遊んできなさい』って言ったんだ。そうしたらあいつ、俺に向かって舌出したんだよ。親にそんな態度を取るなんて絶対によくないだろ？　礼儀を身に付けないと、将来、あいつが苦労することになるんだ」

「でも……だからって叩くことないでしょ？」

「いや、叩かないとダメだ。俺の考えでは、子供は10歳を超えるあたりから、自我が強くなる。言葉で叱るだけじゃ、言うことを聞かなくなるんだ。だからこれからは、多少の体罰もやっていかないといけない。これは親の使命なんだよ」

言っている意味がわからなかった。『10歳を過ぎたら体罰をしたほうがいい』……そんな理屈、聞いたことがない。

夫は以前から、自分の独特な価値観を絶対に曲げない頑固なところがあった。若い頃の直美は、それを『まっすぐでかっこいい』と思っていた。当時の自分を恨んだ。そんな人間と所帯を持つなど、地獄だ。

それからも、夫はしょっちゅう武司を叩いた。直美は抗議したが、聞き入れられなかった。

それだけではない。休みの日には、嫌がる武司を無理矢理キャンプに連れ出し、食べたくもないバーベキューの肉を、山ほど食べさせた。虫が苦手なのに、野宿を強制した。武司が反抗したら『礼儀がなってない』と頭をひっぱたいた。

夫に悪意がないことはわかっていた。彼なりの愛情なのだろう。親としての使命感でやっているのだろう。それがよけいに厄介だった。

武司が不憫でならなかった。暴力を振るう親が一つ屋根の下にいる恐怖を、直美は嫌というほど知り尽くしていた。ある時期から、本気で離婚を考えるようになった。武司を守るためには、それしかないと思った。しかし、直美には不安があった。

離婚調停において、よっぽどの理由がない限り、親権は母親のものになるという。しかし、直美には消せない過去がある。

夫はあのことを知らない。母は『病気で死んだ』ということにしてある。しかし、調べればすぐにわかってしまうだろう。そうなれば、裁判で直美は不利になる。最悪の場合、夫が武司の一人親になってしまう可能性がある。

(私がいなくなったら、武司は……)

考えただけで悪寒《おかん》がした。

そのとき、ふいに、いつかの感情がよみがえってきた。

子供の頃、夏休み明けの午後に、母に握りつぶされそうなちっぴを見たときの……あの気持ちだった。うめき声をあげるちっぴが、今の武司と重なって見えた。直美は決意した。

夫を……殺そう。

＊＊＊

「明日、K山に登ることにした。8合目でキャンプをするから、荷物の準備しておいてくれ」

1992年9月19日の夜。夫からその言葉を聞き、直美の中で一つの計画が組み上がっていった。

熊井勇

――2015年5月8日　都内 病院

「だいぶふさがってきましたね。化膿《かのう》もないようですし、これなら来週あたりには退院できますね」

看護師は鼻にかかった声で歌うように言いながら、包帯に留め具をかけた。

「そうだ、熊井さん。今日、隣のベッドに新しい患者さんが来る予定なんで、仲良くしてくださいね！　それじゃ」

そう言い残し、ステップを踏むように、病室を出て行った。

（仲良くしてくださいねって……幼稚園児じゃあるまいし）

熊井は見飽きた白い天井を見上げる。もう入院してから二週間が経つ。こうして横になっていれば、腹の傷は痛まない。自分は今、生きている。それがとても不思議な気がした。

二週間前の夜、今野直美の部屋のインターホンを鳴らしたとき、熊井は死を覚悟していた。実際、最初の一撃が心臓に来ていたら、間違いなく命はなかったはずだ。が、結果的に熊井は助かった。

目を閉じて、何十回目かの追想を始める。

最初に浮かぶのは、岩田俊介の葬儀で見た、彼の祖父の顔だ。孫に先立たれた男は、すべての希望を失ったように、憔悴《しょうすい》しきっていた。

(お孫さんが亡くなったのは、私のせいです)

(私が事件の話などしなければ)

(母校に行けなどと言わなければ)

喉まで出かかった言葉は、どれも声にならなかった。自分の卑怯《ひきょう》さが恨めしかった。

＊＊＊

岩田の死の状況は、三浦義春事件とまったく同じだった。警察は、同一犯による犯行と見て捜査を行った。その最中、三浦事件の重要参考人の一人であった豊川信夫が、ワープロで書いた遺書を残し、自殺した。遺書には、罪を悔いる言葉が書かれていた。犯人死亡により、事件は解決となった。

警察は、事件の経緯を以下のようにまとめた。

1995年9月。岩田は母校を訪れ、亀戸由紀に会い、豊川信夫の転勤先の住所を聞いた。由紀は豊川の住所を知らなかったため、後日、豊川と関係のあった今野直美を訪ねて、住所を聞こうとした。だが、直美も豊川の住所を知らなかった。しかし、電話番号はわかっていたため、直美は豊川に電話をして住所を聞くことにした。このとき、直美は『岩田という男が過去の事件の調査をしている。そして、三浦義春の命日に、K山に慰霊登山に行くことを計画しているらしい』と伝えた。それを聞いた豊川は、過去の犯行がバレることを恐れて、岩田の殺害を決意。慰霊登山の日、三浦と同じ場所、同じ方法で殺した。しかしその後、罪悪感に耐え切れず自殺をした。

たしかに、理屈は通っている。熊井自身、以前から豊川が犯人だと考えていた。だが、一つだけ腑《ふ》に落ちない点があった。

なぜ豊川は、ワープロで遺書を書いたのか。

警察によると、豊川の自宅からは新品のワープロが見つかったらしい。つまり、遺書を書くためにわざわざ購入したということだ。おかしくはないか。紙にペンで書けば済むのに、なぜそんな面倒なことを……?

熊井は考えた。もしかしたら、犯人は他にいるのではないか。真犯人は、ワープロを持って豊川の自宅を訪れ、自殺に見せかけて殺害し、ワープロで偽の遺書を残した。筆跡をごまかすためだ。

当然、警察もその可能性に気づいてはいただろう。だが、結果的に豊川は『自殺』

として処理された。理由は簡単に想像がついた。

豊川が殺されたのは福井県。三浦・岩田事件の起きたL県とはかなり離れている。こういう場合、それぞれの県警の足並みが揃わず、捜査の精度が低くなることがたびたびあるのだ。


熊井は納得できなかった。もっと深く事件を追及するべきだと思った。真相が正しく解明されなければ、岩田が浮かばれない。

(警察がやらないなら、俺が代わりに真実を突き止めてやる)

熊井は会社の業務をこなしながら、空いた時間で事件の調査をすることを決めた。上司として岩田の無念を晴らすため、というのが一番の理由だ。だが、その一方で別の気持ちもあった。


熊井は、生前の岩田の言葉が頭から離れなかった。

『会社に迷惑はかけません。あくまで個人の社外活動として、三浦先生の事件を追いかけたいんです』……正直、立派だと思った。総務に異動になって不貞腐《ふてくさ》れていた自分と、配属部署が希望通りにいかなくても、めげずに取材をしようとした岩田……どちらのほうが『記者』として上等なのだろう。考えるまでもない。

熊井はプライドを取り戻したかった。記者として、あの若者に負けたままではいられなかった。

熊井が個人調査をするうえで、一番の手がかりになったのは、岩田が残した『絵』だった。

＊＊＊

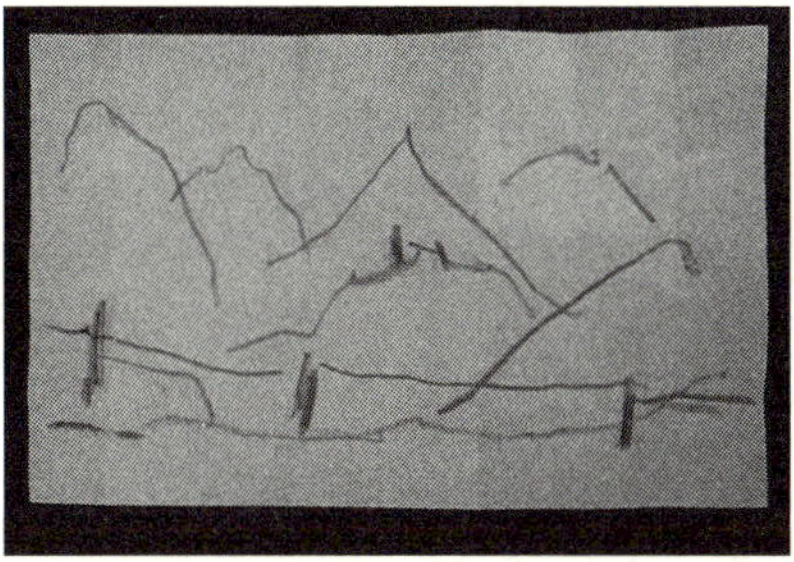

岩田のポケットに入っていたレシートの裏には、山並みの絵が描かれていた。８合目広場から見える景色。折り目までつけてあった。

三浦の行動をなぞったということだ。なぜ岩田はそんなことをしたのか。この絵によって何を伝えたかったのか。

「熊井さーん！　お隣に新人さん入られますよ！」

鼻にかかった声で現実に引き戻される。

看護師が車椅子を押して病室に入ってきた。『新人さん』は、足に包帯を巻いた青年だった。青年は熊井の顔をじっと見つめながら、「お隣、失礼します」と言った。

「ああ……よろしく」

熊井はそう返すと、再び追想に戻った。

＊＊＊

（岩田……もし希望通り編集局に配属されていたら、さぞ優秀な記者になっていただろうな）

岩田がたったの半月足らずで見つけた真相にたどり着くまで、熊井は十年を費やした。死亡推定時刻偽装のトリック、盗まれた寝袋と食料、惨殺された遺体……この意味を知ったとき、熊井は亀戸由紀が犯人であると確信した。

犯行が21日の夜明け後に行われたとするならば、豊川と直美に犯行は不可能だ。その時間帯にアリバイがないのは、三人の中で亀戸だけ。謎は解けたと思った。すぐに警察にこのことを連絡した。だが、相手にされなかった。熊井の主張は単なる憶測にすぎない。一般人の憶測がきっかけで、捜査が再開されることなどないのだ。しかも、十年前の事件だ。署内でもとっくに風化していたのだろう。

それでも熊井は諦めなかった。

（証拠を見つければいい。そうすれば警察だって動かざるをえない）

だが、それが迷宮への入口だった。

亀戸をどんなに調べても、犯行につながる手がかりを見つけることはできなかった。

（あの小娘、どんな手管《てくだ》を使って殺人の跡を消しやがった……）

気持ちは焦るばかりで、何も進展がないまま時間が過ぎていった。

潮目が変わったのは、それから数年後のことだった。解決の糸口は意外なところから見つかった。

熊井はある夜、自宅でテレビを見ていた。何気なく回したチャンネルで、とある画家を取材したドキュメンタリー番組をやっていた。画家はカメラに向かってこう語った。

『僕が子供の頃はですね。よく記憶だけで絵を描く練習をしました。たとえば、一枚の写真があるとしますよね。写真には猫が写っているとします。それを十秒間だけじっくり見つめるんです。その時間で、猫の姿をまるっきり覚えてしまう。十秒経ったら写真を裏返して、記憶をたよりに、画用紙に猫の絵を描くわけです。この訓練を繰り返しやったことが、今の私の大きな財産になっていると思います。今では、一度見た景色は、どんなに複雑なものであっても、完璧に紙の上に再現できるんです』

記憶だけで絵を描く……まったくの盲点だった。アートに関して無知であり、趣味で絵を描いたこともなかった熊井は、実物を見なければ模写などできるはずがないと思い込んでいた。

熊井は試しに、メモ用紙とペンを用意し、何も見ずに、K山の8合目から見える景色を描いてみた。すると、自分でも驚くことに、記憶だけでおおよその絵を描けたのだ。戸惑ったものの、考えてみれば当然のことだった。

熊井はそれまで十年以上、事件の真相を解明するため、三浦と岩田の描いた絵を、ほぼ毎日見てきた。覚えるつもりなどなかったが、知らない間に、頭の中にインプットされていたのだろう。人間の記憶とは恐ろしいものだ。

では、三浦と岩田はどうだったのか。

三浦は生前、何度も8合目を訪れ、そのたびに景色を眺めていた。

岩田は、三浦の描いた絵を毎日見て、その意味を解こうとしていた。

二人とも、実物を見ずに山並みの絵を描くことができたのではないか。もしそうだとしたら……二人が殺害されたのは、夜明け後とは限らない。山並みが真っ暗闇に覆われた夜中でも、あの絵を描くことができたのだとしたら……もう一人の容疑者・三浦の妻、直美にも犯行は可能だ。

そして、直美が犯人ならば、ずっと引っかかっていた疑問が解ける。

なぜ犯人は絵を現場に残したのかという、根本的な疑問だ。

被害者が死に際に妙な絵を描いていたら、念のために処分したり、持ち去ったりするのが犯罪者の心理というものだ。死亡時刻偽装などという、周到な殺人を計画でき

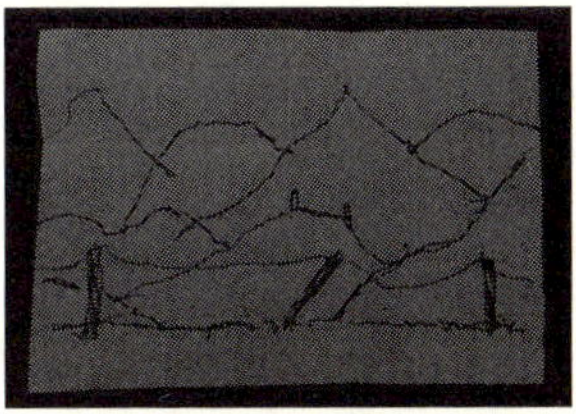

三浦の絵

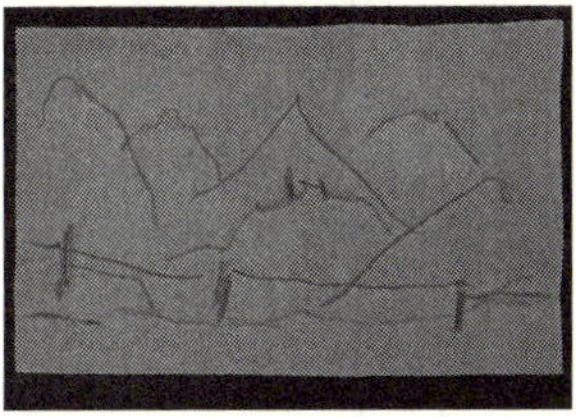

岩田の絵

る人間が、ダイイングメッセージを見過ごすようなミスをするとは思えない。

しかも二回も同じミスをするとは……。

その不可解さに、熊井はずっと頭を悩ませていた。だが、今になればわかる。これはミスではない。

犯人はわざと絵を現場に残したのだ。『山並みの絵』が自分にとって有利になることがわかっていたからだ。

仮に、死亡時刻偽装のトリックが見破られたとしても、『被害者は死に際に山並みを模写した』という事実さえあれば、犯行時刻は夜明け後と推定され、朝にアリバイのある者は容疑者から外れる。

岩田は、犯人が絵を持ち去らないことを見越して、絵を描いたのだろう。

『犯人は、山並みの絵を現場に残す＝それによって有利になる人間が犯人』……それこそが、岩田が遺したかったメッセージだったのだ。

この気づきをきっかけに、熊井は直美のことを集中的に調べることにした。彼女の素性が明らかになるにつれ、『もっと早く調べるべきだった』と後悔した。

直美は子供の頃に母親を殺害し、六年間教護院に入っていたことが判明した。熊井は、当時直美の精神分析を行ったカウンセラーに話を聞きに行った。現在は心理学者として各地で講演会を行っている、萩尾登美子という老年の女性だ。

萩尾は、懐かしそうに話してくれた。

「直美ちゃんはね、私が初めて担当した女の子だったんですよ。かわいそうな子でね。母親に虐待を受けていたんです。そのつらさを、ペットの文鳥をかわいがることで癒やしていたそうです。あるとき、母親に文鳥を殺されそうになってしまったらしくて……必死に守ろうとしたんですね。あの子は庇護欲が強くて、自分より弱い生き物を守りたくなる性格なんでしょう」

***

この話を聞き、熊井の中ですべての辻褄《つじつま》が合った。

『私たちはあまり仲のいい夫婦ではありませんでした。子育てのことで揉めていたんです。……たとえば、うちの息子は家の中で本を読んで過ごすのが好きなのに、夫はしょっちゅう外に連れ出して、キャンプだのバーベキューだの無理矢理やらせて……。息子はとても嫌がっていました。子供の気持ちも考えずに独断で行動して『俺は家族想いのいい父親だ』なんて、独りよがりもいいところで……』

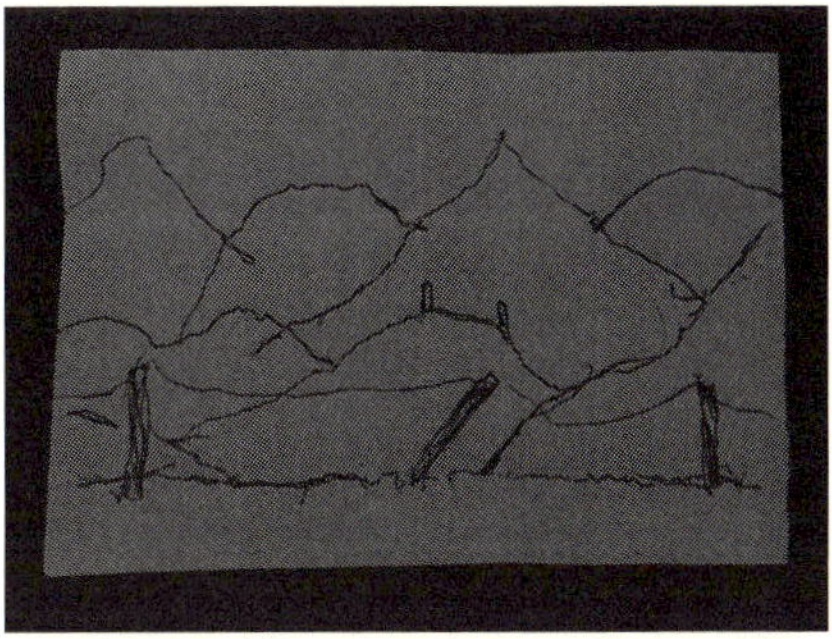

間違いない。動機は『子供』だ。

暴力的な三浦から、我が子を守るために、殺したのだ。

だが、一つだけわからないことがあった。

そもそもなぜ三浦は、死に際に山並みの絵など描いたのか。この絵のせいで、熊井は当初、犯人を亀戸だと見誤り、真犯人にたどり着くまで時間がかかってしまった。

結果として三浦は、妻をかばったことになる。なぜだ。

今野直美

死に際、夫は何かを言おうとしていた。だが、それが言葉になる前に、喉を石で殴りつけた。必死だった。

すべてを終え、山を去る直前、直美は夫のズボンの中から、絵を発見した。恐ろしい速度で回転する頭は『この絵はここに残すべき』と判断した。

その後、暗い山道を懐中電灯片手に下り、誰にも見つからないように家に帰り、体についたすべての痕跡を洗い流して、何事もなかったかのように朝の支度をした。

これで終わりではない。むしろここからが本番だ。警察に、取材陣に、嘘をつき通さなければいけない。夫を失い動揺する妻を、演じなければいけない。失敗するわけにはいかない。

自分が逮捕されれば、武司は親をなくす。一人ぼっちになる。それだけは避けなければいけない。たとえ自分が死んだ後、地獄に墜ちようが、鬼に食われようが構わない。しかし武司だけは、なんとしても守り通さなければならない。

＊＊＊

上手くやれた自信はない。しかし、落ち度はなかったのだろう。事件から半年経っても、自由の身だった。

　事件の報道が落ち着き、たび重なる事情聴取からも解放された頃、直美はようやく心の安らぎを得た。そのときふと頭に浮かんだのは、夫の絵だった。

　冷静に考えると、あの絵はやはり、現場に残しておいて正解だった。仮に、直美の仕組んだトリックが発覚しても、あの絵が最後の砦《とりで》となり、直美を守るだろう。

　よかった。武司が一人にならずに済む……そう考えて、はっとした。


　もしや、夫も同じ気持ちだったのではないか。

　直美は想像する。あのとき、弁当を無理矢理口に詰め込まれながら、夫は直美の計画に気づいたのではないか。同時に、自分がこれから殺されること……逃げられないことを悟った。彼は考えた。もしも自分が死に、妻が殺人罪で刑務所に入れられたら、武司を守る者が誰もいなくなる。だから、必死に絵を描いたのではないか。直美ではなく、『武司の母親』を守るために。

　涙があふれてきた。たしかに、夫はいい父親とは言えなかった。しかし、息子に対する愛情は本物だったのだ。

＊＊＊

　夫の死後、家は以前よりにぎやかになった。

豊川と、夫の教え子の亀戸由紀という女子生徒が、直美たち母子を気遣い、頻繁《ひんぱん》に遊びに来てくれるようになったのだ。豊川は食材を持参し、亀戸は台所仕事を手伝い、武司の面倒を見てくれた。直美以外には懐かない武司が、由紀には心を開いているようで驚いた。

こんな形の家族も悪くない。そう思い始めた頃、予想もしないことが起きた。

ある夜、四人で鍋を囲んだ後、由紀と武司は近くの店にお菓子を買いに行った。豊川と二人きりになったとき、突然、彼は直美の手を握った。

「ちょっと、豊川さん……何？」

「直美ちゃん……いいこと教えてあげようか？」

豊川はいやらしい顔で、耳元にささやいた。

「俺、あの夜、８合目にいたんだ」

ドキッとした。

直美は平静を装いながら、豊川の手をほどいた。

「不謹慎な冗談を言うのはやめて」

「不謹慎……？　どっちがだよ。旦那殺しておいて」

突然、豊川の両手が直美の胸をつかんだ。ひきちぎるような握力だった。

「やめて……二人が帰ってくる……」

「ああ、だからその前に決着をつけようぜ」

「何の話？」

「とぼけるなよ。俺もなあ、あの日、三浦を殺そうと思ってたんだ」

「……何を言ってるのよ……!?」

「俺は、あいつが嫌いだった。アートの才能もねえくせに、偉そうに美術教師なんかしやがって……。しかも、俺を付き人みたいに扱いやがる。俺は我慢ならなくなって、奴を殺すことにした。あの日、4合目であいつと別れた後、俺は登山道を外れて8合目まで行ったんだ。夜になって、あいつが寝付いたら襲うつもりだった。そしたらだ。まさか同じ考えの奴がいるとはな。おい、人殺し。どんな気分だよ。旦那の口に飯つっ込んで、惨《むご》たらしく殺す気分はよ！」

でまかせとは思えない。『口に飯つっ込んで』……それを知っているということは、豊川は本当にあの現場を見ていたのだ。

「豊川さん……お願い……警察には、言わないで……」

「ああ、言わないさ。その代わり、取引をしよう。これから毎週、俺に抱かれろ」

「そんな……！　嫌よ！」

「じゃあ警察に言うぜ」

「…………それもダメ……」

「観念しろよ、このクソアマ。学生時代、俺と三浦を天秤《てんびん》にかけて、さんざん弄《もてあそ》んでおいて、三浦にプロポーズされたらあっさり俺を捨てたこと……忘れてねえぞ。俺はな……てめーら夫婦の幸せをぶち壊すことだけを夢見て、今まで生きてきたんだ」

この男も殺してしまおうか……直美はさんざん迷った。

しかし、今はまずい。夫の死から間もなく、関係者の一人が死ねば、確実に直美に疑いがかかる。今度は逃げきれない。

苦渋《くじゅう》の思いで、『取引』を受け入れた。豊川は毎週土曜日の夜に直美を抱いた。彼の愛撫はいやらしく、自分本位で、ただただ不快だった。唯一の救いは、豊川に男色の気がなかったことだ。少なくとも、武司に被害が及ぶことはない。自分さえ我慢すれば……そう思っていた。

しかし、ある夜、悲劇は起きた。

夜中、トイレに起きた武司に、行為を見られてしまったのだ。ほんの一瞬だった。しかし、確実に目が合った。直美はパニックになり、矢のような速さでふすまを閉めた。

「あ～あ、見られちゃったな～」

豊川は慌てる様子もなく、ニヤついた顔で言った。何かがおかしいと思った。行為を始める前、ふすまはしっかりと閉めたはずだ。万が一、武司が起きてきたときに備えて、それだけは毎回、忘れないようにしていた。

また、武司は小さい頃から、あまり夜間に催さないタイプで、トイレに起きることなど、年に数回しかなかった。なぜ今日に限って起きてしまったのか。

その理由は、翌朝わかった。台所のゴミ袋の中から、『torsemide』と書かれた小さな箱を見つけた。看護学校時代、何度か目にしたことがある文字だった。利尿剤の名前だ。

豊川のニヤけた顔を思い出し、寒気がした。

見せつけようとしたのだ。母が犯されている姿を。

直美は、自分の中にどす黒い殺意が湧き上がるのを感じた。

なんとか実行に移さずに済んだのは、それからしばらく経ち、豊川の転勤が決まったからだ。下衆な男が家から遠のき、直美は久々に人間らしい暮らしを手に入れた。

しかし、運命というべきか、また危機が訪れた。

＊＊＊

事件から三年が経過した1995年の9月。亀戸由紀が久々に家に遊びに来た。彼女は高校卒業後、L県の美術大学に通っていたが、大学進学後は何かと忙しいらしく、家に来る回数はだいぶ減っていた。一緒に食事をした後、彼女は思いがけないことを言い出した。

「そういえば、豊川さんって、今、どちらに住んでるかご存じですか？」

「……どうして？」

「実はこの前、岩田さんっていう新聞社の方に会ったんです。なんでも、三浦先生の事件を取材してるとかで……」

冷や汗が出てきた。事件から三年経ち、捜査もほぼ打ち切り状態だというのに、なぜ今さら？

「その人、夫と何か関係がある人なの？」

「三浦先生の教え子なんですって」

……ということは、ジャーナリストとしての興味というより、敵討《かたきう》ちに近いのだろうか。だとしたら厄介だ。

「由紀ちゃん……その話、もっと詳しく聞かせて……」

熊井勇

ベッドの上の熊井は、自分の母親を思い出していた。

ひょろっとした父に対して、母は樽のように丸々と太り、いつも豪快に酒を飲んで笑っていた。陽気な女性だったが、息子を叱るときは鬼の顔で雷を落とした。そんな母を、熊井は誰よりも恐れ、誰よりも信頼していた。

ある夏の日のことだった。熊井は近所のガキ大将に殴られ、タンコブを作って帰宅した。母は『誰にやられたんだい!?』と熊井を問い詰めた。ガキ大将の名前を白状すると、母は熊井を連れ、その子の家へ行った。

ガキ大将の父親は、顔に切り傷のある大男だった。堅気の人間とは思えない、不気味な威圧感があった。しかし、母は怯《ひる》まなかった。

大男に向かって、つかみかかる勢いで激しく抗議した。そのときの顔を、熊井は今でも鮮明に思い出すことができる。母は我を忘れていた。

男の妻が仲裁に入らなければ、母は彼を殺していたかもしれない。幼い熊井は、本気でそう感じた。

はたして、母と直美は何が違うのだろう。

母も一歩間違えば、直美のようになっていたのではないか。

その恐ろしい考えを、熊井はどうしても否定しきれずにいた。

今野直美

岩田と豊川を殺すべきか、最後まで悩んだ。二人が死ねば、自分が疑われることは明白だ。自ら危ない橋を渡ることはない。

しかし、豊川を生かしておくのは、それはそれで危険だ。あの男は、直美の殺人を目撃している。今は黙っているが、いつ気が変わって警察に報告するかわからない。そして何より、豊川は夫と自分を恨んでいる。当然、二人の子供である武司のことも、良くは思っていないはずだ。もし万が一、武司に危害が及ぶようなことがあれば……。

やはり、殺しておいたほうがいい。岩田の後に豊川を殺し、すべての罪をなすりつける。やるしかない。

＊＊＊

すべてを終えた後、直美は武司を連れ、逃げるように東京へ引っ越した。格安マンションの6階に部屋を借り、近くの産婦人科に勤めた。

不安な気持ちをよそに、月日はいたって平穏に流れていった。

気づけば直美は還暦間近になっていた。武司は高校を卒業した後、自宅近くの鉄工所に就職した。勤め始めた頃は、慣れない環境に苦労していたようだが、三年を過ぎたあたりから、一端《いっぱし》の社会人の顔になった。直美は武司を応援するため、毎日早起きして弁当を作った。

あるとき、武司は気まずそうな顔で、直美に言った。

「あの……お母さん。好きな人ができたんだけど、お付き合いしてもいいかな？」

直美はあっけにとられた後、つい噴き出してしまった。たしかに普段から『女の子と付き合うときはお母さんに報告しなさいよ』と冗談交じりに言っていた。しかし本当に報告してくれるとは思わなかった。武司はいくつになってもお母さんの言うことをちゃんと守るいい子なのだ。直美は武司の頭をなでなでしながら答えた。

「もちろんいいよ。ただし、武ちゃんに似合う子かどうか、お母さんが確かめてあげるから、一度お家に連れてきなさいね」

＊＊＊

一週間後、直美の言いつけを守り、武司は『彼女』を家に呼んだ。その顔を見て、腰を抜かしそうになった。

「由紀ちゃん……!?」

武司の恋人は、夫のかつての教え子、そしてL県に住んでいた頃、よく遊びに来てくれた亀戸由紀だった。彼女は恥ずかしそうに言った。

「直美さん……お久しぶりです。私、武司くんとお付き合いさせていただいてます」

その後、直美が準備した夕食を食べながら、武司と由紀は、自分たちが付き合うに至った経緯を説明した。

一か月前、武司の職場に、アルバイトの青年が入った。彼が以前働いていたコンビニに『亀戸由紀』という人物がいたことを、休憩時間の世間話で知った武司は「まさか」と思い、好奇心で店に行ってみた。

忙しそうにレジを打つその姿を見て驚いた。間違いなく、かつてL県の家でよく遊んでくれた『ユキお姉ちゃん』だった。彼女が勤務を終えて店を出てくるのを待ち、武司は声をかけた。由紀は目を丸くして驚いた。十二年ぶりの再会だった。由紀は33歳、武司は27歳になっていた。

二人はその夜、食事をしながら、お互いのこれまでを話した。

由紀は美大を卒業した後、地元の企業にデザイナーとして就職した。しかし、五年勤めた後、人員削減で突然のリストラを告げられた。しばらくは地元で転職活動をしたものの、なかなか再就職先は見つからなかった。無職の期間が長引くほど、もともと仲の悪かった両親との関係はさらに悪化していった。

ある日、修復不可能な大ゲンカをしたのち、絶縁状を叩きつけ、家を出た。

行く当てのなかった由紀は、仕事を求めて東京に移り住んだ。上京後数年間は、フリーランスとしてデザインやイラストの仕事をいくつかこなしたが、それだけで生計は立てられず、ここ最近はコンビニのバイトで日銭を稼ぐ生活を続けていたらしい。

子供の頃から慕っていた女性が苦労していることを知り、ショックを受けた武司は、生活の足しにと、なけなしの1万円札を渡そうとした。しかし、由紀は受け取らなかった。

「お金なんていらないよ。よけいに情けなくなるじゃん」

「……ごめん。でも、力になりたいんだ」

「じゃあ……今度、ご飯おごってよ」

それから二人は何度も会うようになった。食事は毎回ファーストフード。その後、公園のベンチでジュースを分け合いながら何時間も話した。大人の男女としては、あまりに粗末なデートだ。それでもお互い、楽しかった。

「付き合ってください」

最初に切り出したのは、武司のほうだった。由紀はその場で受け入れた。

＊＊＊

直美は複雑な気持ちで二人の話を聞いていた。

由紀と武司に対しては『年の離れた姉弟』というイメージをずっと持っていた。その二人が恋人同士になるなんて、どうしても違和感があった。

とはいえ、本人たちが好き合っているのなら仕方ない。それに、由紀がいい子なのは、十分わかっている。どこの馬の骨ともわからない女と付き合うよりよっぽど安心できる。直美は二人を応援することにした。

結婚が決まったのは、それから一年後だった。

由紀はアパートを引き払い、武司と直美のマンションで一緒に暮らすことが決まった。

直美としては、息子が結婚する寂しさがないではなかったが、それよりも家族が一人増える嬉しさのほうが上回った。

結婚式は全員が望んだ通り、部外者は誰も呼ばず、三人だけのホームパーティーで済ませた。食事が片付き、武司が酔って寝てしまった後、直美と由紀は、台所でぽつりぽつりと取り留めのない話をした。

その途中、突然由紀は改まった顔をして、こんなことを打ち明け始めた。

「直美さん……私、ずっと隠していたことがあるんです」

「え？　いきなりどうしたのよ？」

「私……三浦先生のことが……好きでした」

「……夫のこと？」

「はい。高校1年の頃から、ずっと好きでした。私、当時はショートヘアだったんですけど、先生の奥さんがロングの黒髪だっていう話を聞いて、ロングにしたんです。

実はこれ、もともとは直美さんの真似だったんです」

そう言って由紀は、長く艶のある髪をなでた。

「一年前、武司くんと再会したとき、本当にびっくりしました。三浦先生が生き返ったのかと思って……」

「たしかに……似てるわよね。ここ数年は特にね」

「あ！　でも、だからといって、三浦先生の代わりとして、武司くんを見てるわけじゃないんです。武司くんは武司くんとして愛しています。だけど、これから直美さんと暮らしていくうえで、やっぱりこれは伝えないといけないと思って……あの、ごめんなさい。変なこと、言ってしまって……」

直美は、何と返せばいいのかわからなかった。

＊＊＊

そんなことはありつつも、三人の生活は、順調に始まった。

由紀は専業主婦として家事を完璧にこなした。おかげで直美と武司は、家に帰った後、ゆっくり休む時間が取れるようになった。

ある朝、直美が仕事に出かける準備をしていると、由紀が青い顔をして部屋にやってきた。

「直美さん……ごめんなさい。私、ちょっと今日、体調悪くて。家事できないかもしれません」

その様子を見て、直美の職業的な勘が何かを感じ取った。

「由紀ちゃん、生理は来てる？」


その日、二人は連れ立って直美の勤める産婦人科へ行った。検査の結果、妊娠1か月とわかった。

夜、帰宅後にそのことを知らされた武司は、飛び上がって喜んだ。由紀を抱きしめて、何度も何度も「ありがとう」と言った。ずっと不安そうだった由紀も、その言葉でようやく幸せを実感できたようだった。

＊＊＊

直美は、二人を祝福していた。……はずだった。

しかし、由紀のお腹が大きくなるにつれ、心の奥底で、何かが膨れ上がっていくのを感じていた。その正体はわからない。しかし、後ろめたい感情であることは、確かだった。

ある夜、直美は夢を見た。

胸に、小さな赤ちゃんを抱いていた。横を見ると、隣には武司がいた。

「武ちゃん、由紀ちゃんはどうしたの？」

「由紀ちゃん？　誰それ？」

「何言ってるのよ。この子のお母さんでしょ？」

「ははは！　おかしいこと言うなあ。この子のお母さんは……」

武司は、直美の顔を指差した。


目が覚めた後も、その光景はくっきりと頭に張り付いていた。

直美は自覚した。自分は、まだ母親でいたいのだ。由紀のいない世界で、赤ちゃんの母親になりたいのだ。

なんという気味の悪い願望だろう。

しかし、その夢はどうしようもなく、甘美だった。

＊＊＊

由紀が妊婦健診を受ける際、決まって直美が担当をしていた。通常であれば『義母だから』という理由でそのような特別扱いが許されることはない。

しかし、直美が勤めていた産婦人科は普通と違った。医者は院長一人しかおらず、しかも親から病院を受け継いだ世間知らずのお坊ちゃん先生だった。業務の多くを助産師に丸投げし、自分は院内をニコニコしながら巡回するだけ。結果、助産師たちが権力を持つようになっていた。当初は、偉そうな同僚たちの中で、苦労することも多かった直美だが、我慢しながら続けているうちに、いつの間にか最も古株の助産師になっていた。

病院の中で、直美に意見できる者は誰もいなくなっていた。

直美の考えでは、由紀の出産には二つの課題があった。

一つは年齢。由紀はすでに35歳を迎えていた。高齢出産と言ってよかった。そしてもう一つの課題は、血圧だ。由紀は血圧が高かった。特に緊張したとき、一瞬ではあるが、平常値を大きく上回ることが何度もあった。

その数値を見るたびに、直美の中の邪心がうごめいた。

＊＊＊

2009年、9月10日。午前10時に陣痛が始まった。

午後6時、分娩室に入る。ここまでは順調だった。

しかし、いきみ始めてから数時間経っても生まれず、途中、突然由紀は意識を失った。院内は騒然となった。助産師の一人が叫ぶ。

「ちょっと！　どうしてこんなに血圧が高いの!?」

＊＊＊

予定日の二か月前。由紀が妊娠8か月を迎えた頃、直美のそれは、破裂寸前まで膨れ上がっていた。直美は自分に問いかけた。

「私はこれからおばあちゃんになる。いつも優しくて、穏やかで、孫を甘やかすだけの、枯れた存在になる。それでもいいの？」

答えは一つだった。

「嫌だ。絶対に嫌だ。私は…………母親だ」

心の中で、何かがはじけた。

翌朝、直美は由紀にカプセル錠を三つ手渡して言った。

「由紀ちゃん、武ちゃんから聞いたけど、最近貧血になりやすいんだって？　妊娠中って、そうなる人多いのよ。鉄分に限らず色んな栄養素が不足しがちになるから、サプリメント飲んだほうがいいわよ。私もこれ、妊娠中に毎日飲んでたの。だいぶ楽だったわよ」

カプセルの中身は、塩だった。

しかし、直美を信頼しきっていた由紀は、何の疑いもなく飲んだ。高血圧の患者が一日に摂取していい塩分の目安は六グラム未満とされている。由紀は毎日十五グラムの塩を飲み続けた。

それは、一種の祈りだった。

成就する確率の低い、単なる気休めだった。それでもいい。これが叶わなければ、諦めがつく。若い二人を陰ながら支える、ただの老婆として朽ちていくことができる。直美にとって、そのほうが幸せなのかもしれない。

しかし……祈りは通じてしまった。

＊＊＊

緊急の帝王切開手術で、なんとか子供は無事に誕生した。だが、母体は助からなかった。

由紀は脳出血を起こしていた。血圧が極度に高まった状態で、何度も強くいきんだことが原因だった。病院の誰もが不思議がった。出産直前のカルテを見ても、由紀の血圧は正常値だった。

当然だ。検査を担当した直美が、嘘の数値を書いたのだから。

翌日、直美は辞表を提出した。

もはや、自分には助産師を続ける資格はないと考えたからだ。

＊＊＊

あの夜見た甘美な夢は現実になった。直美は生まれたばかりの赤ちゃん・優太の『母親』になった。

「武ちゃん。この子には生まれたときから母親がいないじゃない？　今はよくても、大きくなってお友達ができたときに、自分だけ『ママ』がいないことに、みじめさを感じてしまうんじゃないかと思うの。だからね、武ちゃんからしたら複雑だろうけど、私が代わりに『ママ』になろうと思うの。もう、おばあちゃんだけどさ、それでもいないよりはマシじゃない？」

武司を言いくるめるのは簡単だった。いくつになっても直美の言うことをよく聞くいい子なのだ。周囲から変な目で見られることは何度もあったが、優太には一貫して『ママ』と呼ばせた。

＊＊＊

久々の子育ては大変なことも多かったが、それ以上に楽しく、幸せだった。優太の成長に心躍らせ、武司とともに喜び合う。こんな日々がくるなんて思わなかった。

しかし、優太をあやしているときも、ご飯を食べさせているときも、家族三人で公園に遊びにいくときも、直美の背後には常に罪悪感が付きまとった。

こんなことは初めてだった。

昔、母の首を折ったとき、直美は少しも自責の念を感じなかった。ちっぴを守るためだったからだ。当時の直美にとって、それは紛れもない正義だった。

夫と岩田と豊川を殺したときもそうだった。悪いこととはわかっていたが、後悔はしなかった。武司を守るためだったからだ。

直美が罪を犯すとき、いつも守るべきものがあった。子育て中の母熊が外敵を嚙《か》みちぎるように、直美は愛と正義で人を殺してきた。


だが、今回はどうだろうか。

由紀に塩を飲ませたとき、どんな気持ちだっただろうか……。

直美は気づく。今回だけは……自分のための殺人だった。

『永遠に母親でい続けたい』『母親という称号を失いたくない』……ただそれだけのために、あの優しい女の子を、武司を愛してくれた女性を、殺してしまった。

きっとどこかで、自分は罰を受けるだろう。

＊＊＊

それは、突然訪れた。
ある朝目覚めると、隣で寝ているはずの武司がいなかった。なぜか、胸がざわつい
た。
直美は飛び起きて、家中を捜した。武司は自室で首を吊っていた。
遺書は発見されなかった。しかし直美は、それをインターネットの中に見つけた。
武司が生前やっていたブログに残された記事。自殺する前日に投稿されたものだっ
た。

今日で、このブログを更新するのをやめます。
あの3枚の絵の秘密に気づいてしまったからです。
あなたがいったいどんな苦しみを背負っていたのか、僕には理解することはできませ
ん。
あなたが犯してしまった罪がどれほどのものなのか、僕にはわかりません。
あなたを許すことはできません。それでも、僕はあなたを愛し続けます。

――レン

それは、直美に向けたメッセージだった。

『3枚の絵の秘密』……ブログを読み返し、すぐに気づいた。

死体から赤ん坊を引きずり出す老女の絵。まさに直美そのものだった。

由紀は気づいていたのだ。直美の殺意に。

いつからだろう。たしか予定日の一週間前、突然泣き出したことがあった。この世の終わりのような顔をして、何時間も泣き続けていた。そのときだったのかもしれない。

もしも直美が、もっと直接的な殺人を計画していたら、由紀は武司に助けを求められただろう。警察に相談することだってできたはずだ。

しかし、直美のやり方はあまりにも遠回しだった。『カプセルに塩を入れて飲ませる』という行為は犯罪ではない。発覚したところで、いくらでも言い逃れはできてしまう。

大人になっても母親にべったりで、直美のことを誰よりも信頼していた武司は、確実に直美の言い分を信じただろう。そうなれば由紀は、『義母を殺人者呼ばわりした最低な嫁』になる。この家で居場所をなくす。

両親と絶縁し、仕事もなく、若くもない由紀に、他に行く場所などなかった。

だから由紀は、直美の殺意に気づかないふりをした。

血圧が高い状態で出産しても、妊婦が死亡する確率は低い。由紀は大丈夫だと思っていたのだろう。まさか死ぬことはないと思っていたのだろう。

しかし、もしも万が一、直美の計画が成功してしまったときのために、由紀は絵を残すことにした。いつ気づいてもらえるかわからない、もしかしたら永遠に気づかれないかもしれない暗号を、絵に隠した。


暗号は、由紀の死から三年後に解読された。

武司はある日、絵の意味に気づいてしまった。


そのときの武司の苦しみは、遺書を読めば痛いほど理解できる。

『あなたを許すことはできません』……当たり前だ。愛する妻を奪われたのだから。

『それでも、僕はあなたを愛し続けます』……しかし、武司は母親を恨めなかった。

それほど、武司にとって直美は絶対的な存在だったのだ。

二つの相反する感情に苦しみ、武司は自ら命を絶った。

直美は初めて、自分の教育が間違っていたことに気づいた。

武司を誰よりも愛していたはずなのに、武司のために尽くしてきたはずなのに、かえってそれが、彼の心の自立を妨げてしまった。精神的に、武司は最後まで、直美とへその緒でつながったままだったのかもしれない。どんなに大きくなっても、武司は直美の一部だった。だからどんなに憎くても、恨むことができなかった。自分から切り離すことができなかった。

「武ちゃん……ごめんね……」

直美は仏壇の前で、何度もつぶやいた。涙は出なかった。

本当の悲しみに直面したとき、人は泣く気力さえ失ってしまうのだ。

熊井勇

包帯の上から腹を触っても、もうほとんど痛みは感じない。自分の治癒力に驚く。

だが、傷が良くなる一方で、この体は刻一刻と蝕《むしば》まれている。

三週間前のことだった。

「熊井さん。すごく言いづらいけど……再発してるね。食道がんのステージ2だ。手術をすれば間に合うが、五年生存率は半々ってとこだ」

人間ドックの際、馴染みの医者は心苦しそうに言った。


その日の帰り道、熊井はこれまでの人生を振り返った。

若い頃は記者としてがむしゃらに働いた。あの頃は、自分の仕事に誇りを持っていた。社会的意義があると信じていた。しかし今では、そんな過去の自分に疑問を持ってしまう。

（俺ははたして社会の役に立っていたのか？　記者がいくら事件を取材したところで、犯人を捕まえるのは警察だ。記者は警察の背中にひっついて、漏れ出た情報を大衆に売ることしかできない。俺は二十数年間、必死こいて野次馬たちの好奇心を満たしていただけなんじゃないのか？）

一人の青年のことを思い出す。

（それに比べて岩田は、俺なんかよりよっぽど意義のあることをした。あいつは警察よりも先に真相にたどり着いた。犯人に襲われ、死ぬ寸前になっても、情報を残そうとした。俺の二十年と、あいつの数週間。どっちのほうが価値がある?)


悔しかった。

岩田に負けたままでは、死んでも死にきれない。

もしも岩田に勝てるとしたら……方法は一つしかない。

直美を捕まえる。それだけだ。

＊＊＊

熊井はその日、L県警に出向き、一人の男に会った。

倉田恵三《くらたけいぞう》……記者時代、一番仲の良かった刑事だ。同い年で出身地が近いこともあり、記者と刑事の関係を超えて、たびたび飲み明かした。久々の再会を、倉田は喜んでくれた。

「よー!　クマちゃん!　えらい久しぶりだな。元気だったか!?」

「ぼちぼちだ。クラさんは達者そうだな」

「ああ!　この前、孫が生まれたからな。結婚式見るまではくたばれねーんだ。ハハハ!」

「そりゃ、おめでとさん。長生きしろよ」

「おお、ありがとな。……ところで、今日は突然どうした?」

「ああ。相談があってな。1992年と1995年に起きた事件を、今から再捜査することは可能か？」

「何月だ？」

「どちらも9月だ」

「……92年はすでに時効だ。しかし95年の9月なら、法改正の恩恵でまだ生きてる。だが、そんな昔の事件じゃ、とっくに捜査本部も解散してるだろうし、新しい証拠でも出ない限り再捜査は無理だろうな」

「クラさんの権限でなんとかできねーか？」

「巡査部長にそんな力ねーよ」

「手がかりはあるんだ。今の捜査技術を使えば……もしかしたら証拠も出るかもしれない」

「残念ながら『かもしれない』じゃ組織は動かないんだ」

「……なら、容疑者が逮捕されたらどうだ？」

「……どういうことだ？」

「たとえばだ。その事件の犯人が俺を包丁で刺したとする。そのときたまたま現場に居合わせたお前さんが、犯人を傷害罪で現行犯逮捕する。そうなった場合、犯人が過去に犯した可能性のある事件が掘り返されるはずだ」

「……いわゆる別件逮捕か。そりゃ、当然余罪は追及されるだろう。だけどそのためにはまず、クマちゃんが犯人に刺されなきゃいけないいんだぜ？」

「その通りだ。だから、犯人が俺を刺すように仕向ける」

「『仕向ける』って……。犯人がわかってるのか？」

「わかってる。証拠はないが、間違いないいんだ。だからクラさん、頼む。その現場に同行して、そいつを逮捕してくれ」

「おいおい、待てよ。冷静になれって」

「俺は冷静だ。冷静に言ってるんだ。どうしても、その犯人を捕まえたい。……因縁の相手なんだ」

「だからって、そんな危険おかすことはねーだろ？　一歩間違えりゃ死ぬかもしれねーんだぞ？」

「構わねーよ。実はな……俺、がんなんだ」

「え……？」

「手術をしたところで五年後に生きてる確率は半々だそうだ。仮に生き延びたとして、この先に待ってるのは寂しい余生だ。俺には嫁も子供もいない。もちろん、孫もだ。……頼む。俺を助けるつもりで、協力してくれ。俺を、価値ある男として死なせてくれ」

「…………少しだけ、返事を待ってくれるか？」

数日後、倉田から電話がきた。

熊井の頼みを、受け入れてくれることになった。ただ一つ、彼は条件をつけた。

「防犯チョッキは着ろよ。絶対に死ぬな。約束だ」

＊＊＊

2015年、4月20日、熊井は東京のホテルに部屋を取った。

午後5時頃、灰色のコートを着込んで外に出る。住宅街にぽつんと建つ、コンビニの柱に身を隠した。

三十分ほど経った頃、一組の親子がコンビニの前を通り過ぎた。熊井は母親の顔を確認した。間違いない。今野直美だ。熊井は二人の後をつけた。尾行を始めてわずか数十秒後、直美が後ろを振り返った。

(早いな……)

二十年間、警察の目を恐れて生きてきた人間の、勘の鋭さを思い知った。

熊井の作戦は単純なものだった。直美に、恐怖心を与えること。

『誰かが自分たちをつけ狙っている』……そう思い込ませればいい。子供に危害が及びそうになれば、直美は確実に牙《きば》をむく。また、人を殺そうとする。

22日、熊井は黒のレンタカーをコンビニに停め、直美たちを待った。そのとき、心を揺るがす出来事があった。

コンビニから出てきた今野母子が車の前を通り過ぎたとき、夕日に照らされた直美の横顔を見たのだ。ファンデーションで塗り固めた、偽りの若さ。しかし、その表情は優しさに満ちていた。幼い子供を守る、親の顔だった。

熊井はためらいそうになる自分を必死に抑えつけ、アクセルを踏んだ。

(お前が殺した奴らにも、家族はいたんだ)

尾行を始めて四日目。その日の直美の怯え様は、今までにないものだった。子供の手を引き、駆け足でマンションの中に入っていった。熊井は追い打ちをかけるため、二人の住む6階まで追いかけた。震える手で鍵を開け、部屋に逃げ込む直美を見て、機は熟したと確信した。

すぐに倉田に電話をかけた。

「明日の夜、決行する」

＊＊＊

翌日の夕方、熊井はホテルの浴室で、普段よりゆっくりと湯舟に浸かり、コーヒーを一杯飲んだ後、コートに身を包んだ。

防犯チョッキは、着なかった。傷が深いほど、直美の罪は重くなる。死ねばなおさらだ。

(灰色の死に装束とは、皮肉なもんだな)

心で笑った。


夜、マンションの前で倉田と落ち合い、二人で6階に向かう。

倉田を廊下の隅に待機させ、熊井は今野家のインターホンを押した。

しばらくして、扉の向こうから声がした。

「はーい、今開けまーす」明るさを装った声だった。

萩尾登美子

4月24日、傷害罪で逮捕された今野直美容疑者について、過去に複数の殺人事件に関与していた可能性があるとして警察は調べを進めている。今野容疑者は……。

萩尾登美子は新聞をテーブルに置き、動揺を抑えるため、ペットボトルの紅茶を飲んだ。脇にじっとりと汗がにじんでくる。

「直美ちゃん……どうして……」

萩尾は研究室の棚を開ける。その中には、カウンセラー時代に行ってきた精神分析のデータが大量に保管されている。数時間かけ、一枚の絵を見つけ出した。

何十年も前、母親を殺害して補導された少女、今野直美が描いた絵。

萩尾はかつてこの絵を見て、『更生の余地あり』と判断した。

木の枝は鋭く尖り、直美の反抗心、攻撃心を象徴している。しかし同時に、木のうろの中にはかわいらしい文鳥が描かれている。萩尾はここに注目した。

『弱い生き物を保護したいという優しい気持ちの表れである。動物との触れ合いを重ね、母性愛を育むことで、反抗心、攻撃心は徐々にそがれていくはずである』

それが、萩尾が直美に下した診断だった。

しかし……今もう一度この絵を見たとき、別の解釈が浮かぶ。

もしや、逆だったのではないか。

枝は、文鳥を守るために尖っているのではないか。

弱い生き物を守るためなら、いくらでも外敵を傷つけることのできる人格。この木はまさに、殺人鬼・今野直美そのものを象徴していたのではないか。

萩尾は身震いした。かつての自分の浅はかさを恥じた。

もしも、今の直美に同じ絵を描かせたら、どんなふうになるだろう。今、彼女の中の『木』は、どんな枝を付けているのだろう。

熊井勇

「よし！　もう完全にふさがりましたね。包帯もいらないんじゃないかな～。明日あたりには退院できますよ」

鼻にかかった声を残し、看護師は軽やかに去っていった。

（この白い天井ともお別れか……）

そう思うと、少しだけ寂しい気もしてくる。

そのとき、カーテン越しに、隣のベッドから声がした。

「熊井さん、退院なんですね。おめでとうございます」

声の主は、数日前に足を骨折して入院してきた青年だ。あまり自分のことを語るのを好まない熊井だが、彼のやけに軽妙な口調に乗せられ、この数日間、つい色々なことを……たとえば、自分が新聞社に勤めていること、以前は記者をしていたこと、そしてステージ2の食道がんであることなどを話してしまった。

「ああ、どうもありがとう」

「でも大変ですね。退院したら、またすぐがんの手術ですもんね」

「……いや、手術は受けないよ」

「え？　どうしてですか？　末期じゃないですよね？」

「俺はもう65だ。寿命をちょっと延ばしたところで、むなしい人生が待ってるだけだ。言っただろ？　俺には家族がいない。この先一人で生きたって、なんにも楽しいことなんてない」

「いや、一人でも楽しいこと色々あるでしょ。スキューバとかボルダリングとか」

「おいおい……無茶言うなよ」

「それに、熊井さんにはこれからやるべきことがあると思いますよ」

「なんのことだ？」

「あなたが逮捕に関わった、今野直美容疑者のお孫さん、優太くんの面倒を見ることです」


ドキッとする。それに関することは何も言っていないはずだ。


「お、おい！　あんた、なんでそんなことを知ってるんだ」

「ニュースで見たんですよ。『新聞社社員の熊井勇氏が、捨て身の覚悟で未解決事件の容疑者を捕まえた』って。入院するとき、病室のネームプレートを見て驚きました。まさか、そんな方と隣同士になれるなんて」

「……知ってたなら、早く言ってくれよ……」


たしかに、あのときは全国ニュースでそれなりに大きく取り上げられた。隣の青年が知っていてもおかしくはない。

「でも、よかったですね。今野直美を逮捕できて。これで岩田氏や豊川氏も浮かばれるというものです」

「……何だと？」


おかしい。

警察はまだそこまで詳しく情報を公開していない。ただの一般人が岩田や豊川のことを知っているはずがない。


「あんた、もしかして警察関係者か？　それとも記者か？」

「いいえ」

「ならどうして岩田と豊川の名前を知っている？」

「個人で調査したんですよ。今はネットでなんでも調べられますからね。……今野直美の元夫は1992年に殺害された三浦義春氏。犯人は三年後、同じ方法で岩田俊介氏を殺している。そのとき犯人とされたのが豊川信夫氏。そして今回、当時の重要参考人である今野直美が逮捕された。しかも、過去に余罪がいくつかあるという。……となれば、かつての事件に直美が関与していた、と推測するのはたやすいことです」

「……まあ、そうかもしれないが……」

「三浦氏と岩田氏が死ぬ直前に描いた『絵』の画像も見ました。あれ、おそらく手元が見えない状況で描かれたものですよね。それはいったいどういう状況なのか。現場から寝袋が盗まれていたことを考えれば簡単です。彼らは寝込みを襲われた」

「あんた……何者だよ……」

「ただの学生です」

「どうしてただの学生が事件にそこまで詳しい？」

「……実は去年、奇妙なブログを見つけたんです。それがどうしても気になって、この一年間、真相を調べるために時間を費やしました。そしたらなんと、この事件とリンクしたんですよ。……熊井さんはご存じですか？　今野直美の息子がやっていたブログ」

「いや……知らない」

「じゃあ、もしかしたら僕、熊井さんにスクープをプレゼントできるかもしれません。そのブログを読むだけで、今野直美の余罪が一件見つかると思うんで。今野直美は、おそらく義理の娘の死に関わっています」

「………」

直美の義理の娘、今野由紀は２００９年に死亡している。デタラメを言っているとは思えない。

「そうだ、熊井さん。取引しませんか？」

「取引？」

「そのブログのタイトルを教えますから、代わりに僕のお願いを聞いてください」

「お願いって……なんだ？」

「手術を受けてください」

「……俺が手術を受けて、あんたにどんな得がある？」

「僕というより、今野優太くんのためです。先ほども言いましたが、優太くんが大人になるまで、彼の面倒を見てあげてほしいんです。この事件は、犯人が捕まれば解決、というわけではないと思います。身寄りのなくなった優太くんが幸せな人生を手に入れて、初めて事件は解決です」

たしかに、優太のことは熊井も気がかりだった。直美が逮捕されてから、彼は児童養護施設で生活をしている。寂しい思いをしているだろう。熊井が直美を追い詰めなければ、こんなことにはならなかった。自分のしたことを後悔してはいないが、彼に対する罪悪感はあった。

「まあ、俺もあの子はどうにかしてあげないと、とは思っている」

「なら win-win じゃないですか。取引成立ですね」

「……わかったよ。俺の負けだ。手術を受ける」

「よかった！」

「じゃあ教えてくれ。そいつのタイトルを」

「『七篠レン 心の日記』です」

「……おい。デタラメ言ってるんじゃないだろうな？　今野直美の息子の名前は『今野武司』だぞ。全然名前が違うじゃないか」

「ペンネームですよ。熊井さん、『今野武司』をひらがなで書いて分解してみてください。

こ|ん|の|た|け|し

⇩

こ|ん|の|ナ|こ|い|ナ|し

⇩

ナ|ナ|し|の|い|ん|こ|こ

ナナしのレんこころの日記

『た』を分解すると、片仮名の『ナ』と、平仮名『こ』になる。『け』を分解すると片仮名の『レ』と『ナ』になる。これを並べ替えると、『ナナしのレんここ』になるんです。だから『七篠レン 心の日記』なんだと思いますよ」

「あんた……よくわからんが、すごいな」

「ありがとうございます。僕は約束果たしましたから、次は熊井さんの番ですよ。退院したらちゃんと手術受けてくださいね」

「わかったよ。男に二言はない。……ただ、一つだけ教えてくれ。どうしてあんたはこの事件にそこまで肩入れしている？　興味本位で追っかけてきた……言っちゃ悪いが、ただの野次馬だろ？」

「……以前、大学のサークルの先輩に言われたんです。『ブログの真相がわかったら教えてくれ』って。その人、もう学校を卒業しちゃったんですけど、いつか再会したら、約束を果たしたいと思っています。そのときのために、事件には円満に解決してもらわなきゃ困るんです。そうじゃないと、気持ちよく話せないでしょ？」

――２０１５年６月某日　晴れ

米沢美羽の父は、朝から自宅の庭で、大きな体をせっせと動かし、汗まみれで炭をおこしていた。熱した網の上で、たくさん用意した魚や野菜、そして牛肉を焼いていく。美羽は、自分好みのおいしそうな肉を吟味《ぎんみ》し、タレにたっぷりつけて頬張る。

「美羽。肉ばっかりじゃなくて野菜も食えよ」

「わかってまーす」

言ってるそばから、美羽は新しい肉を口に放り込んだ。

そんな二人の様子を、妻は少し離れた場所から、椅子に座って見守る。

本当は今日、ここに今野親子も呼ぶ予定だった。その矢先、あんなことが起きてしまった。直美が逮捕されてから、優太は児童養護施設で暮らしている。きっと寂しいだろう。不安だろう。なんとか彼に元気になってもらいたいと考え、今日、優太をバーベキューに招待した。もう少しで来る頃だ。

そのとき、美羽が叫んだ。

「あ‼　優太くんだー！」

門のほうを見ると、優太が立っていた。初老の男性と一緒だ。現在、有志で優太の世話をしている熊井という男だ。どういう関係かはわからないが、優太と養子縁組の手続きをしているらしい。

米沢は二人のほうに小走りでかけていった。

「おーい！　優太くん！　いらっしゃい」

優太はぺこりと頭を下げる。

「熊井さんも、付き添いありがとうございます。よかったら、一緒に食べて行かれませんか？」

「せっかくですが、遠慮しておきます。この前、手術したばかりで、あんまり飯が食えないんです」

「そうですか……大変でしたね」

「近くで時間つぶしてますから、終わったら電話ください。急ぎませんので、ゆっくり食わせてやってください」

熊井はそういうと、ポケットに片手を突っ込んで歩いて行った。

＊＊＊

優太は紙皿を持ったまま、バーベキューに手をつけようとしない。緊張しているのだろうか。米沢は、つとめて明るく尋ねる。

「優太くんは、どんな肉が好き？　分厚いステーキも、柔らかくて薄いのも、骨付きのもあるぞ。好きなのを焼くから、食べたいものを言ってごらん」

優太はもじもじしながら、口ごもっている。そこに美羽が割り込んでくる。

「あのね、パパ。優太くん、あんまりお肉が好きじゃないの」

「え!?　そりゃあ困ったなー。ごめんな、優太くん。そしたら今日はあんまり食えるものがないな……」

「でもね、優太くん、焼きそばは好きなんだよ。だよね、優太くん」

優太は照れくさそうにうなずいた。

「よし！　じゃあ、焼きそばを焼こう」

網を外して、炭火の上に鉄板をのせる。キャベツを手でちぎり、麺と一緒に焼く。美羽と優太は、期待に満ちた目でそれを見つめている。


米沢は知っている。子供は大人以上に、悲しみや不安に敏感だ。そして、大人と同じように、それを周囲に悟られないよう、必死に隠そうとする。美羽も優太も、きっと笑顔の奥で、耐えている。だからこそ、米沢は二人に伝えたかった。人生には、つらいことと同じくらい、楽しい出来事や、幸せな時間があることを。彼は精一杯、愉快な声で言った。

「よっしゃ！　優太くん！　美羽！　待ってろよ！　今から世界一うまい焼きそば、作ってやるからな！」

特典❶

謎解きゲーム

～過去からの手紙～

第４境界×雨穴

Uketsu

これからお見せする3枚の画像には、『変な絵』の本当の真相が隠されています。
ぜひ、推理してみてください。

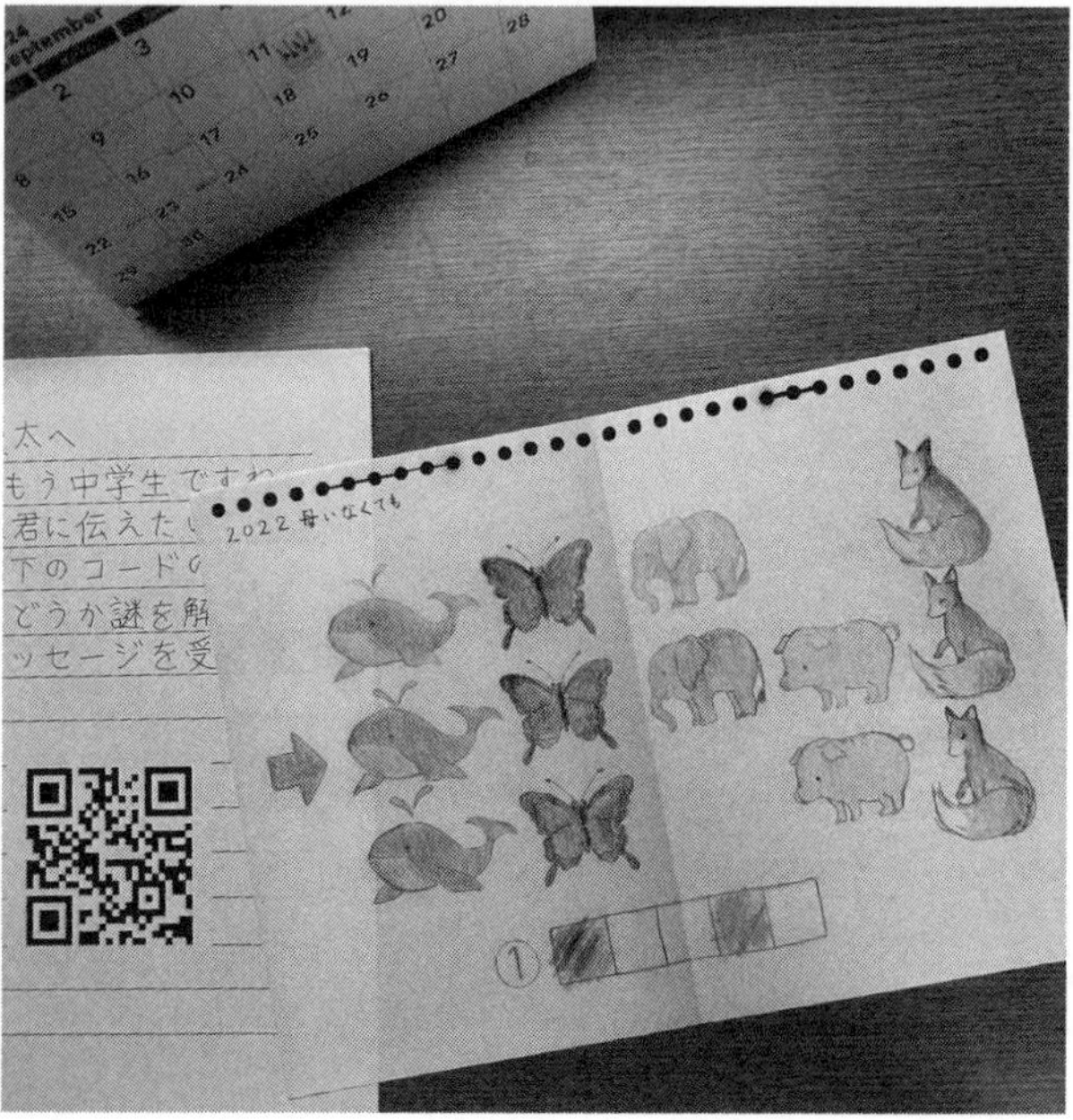
September
太へ
もう中学生です
君に伝えた
下のコード
どうか謎を解
ッセージを受
2022 母いなくても

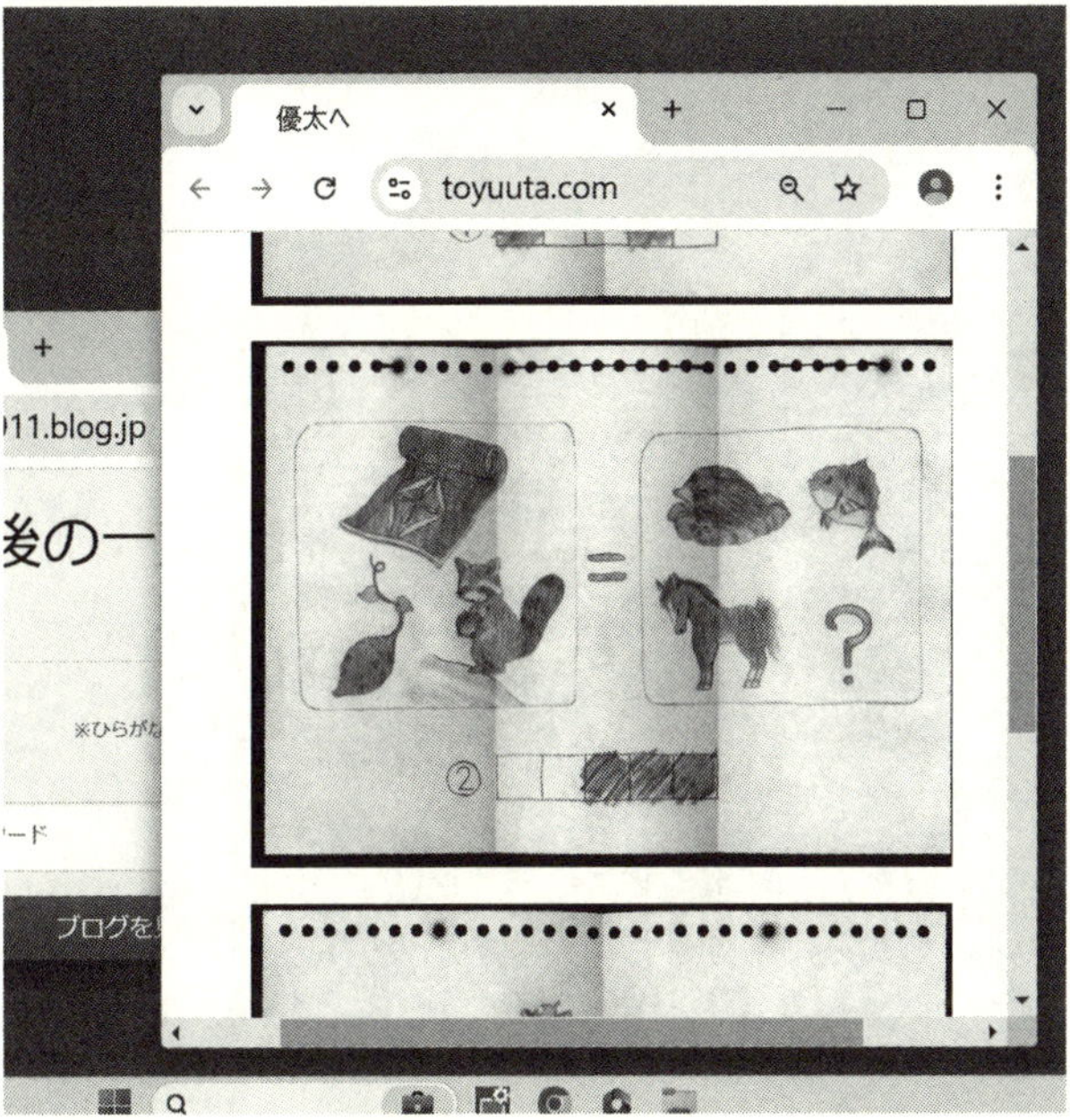

優太へ
toyuuta.com
11.blog.jp
後の一
※ひらがな
ード
ブログを
②

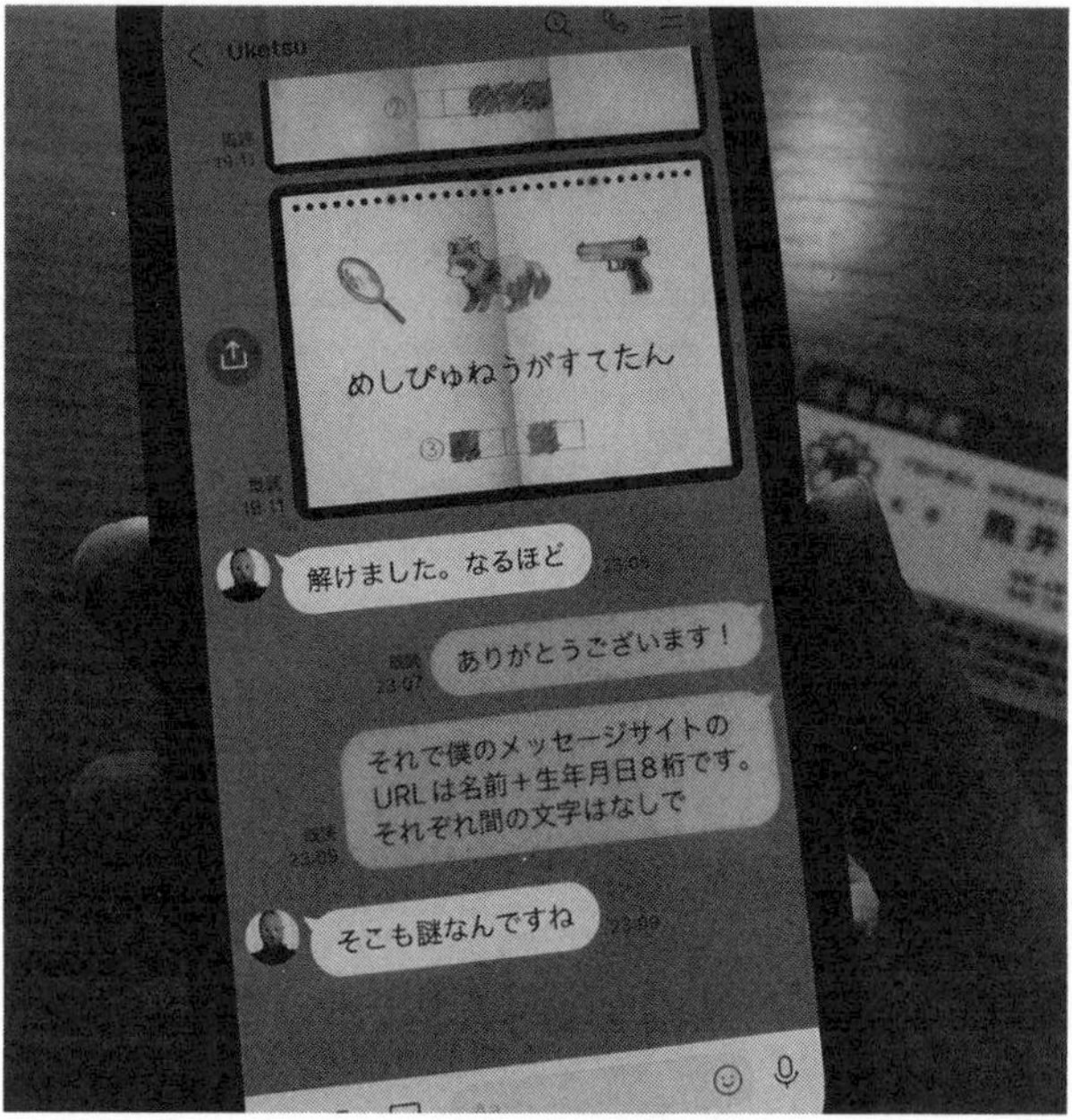
Uketsu
めしぴゅねうがすてたん
解けました。なるほど
ありがとうございます！
それで僕のメッセージサイトの
URLは名前＋生年月日8桁です。
それぞれ間の文字はなしで
そこも謎なんですね

特典❷

書き下ろし小説

『続・変な絵』

雨穴

※この小説には『特典❶ 謎解きゲーム～過去からの手紙～』の解答と解説が含まれます。

これは2022年10月20日に発売された『変な絵』の前日譚です。

2022年3月12日 朝

「優太くーん！　早くしないと遅れちゃうよー！」

ドアの外から米沢美羽の声が響く。熊井優太は慣れない手つきでネクタイと格闘している。

「お父さん、ダメだよ。やっぱり細いほうが長くなりすぎちゃう」

「あれだ、だから巻く前に細いほうを思い切って短くしとくんだ。それで……えーとだな、ちょっと貸してみろ」

熊井勇は優太の後ろに立つ。そういう熊井も、実はネクタイの結び方をよく知らない。スーツとは無縁の人生だったからだ。誰かの結婚式だか葬式だかの日を必死に思い出しながら、優太のまだ細い首にネクタイを巻き付ける。

養父となってから6年半。年老いた男が、たった一人で子供を育てるのは大変な苦労だった。しかし、何とか今日まで……小学校を卒業するこの日まで、無事に二人で生きてこられた。

「よし！　これで大丈夫だ……たぶんな」

「ありがとう！　じゃあ、行ってくるね」

「おお！　俺も後で行くからな！　式のときは猫背に気をつけろよ！　背筋ピン……

だ！」

優太はドアノブに手をかけながら振り向いて、笑顔で「はーい！」と返事した。こうして見ると、本当に成長したものだ。外には、灰色のブレザーの上にジャケットを羽織った少女が待っていた。美羽も、この6年半で見違えるほど大きくなった。

おせっかいな女友達は、片方の手で優太の手を引きながら、もう片方の手をこちらに向けて大きく振った。

「優太くんのお父さん！　おはよう！　行ってきまーす！」

「行ってらっしゃい！　美羽ちゃんも卒業おめでとう！」

遠のいていく二人の足音を聞きながら、熊井は思った。

（たった一人で育てた……？　俺もずいぶんバカなことを考えたもんだ。一人じゃない。いろんな人の協力があって俺たちの生活が成り立ってきたんだ。あのオシャマな女の子や、米沢のオヤジさん、それから……）

熊井は、一人の青年の姿を思い浮かべた。

・・・

卒業式が終わり、まだ日の高い午後。優太は熊井と並んで歩く。

「それにしても、俺の頃は卒業といえば『仰げば尊し』だったけど、今はあれだな。ずいぶんポップなんだな」

「ヒゲダン？」

「ああ、名前は聞いたことがある。そうか、そのロックバンドの歌なのか。今度レコード屋で買ってみるか」

「ロックバンドっていうか……うん」

しばらく歩くと、公園が見えてくる。優太は今でもあの日のことを……あの公園の遊具の中で過ごした長い長い時間を思い出すことができる。そして、今はもうそばにいない『ママ』のことも。

二人は横断歩道を渡り、公園の向かい側にある、さくら霊園の門をくぐった。ここに来るのは昨年末以来だ。

『今野由紀 之墓』と彫られた墓前で、優太は筒の中から卒業証書を取り出し、供台にそっと置いた。ここには優太の『お母さん』由紀が眠っている。

墓参りを済ませ、霊園を出ようとすると、事務所の中から白髪の老年男性が小走りにやってきた。30年以上、この霊園の管理をしている小林だ。かつて優太が冒険をした日、彼に保護され、事務所の中で麦茶とせんべいを御馳走《ごちそう》になったことは、今でも忘れられない。

「熊井さんと優太くん！」

「ああ、どうも！　お世話様です。いらっしゃらないかと思って」

熊井が頭を下げる。それにならって優太もペコリとする。

「ちょっと奥で昼飯食ってましてね。いやあ、会えてよかった」

小林は、優太と熊井の服装を見て、ニコッと笑った。

「今日は卒業式ですね。どうも、おめでとう」

「ありがとうございます！」

優太の声が静かな霊園に響く。人から何かをしてもらったり、嬉しい言葉をもらったら大きな声でお礼を言う……昔から、熊井に厳しく教えられてきたことだった。

「おお、元気な声だ。立派なお兄さんになったねえ。実は、今日は優太くんに渡したいものがありまして。ある人から預かってるお手紙なんですけどね」

小林は片手に持った封筒を、優太に丁寧に手渡した。そこには、こう書かれていた。


『大きくなった君へ』

「実はですね、もう10年くらい前になるかな……いや、こういうのははっきりしたほうがいいですね。えーと、たしかロンドンオリンピックの年だから……２０１２年、そうだ。２０１２年だ。てことはやっぱり10年前になるのか。今野武司さんからこの封筒を預かりまして、２０２２年に優太くんに渡してほしいと懇願されましてね」

優太も熊井も息をのんだ。

今野武司……優太の父親の名前だ。

・・・

2012年11月、さくら霊園の事務所に、一人の若い男がやってきた。

小林の目には、彼の精神がただならぬ状態にあるように映った。

「えーと、あなたはたしか……今野由紀さんの旦那さんの……」

「今野武司です」

彼がたびたび、小さな男の子を連れて墓参りに来ているのを、小林は見たことがあった。健康そうな若者だったが、今日の彼は生気を失ったように青ざめていた。

「僕には息子が一人います。優太という名前です。2022年……優太は小学校を卒業します。そしたら……これを渡していただけないでしょうか」

彼が差し出した封筒には『大きくなった君へ』と書かれていた。

「本当に、わがままで迷惑なお願いであることはわかっています……でも……僕にはもう、これくらいしかできることがなくて」

「えーと、今野武司さん……でしたね？　その……少し冷静でいらっしゃらない気がしますので、奥の部屋でお休みになります？　顔色もあまりよくないようだし」

「すみません……」

小さな謝罪と封筒を残して、今野武司は走り去ってしまった。小林は何となく不安を覚えたが、すぐあとに法要が控えていたため、ひとまず棚に上げておくことにした。

夕方、法要を終えた小林は、やはり先ほどのことが気にかかり、名簿を調べて武司の携帯に電話をかけた。しかし、つながることはなかった。

それもそのはずだ。そのときすでに、武司はこの世にいなかったのだから。

・・・

墓参りを終えた熊井と優太は、米沢宅で開かれた卒業パーティに参加した。美羽の父が振舞う料理はどれも絶品だったし、優太がこの日のために用意していた謎解きゲームは大盛り上がりだった。美羽は『さすが謎解き名人！』と優太を絶賛した。なんでも、優太の通っていた小学校ではここ数年『謎解き』がブームで、高学年の子供たちはオリジナルの謎解きを作って遊ぶこともあったらしい。中でも優太の作る謎解きは、クオリティが高くて面白いと評判だったのだという。

熊井も挑戦したが、惨敗だった。もともと頭が固いうえ、年のせいでだいぶ脳の回転が悪くなっているのだと実感した。美羽の父親も難問を前に、しかめっ面で唸《うな》っていたが、結局自力で解くことはできなかった。

友達に褒められ、大人たちを打ち負かし、優太にとって最高の一日になるはずだった。しかし……。

午後九時過ぎに帰宅すると、優太は自分の部屋に入ったきり、出てこなくなってしまった。

熊井はリビングでビール缶を開ける。医者にきつく言われているが、今日だけは飲まなければ辛抱ならなかった。

優太は今夜のパーティを楽しみにしていたというのに。終始、心ここにあらずといった様子で、話を振られたときだけ、無理して明るく振舞っているように見えた。やはり、あの封筒のせいだろう。

熊井はビールを一気に飲み干した。

(武司さん……あんたは卑怯だよ。今になってあんなもの……。優太にとって小学校の卒業式は今日一度きりなんだ。優太を……生きてる人間を邪魔しないでくれ)

・・・

優太は勉強机の前に座り、はやる胸を落ち着けながら慎重に、封筒にハサミを入れた。

優太は父親・武司のことを覚えている。もちろん『ママ』……直美のことも。どれも遠い昔のおぼろげな記憶ではあるが、確実に、姿と声と匂いが残っていた。

しかし、そうした思い出の何十倍、いや、何百倍もの濃度で、優太の頭には二人の『イメージ』が焼き付いていた。それは、二人がいなくなったあとに見聞きした、テレビやネットの情報、あるいは偶然出会ってしまった立ち話によって作られたものだった。

今野直美は凶悪な殺人犯であり、その息子・武司は母親に逆らえず妻を見殺しにした惨《みじ》めなマザコン。彼らの名前を調べるたびに、世間が二人に与えた評価を目の当たりにした。誰もが匿名で、二人を蔑《さげす》み、否定し、嘲笑《あざわら》い、そしてそのことに少しの罪悪感も抱いていないようだった。

世間は直美と武司を人間扱いしないことに決めたのだ。優太はそう感じた。当然、愉快な気分ではなかった。しかし優太には、世間の評価を否定することができなかった。あまりにも、二人のことを知らなさすぎた。

自分が二人に対して抱いていたいくつもの感情は思い出せる。だが、それはいずれも言葉にすることができないものだった。

たとえ自分が、世界中に声を届けられる巨大なメガホンを持っていたとしても「今野武司と今野直美は、本当はこういう人物なのです」と語ることはできないだろう
……そんなもどかしさが、ずっとあった。

この封筒を開けることで、少しでも、知ることができるのではないだろうか。優太はそんな期待を胸に、緊張に震える指で中身を取り出した。

入っていたのは、一枚の便せんだった。

優太へ

君ももう中学生ですね。

そんな君に伝えたいことがあります。

下のコードの先にあります。

どうか謎を解き明かして、メッセージを受け取ってね。

今野武司

時を超えて息子に送るには、やや味気なさすぎるメッセージと二次元コード。優太は拍子抜けしつつも、スマートフォンを取り出して二次元コードを読み取った。

リンク先は、簡素なウェブサイトだった。

武司が生前『七篠レン 心の日記』というブログをやっていたことは知っている。武司がどういう人間だったかを知りたくて、優太は何十回、何百回とそれを繰り返し読んだ。今では、すべての日記を暗唱できるほどだ。

だが、リンク先はそれとは異なるものだった。

文章は書かれておらず、3枚の画像が無造作に貼られていた。それを見て、優太の胸は大きく脈打った。

手描きの絵を写した画像。この絵柄は……間違いない。優太の『お母さん』……由紀が描いたものだ。

優太はすでに『七篠レン 心の日記』で由紀の絵を何度も見ていた。5枚の人物画『未来予想図』……それらに仕組まれたメッセージが何であるかも知っていた。『今野由紀』と検索すると、それを考察する動画が山ほど出てくる。

配信者たちは『あの凶悪犯に殺された悲劇の美女が、死の直前に描いた謎の絵があります。その絵には恐ろしい真相が隠されていたんです……！』と、不気味な音楽をバックに語っていた。しかし、この3枚の絵は見たことがない。父のブログにも掲載されていなかった。これはいったい何なのだろう。そしてなぜ父は、息子が小学校を卒業したタイミングで、これを見せたかったのか。

画面をスクロールすると、3枚の画像の下にパスワード入力欄が現れた。

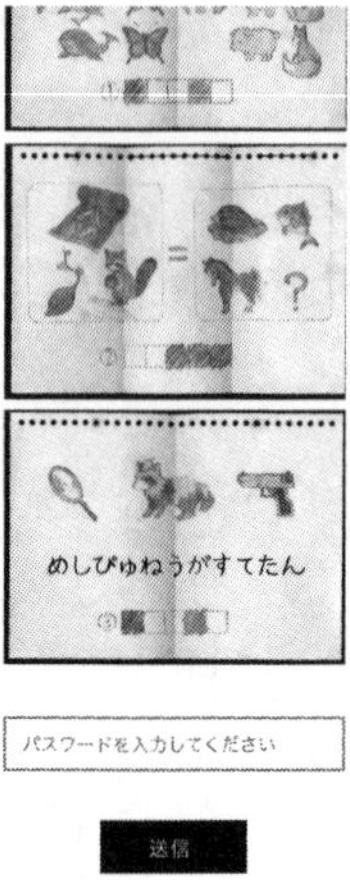

優太は、だんだんわかってきた。
おそらくこの3枚の絵は謎解きなのだろう。そしてその答えがパスワードになっているのだ。正解した者だけが『先』に進める……謎解きの王道パターンである。なぜ母がこのようなものを作り、そしてなぜ父がこのような方法でそれを自分に差し出してきたのか……その理由はわからない。わからないが、謎を出されたら解かないわけにはいかない。これは息子としてではなく、『謎解き名人』としての矜《きょう》持《じ》である。
優太はノートを開いて鉛筆を握り、問題に取り掛かった。
1枚目……これはとても初歩的な謎だ。縦に並んだ動物の絵。その数は、その動物の名前の文字数と同じである。「くじら」は3文字なので3頭。「ぞう」は2文字なので2頭。他の動物もこの法則に従って描かれている。

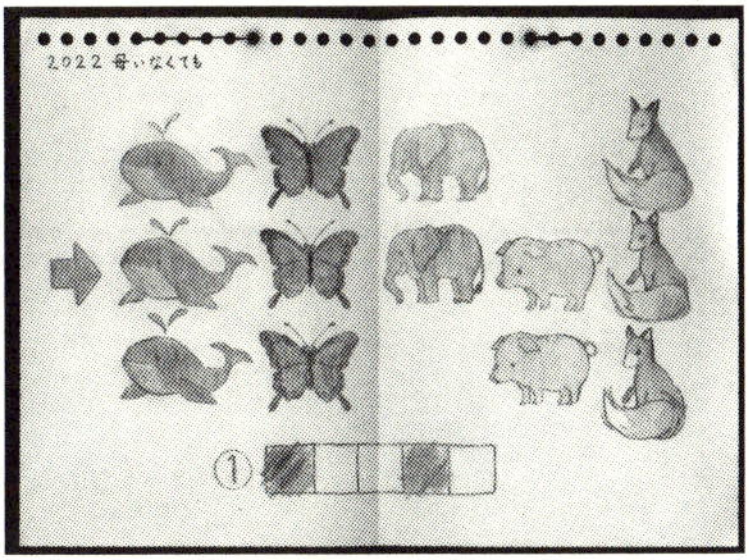

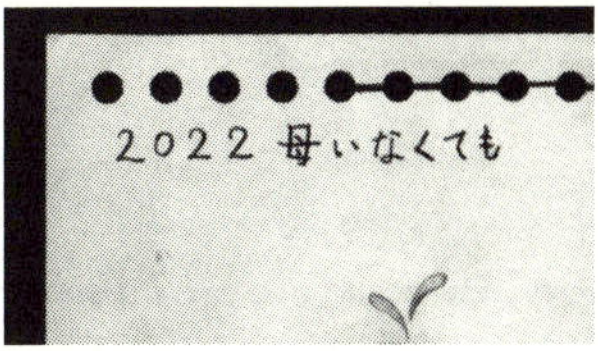

次に、左側の矢印に注目する。この矢印が指し示す列の絵を文字に置きかえ、左から順番に読め、ということだろう。まずは「くじら」の2文字目の『じ』。次は「ちょう」の2文字目の『ょ』。「ぞう」の2文字目の『う』。「ぶた」の1文字目の『ぶ』。「きつね」の2文字目の『つ』。

『じょうぶつ』……答えは『成仏』だ。

紙の上部に小さく書かれた文字に目が行く。『2022 母いなくても』……どういう意味かわからなかったが、『成仏』という言葉と何か関係があるのかもしれない。

だが、現時点では情報が足りない。まずはすべての絵の謎を解くのが先だ。
２枚目に取り掛かる。……これも、優太からすれば実に簡単だ。

左に描かれているのは「絨毯《じゅうたん》」「芋《いも》」「アライグマ」のようだ。右はおそらく「モグラ」「鯛《たい》」「馬」「？」。肝心なのは、左と右が「＝」で結ばれているという点だ。

つまり「絨毯 芋 アライグマ」と「モグラ 鯛 馬 ？」は同じということ。では何が「同じ」なのか。使われている文字だ。

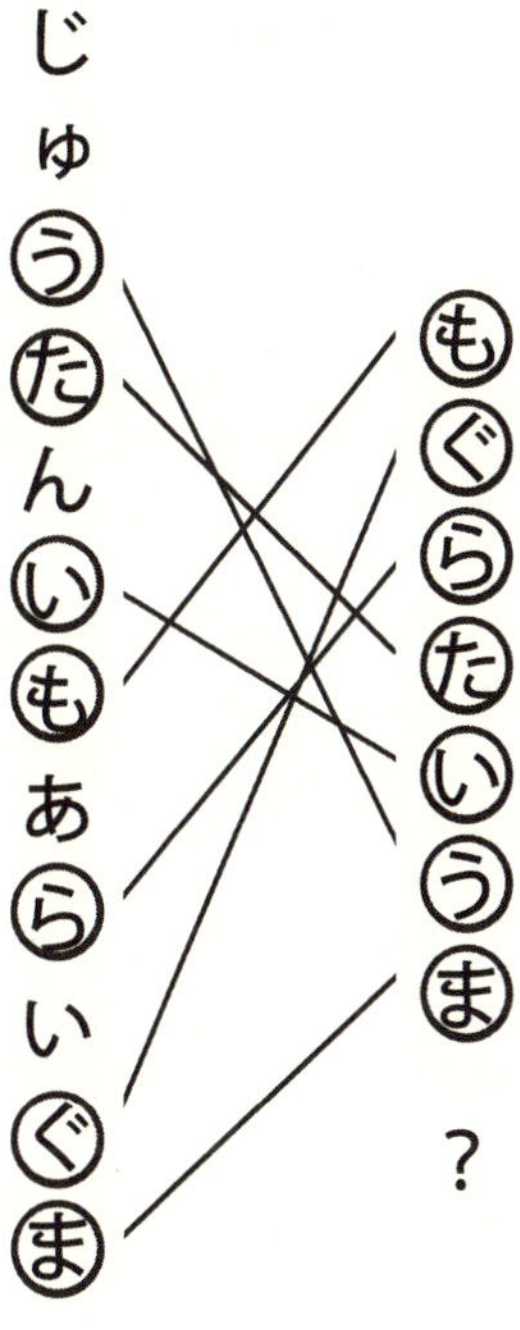

左と右で7文字が共通している。だが、左にはいくつかの文字が余ってしまっている。ここで注目すべきは右に描かれた「？」だ。「左＝右」の方程式を成り立たせるには「左の余った文字＝？」である必要がある。左の残り物を順番に読んでみる。
『じゅんあい』……正解は『純愛』だ。

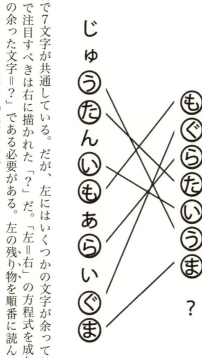

そもそも、優太が『謎解き名人』になったのは、由紀の影響が大きい。『未来予想図』のことを知ったとき、優太は疑問を抱いた。なぜ『お母さん』は、こんな回りくどい方法でメッセージを残したのか。なぜ助かろうとせず、逃げもせず、何日もかけて生真面目に謎を作り続けたのか。由紀の気持ちが知りたくて、謎解きの世界に足を踏み入れたのだった。

だが、謎解き名人になっても、優太は母の気持ちを十分には理解できなかった。「『助けて』って言えばよかったのに。そうすればお母さんは死なずにすんだし、僕も一人にならなかったのに」……その思いが変わることはない。

だが、幾多の謎と格闘する中で、由紀が死の直前、あの絵を描くことに熱中した理由が、ほんの少し見えてきた。

謎解きは、すべてを忘れて没頭できる遊びだ。謎を解いているとき、あるいは作っているとき、優太は家族を失った悲しみ——それは幼い頃から今まで、影のようについてきた——から逃れることができた。

もしかしたら、由紀もそうだったのではないか。あの絵を描いているときだけは、謎を作っているときだけは、迫りくる死の恐怖を忘れることができたのではないか……。もはや、確かめるすべはないが。

3枚目……すでに『名人モード』に入った優太は、一目で正解がわかった。

三つの絵は「虫めがね」「たぬき」「ピストル」……これらはすべて暗号だ。

「虫めがね＝無視めがね＝『め が ね』を無視しろ」。「たぬき＝た抜き＝『た』を抜け」。「ピストル＝ピス取る＝『ぴ す』を取れ」。

　この命令に従って、下の暗号のような文字列を読むと、

「めしぴゅねうがすてたん」……『しゅうてん』……『終点』。

『成仏（じょうぶつ）』『純愛（じゅんあい）』『終点（しゅうてん）』。

この三つの答えを組み合わせたものがパスワードになるのだろう。では、どうやって組み合わせるのか。

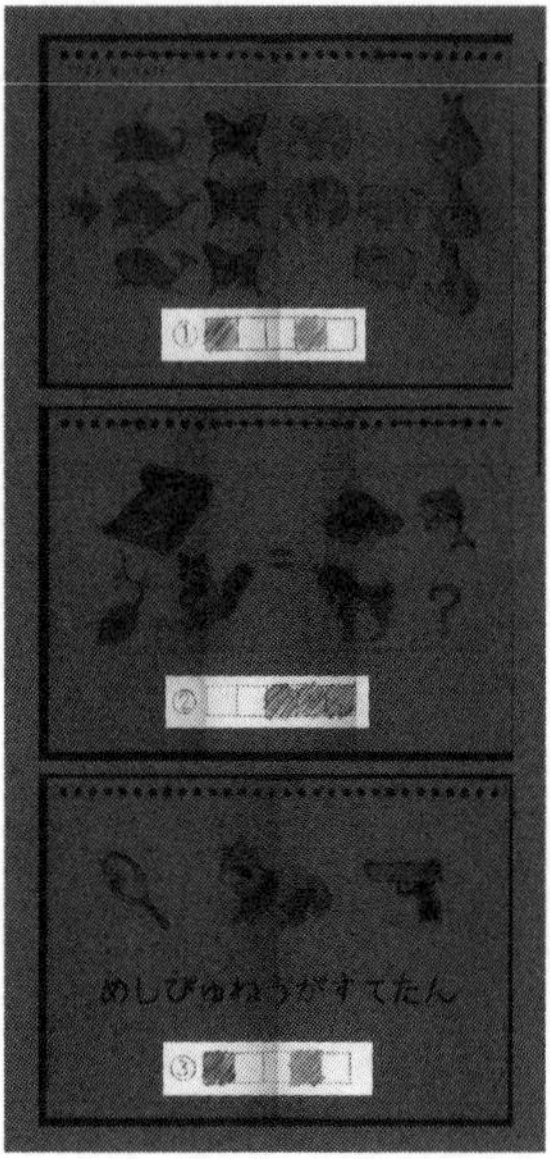

それぞれの絵の下部に注目する。五つの空欄。すべての答えが5文字であることから考えると、解答欄なのだろう。解答欄はいずれも半分ほど黒く塗られている。
考えられるのは2パターン。「黒塗りの部分を読まない」か「黒塗りの部分だけを読む」か。まずは前者を試す。
「ようつじゅゅうん」……意味のない文字列が正解になるとは考えられない。ということは、後者だ。

正解まであと一歩……というところで、優太はふいに鉛筆を置いた。

優太が生まれたとき、同時に由紀は死んだ。武司との思い出も多くはない。二人とも優太にとっては過去。一生交われない過去だった。寂しくはない。とうの昔から、それが当たり前だったからだ。

だが、今日、優太は予期せず二人に出会った。謎解きを通して。ほんの短い時間だったが、三つの謎と向き合っている瞬間、優太は両親とともにいた。

謎を解き切ってしまうことで、その時間が終わってしまう……それが、とても寂しかった。もし自分が謎解きの初心者だったら、きっともっと二人との時間を味わえただろう。なぜ『名人』なんかになってしまったのか。だが、優太は再び鉛筆を握る。

心の中で「またね」とつぶやきながら、黒塗りの部分の文字を1文字ずつゆっくり、ノートに書きこんでいく。パスワード。由紀が遺した言葉。武司が渡してくれた言葉。


『じぶんあいして』……『自分愛して』


優太は、ハッとする。1枚目の絵に書かれていた文字。『2022 母いなくても』。

『2022　母いなくても　自分愛して』

……2022（年の優太へ）母（が）いなくても、自分（を）愛して（ください）。

・・・

リビングでテレビを眺めながら、熊井は3本目のビールを開けた。そのとき、足音がして優太が部屋に入ってきた。

「お父さん……あ、そんなに飲んじゃったの？」

「たまにはいいだろ？　……今日はめでたい日だ」

「……でも、3本までにしといてね」

「ああ、心配かけて悪い」

「お父さん……」

「なあ、優太。今日から『お父さん』って呼ばなくてもいいぞ」

「え……」


言った瞬間、熊井は深く後悔した。

悪い酒だ。

「ああ、えーと、つまりだな。男っていうのはほら、デカくなったら親の呼び方変えるもんだろ？　たとえばだな『お父ちゃん』とかさ。『オヤジ』とかな。『クソオヤジ』でもいいぞ……いや、やっぱり『クソ』は嫌かな……」

「ごめん。……まだ『お父さん』って自然に言えなくて」

「いや……その」

熊井が優太の養父になったとき「俺のことは『お父さん』と呼んでくれ」と言った。遠慮や気遣いなどせず、本当の父親のように甘えてほしかったからだ。

優太はすぐに『お父さん』と呼ぶようになった。だが、優太の発する『お父さん』の響きは、どこかぎこちなかった。

もしかしたら「熊井さん」のように、よそよそしい呼び方のほうが気楽なのではないか。そんなことも考えたが「やっぱり『お父さん』と呼ぶのをやめてくれ」などと言えば、優太との間にさらに厚い壁ができるだろう。

そんな逡巡を繰り返しながら、かれこれ6年半も、優太のぎこちない『お父さん』を聞き続けてきた。やはり、赤の他人が本当の親になるなんて、とうてい無理なのだ。

「お父さん……今、部屋で封筒を開けたんだ」

「……そうか……。どんなことが書いてあったんだ？」

「謎解きが入ってた……。問題を解くと、パスワードがわかるっていう。で、パスワードを入力してページを開いたんだ」

熊井は言葉の意味が半分ほど理解できなかったが、黙って聞いていた。

「そしたら、そのページにはお父さん……その、武司お父さんからのメッセージが書かれてたんだ」

優太は熊井にスマートフォンを差し出した。

優太へ

謎を解いてくれてありがとう。実は、あの3枚の絵は君のお母さん、由紀ちゃんが描いたものなんだ。由紀ちゃんが亡くなったあと、遺品を整理していたら、引き出しの中にあれが入っていた。

僕はなぞなぞが苦手だけど、頑張って解いたんだ。そしたら『じぶんあいして』っていう言葉にたどり着いた。由紀ちゃんがどういう気持ちでこれを残したのかはわからないけれど、きっと優太へ向けたメッセージなんだと思う。

君にこの言葉を今すぐ届けたいけど、3歳の君ではきっとまだ理解できないだろうから、未来の君に送ることにしたんだ。何歳の君に送るべきか迷ったけど、紙の端っこに書かれてた「2022母いなくても」っていう文字を見てピンと来た。

2022年と言えば、君が小学校を卒業する年だよね。たぶん由紀ちゃんは、君が大きくなって、立派なお兄さんになったときに、このメッセージを送りたいって考えたと思うんだ。「母いなくても」つまり『私がいなくても、自分を愛しながら、健やかに生きてね』っていう応援のメッセージを。

だから、さくら霊園の管理人さんに頼んで、未来の君にこれを渡してもらうことにしたんだよ。優太、君と一緒にいられなくてごめん。本当にごめん。

君を残して行くことは不安だよ。でも、君のママの直美さんは、良くない部分はあるけど、きっと君を守ってくれると信じてる。どうか元気でいてください。

がんばれ

その文章を読みながら、熊井の中には様々な感情が渦巻いていた。

だが、何はともあれ、これは父親が優太に向けて懸命につづった言葉なのだ。優太にとってあまりにも貴重な、大切な言葉だ。

「優太、良かったな。お父さんにメッセージをもらって。最高の卒業プレゼントだ」

「……お父さん、本当にそう思う？」

「どういうことだ？」

「僕ね、これを読んだとき……『ふざけるな』って思ったんだ」

父と母から送られた謎解き。優太はそれを大いに楽しんだ。家族の絆さえ感じることができた。しかし、すべてを解き終えたあとに残ったのは、怒りだった。

「たしかに、嬉しかったよ。武司お父さんからのメッセージも、お母さんがくれた言葉も。でもさ……」

優太のか細い声が震える。

「僕は……その言葉を直接言ってほしかったよ！」

大きな声は途中で裏返った。優太が、初めて熊井の前で感情を露わにした。

今にも崩れてしまいそうな優太の表情を見つめながら、熊井は何を言えばいいかわからず、ただ黙っていた。

「……なんだよ。『一緒にいられなくてごめん』って。自分で勝手に、何の相談もせずにそれを選んでおいて……。『自分愛して』……？　どうやったら自分を愛せるか、教えてほしかったよ」

「優太……」

「僕は、言葉なんかいらないんだよ。ただ、生きててほしかった。生きて、一緒にいてほしかった。自分たちの都合で勝手にいなくなって。今さらこんなきれいな言葉だけ送りつけてきて！　僕の気持ち、少しも考えてないじゃないか！

それに比べて、お父さんは……お父さんはずっと一緒にいてくれた。僕にご飯を食べさせてくれた。僕に服を買ってくれた。僕にベッドと、本と、お菓子と、他にもたくさん、たくさんいろんなものをくれた。褒めてくれた。叱ってくれた。叱りすぎたときは、あとで照れくさそうに謝ってくれた。一緒にバカな話して笑ってくれた。僕にとって一番大事な人は……お父さんだってわかったよ」

熊井は、今にも嗚咽《おえつ》しそうだった。だが、必死にこらえていた。

ここで抱きしめることが愛情なのだろうか。優太は今、感情に振り回されている。『気持ちはわかるが、産んでくれた両親にそんなことを言うもんじゃない』……はたしてそんな言葉が正しいのだろうか。優太は親から見捨てられたのだ。親に愛されて育った自分に、そんな説教をする権利などあるだろうか。

熊井はわからなかった。どんな言葉が優太に……優太の未来にとって大切なのか、何もわからなかった。

しばらく沈黙が流れたあと、優太は小さく言った。

「ごめんね。大きな声出して」

すでに、冷静さを取り戻しているようだった。

「でもね、僕、武司お父さんも、お母さんのことも……あと……。ううん。二人のことを恨んでなんか全然ないんだよ」

優太が途中、何を言いかけたのか、熊井にはわかった。

『あと……直美ママも』……熊井の部下が今野直美に殺害されたことを、優太はおそらく知っている。ネットを見れば、簡単にたどり着けてしまう事実だ。

同時に、今野直美を優太から奪ったのは、熊井だ。熊井と優太が心穏やかに過ごすためには、直美の話題はタブーとならざるをえなかった。

「僕、今日初めて親にムカついたんだよ。でも不思議なんだけど、そしたらなんか、急に二人のことがかわいく思えてきたんだ。なんか……『ああ、二人ともダメダメだな』って。『ダメダメでかわいいな』って。……こういう気持ち、間違ってる……かな？」

「いや、それは大人になる過程で重要なことだ。親のダメさを許してやれるっていうのは、自立への第一歩だからな。まあ、俺はもうすでにお前から、ダメっぷりを許してもらってる気はするが」

熊井が3本目のビール缶を指さして言うと、優太は小さく笑った。

「それでね。僕、もっと二人について、ちゃんと知りたくなったんだ。ネットだと色々なことを言う人たちがいるけど、実際に会ったこともしゃべったこともない人たちの言葉を信じるなんておかしいと思って」

「その通りだ」

「それで……お父さん。お父さんは、あの事件について昔、色々調べたんでしょ？今度、それについて教えてくれない……？」

熊井は、かつて自分が部下に言った『上司だろうがなんだろうが、情報持ってそうな奴にはひるまずに食らいつく。それが記者ってもんだ』という説教を思い出した。

どうやら、優太にはジャーナリストとしての才があるらしい。

だが、熊井は優太に事件のことを語りたくはなかった。どう語ったところで、優太にとって辛く、悲しい話に変わりない。優太の悲しい顔は見たくなかった。

それに、あの事件において、熊井は今野直美の敵だった。敵の視点から語られる物語には、どうしたって色がついてしまう。もっと公正な、フラットな立場から語れる人物なら……。


（あの男に、また世話になるか）


「優太……悪いが、俺の口から事件の話をすることはできない。ただ……おそらく俺以上にあの事件のことを詳しく……正しく語れる奴を知ってる」

「え……？」

「かなり変わった男だ。それに俺の見立てでは、相当な偏屈だと思う。だけど、悪い奴じゃない。お前にその気があるなら、話は通す」

「その人の連絡先、わかるの？」

「ああ、今でもたまにメールしてるよ」

「メールアドレス……教えてくれない？　自分でお願いしたいんだ」

「……立派なジャーナリストだ。まあ、好きにやってみろ」

「ありがとう」

「ただ、一つだけ忠告しておく。知ることは、怖いぞ」

・・・

後日、都内の喫茶店で、優太はその人物を待っていた。

約束の時間を5分ほど過ぎたとき、男はやってきた。


「どうも、お待たせしました。栗原です」

『七篠レン 心の日記』を偶然見つけて興味を持ち、ネットの情報だけで事件の真相を解明してしまった名探偵……と熊井から聞いていたが、優太の目にはとてもそんな風には見えなかった。

『ちょっとこじらせたフリーターの兄ちゃん』……決して口にはしないが、彼の風貌はそんな例えが適切に思えた。

だが、彼が事件について話し始めると、熊井の言葉は決して大げさではないような気がしてきた。栗原はたしかに名探偵のように、ロジカルかつ軽妙に、事件の全貌を解説した。

今まで優太が見聞きした、テレビやネットの俗説には、やはり嘘や誇張が多く含まれているとわかった。しかし、俗説通りの内容もあったし、俗説以上に残虐な……耳をふさぎたくなるような話もあった。優太は、針のように突き刺さる事実の痛みに耐え、最後まで聞き続けた。

「いかがでしたか？　優太くん。理解できましたか？」

「はい……時間をかけて受け入れようと思います」

「本当は私もこんな話をお聞かせしたくはないんですけどね。熊井さんに『よろしく』と頼まれてしまったので」

「え⁉」

「あ、これは言っちゃダメなことでした。すみません。忘れてください」

悪びれる様子もなく、栗原は言った。

「ところで、優太くんはこれからどうするんですか？」

「これから？」

「時間をかけて受け入れたあと……です」

どうするのだろう……今まで考えたこともなかった。だが、どういうわけか自然と言葉が出てきた。

「いつか……世間に発表したいです」

「ほう。なぜですか？」

「ネットには、この事件に関するたくさんのいい加減な情報があふれています。祖母のことを『血の通ってない悪魔』だとか『息子を操って邪魔者を殺す異常者』だとか……面白半分で言う人もいます。

たしかに、僕の祖母は悪いことをしました。裁かれて……当然だと思います。でも、やってもいないことで悪口を言われるのは間違っていると思うんです。事実を……事実だけを知ってほしい。そして……正しく裁かれてほしい。孫として……息子として、そう思うんです」

「なるほど……私は『ネットの書き込みなんかほっとけ』と思いますが、優太くんの気持ちもわかります。しかし『世間に発表する』と言っても、当てはあるんですか？」

「……いえ、僕は有名人でもインフルエンサーでもないし……。自分の言葉をたくさんの人に届けるには……まず自分が影響力を持たないと……とは思ってます」

「しかし、それを待ってたら何十年先になることやら……とは思いませんか？」

ずけずけものを言う男だと思った。が、ぐうの音も出なかった。

「……たしかにおっしゃる通りです。僕は見た目も地味だし、目立った個性もないし……」

「そう落ち込むこともありません。優太くんが世界的に有名になってグラミー賞をとる未来だって全然ありえると思いますよ。ただ『事件の真相を世間に伝える』という目的を達成したいなら、もっと手っ取り早い方法があるんです」

「……なんですか？」

「実は昨年、私の知人が本を出しましてね。まぐれで……というか、私のおかげでべストセラーになったんですよ。どうやら今、出版社から『先生、次の御本を』とせかされてるようですが、なかなか次の題材が見つからずに困っているようです。優太くんさえよければ、今私が話した事件の概要をその人に伝えて、小説として出版してもらう、なんてどうでしょうか？　文学的素養には乏しいですが、誠実な書き手ではありります。少なくとも、事実を余計に脚色してウケを狙うような人間ではありません。タイトルは……そうですね。

『変な絵』なんてどうでしょうか」

・・・

2024月8月

中学3年生の優太は、翌年の高校受験に向けて勉強を始めた。欲しい参考書はたくさんあるが、警備員とスーパーの品出しを掛け持ちしながら必死に生活費を稼ぐ熊井を思うと『買ってほしい』とは言えなかった。

そんなある日、珍しい人物から電話がかかってきた。

「どうも、栗原です」

「お久しぶりです！　どうしたんですか？」

「実はですね、来年の頭に『変な絵』の文庫が出ることになったそうなんですよ」

「文庫って……」

「ちっちゃくて安い本です」

「ああ…！　あれか。おめでとうございます」

「めでたいもんなんですかね。同じ内容を形だけ変えて二度売るなんて、商魂たくましいというか、どれだけ金が欲しいんだと思いますけどね」

「いや……でも安いほうが買いやすいって人もいっぱいいるでしょうし……」

「まあ、金の話はどうでもいいんですがね。ところで優太くんにご相談があるんです。実は文庫化に際して、巻末に特典としてオマケページを付けたいんだけど、何を付ければいいかわからない、と作者に泣きつかれまして。私はドラえもんじゃないんですけどね」

「オマケページですか……」

「それで私思ったんですが、あの3枚の絵を付ける、なんてのはどうでしょうか」

「3枚の絵って……父から送られてきた謎解きですか？」

「そうです。あれはこれまで未公開ですからね。作者にもまだ伝えてません。ジャーナリズム的にも価値があると思うんですよ」

「まあ……栗原さんには色々お世話になりましたし……かまいませんけど」

「あ、ちょっと気にさわりました？」

「……僕にとっては大切な思い出ですからね。それを『オマケ』にするのは……」

「お察しします。でもね、優太くんのお気持ちは理解したうえで、やっぱりあの絵は載せるべきだと私は思うんですよ。そもそも『変な絵』は、あの3枚の絵が発端となって書かれた小説です。『世間に本当のことを伝えたい』という動機によって……ね？　であれば、読者の皆さんにあの絵をお見せしないのは、やや不誠実ではないかと思うわけです。もちろん優太くんの意思がすべてですので無理強いはしませんが」

「……たしかにおっしゃる通りですね。わかりました。3枚の絵は載せてください」

「作者に代わって感謝します。そしてもう一つ。私からのアイデアです。あの3枚の絵は謎解きになっていました。であれば読者にそれをプレイしてもらう、というのはどうでしょうか」

「……つまり、何の説明もなく、あの絵だけを掲載して『解いてください』と書くってことですか？　でもそれだと、あの絵が何なのか、読者の人からするとわからないんじゃないでしょうか……」

「ですから、あの絵の解説……絵が描かれたバックグラウンドの説明を含めた、新たな謎解きを作ったらどうか、と思いましてね」

「そんなことできるんですか⁉」

「優太くんならできると思いますよ」

「……え？」

「なんでも、作者が今忙しくて、オマケページの制作をする時間がなくて困ってるらしいんです。『できればオマケページの制作を他の人に任せたい』と」

「作者の人……プロとして大丈夫なんですか……？」

「大丈夫じゃないんでしょうね。ですから、謎解きのプロ『謎解き名人』である優太くんに一任してはどうかと」

「やめてください。小学校の頃の話ですから」

「でも、今でも謎解きは好きなんでしょ？」

「……好きですけど。常春さんとか第四境界とか」

「だったらいいじゃないですか。印税はたっぷり渡すように私から言っておきます。来年受験ですよね。塾代とか参考書代にちょうどいいのでは？」

・・・

2024年10月22日。優太はなんとか、締め切りまでに『オマケページ』の謎解きを完成させることができた。自分から読者への『メッセージ』も添えて。

達成感に浸りながら、3枚の絵をもう一度見直す。

かつては両親の身勝手さに憤《いきどお》ったこともあった。しかし、やはりこの絵は自分の宝物だ。由紀が自分にメッセージを送るために描き、それを武司が自分に届けてくれた。その事実だけで、家族を感じることができた。

ただ……。優太には、いまだに腑《ふ》に落ちない点があった。

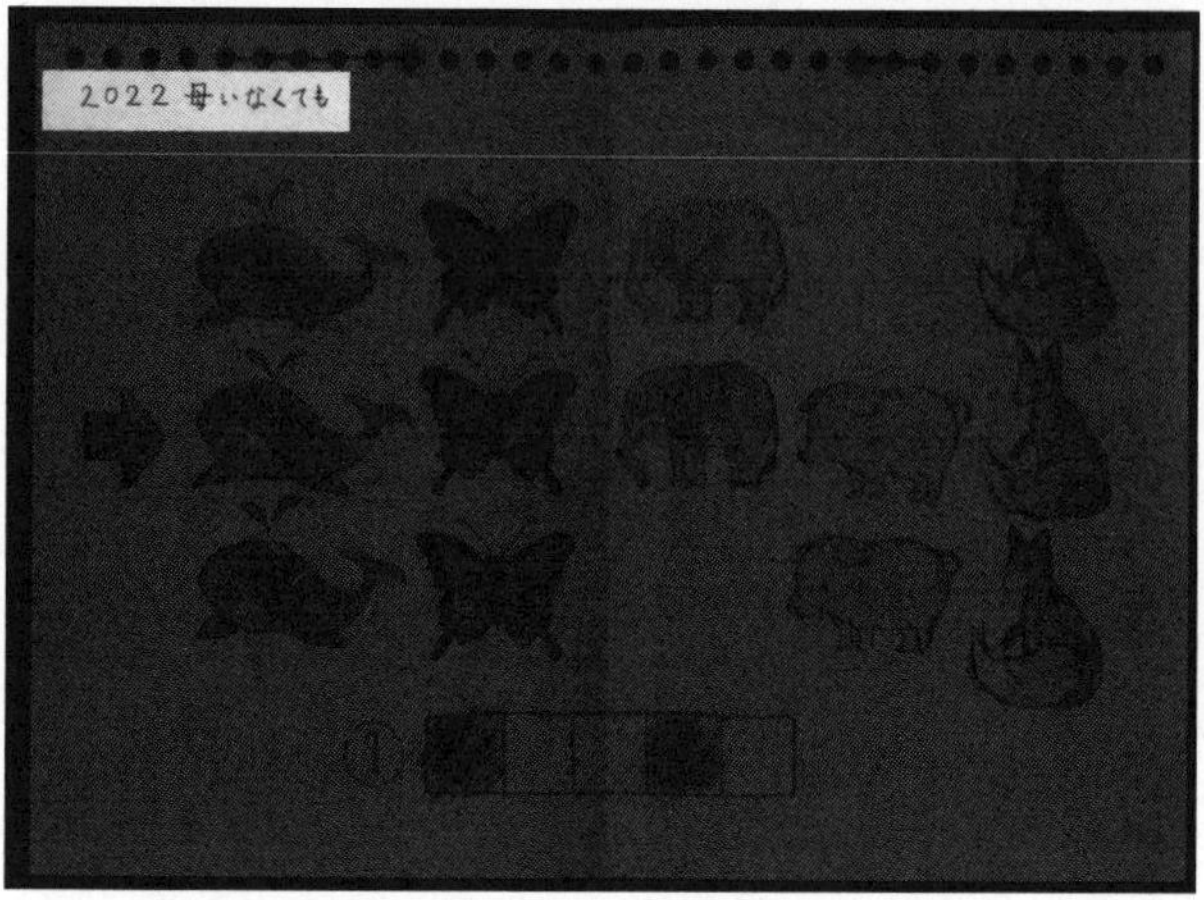
2022 母いなくても

この絵に書き加えられた『2022　母いなくても』という文字。

なぜ由紀は、こんな言葉を書いたのだろう。

最初優太は……そして武司も「2022（年には小学校を卒業して立派なお兄さんになる優太へ）　母いなくても　自分愛して」という意味だと解釈していた。

だが、よく考えるとおかしい。優太は生まれた時点で、すでに由紀を失っていた。生まれたときにこの言葉を贈るならまだしも、母のいない時間を長く過ごした未来の息子に、今さら『母いなくても』と伝えるのは、なんだか奇妙な時差を感じてしまう。


もしかして、この言葉には別の意味があるのではないか。


優太は今一度、3枚の『謎』に向き合った。

はたして、この謎を正しく解けていたのだろうか。実は、優太にはある気がかりがあった。

「じぶんあいして」でパスワードをクリアできてしまったので深く考えずにいたが、ルーズリーフの穴の部分に不自然な跡があるのだ。

穴の周りの黒ずみ、そして、穴と穴をつなぐ切り込み。偶然ついてしまったものとは思えない。由紀が意図的につけたのだとしたら……。

また、紙の折り目についても気になる部分がある。

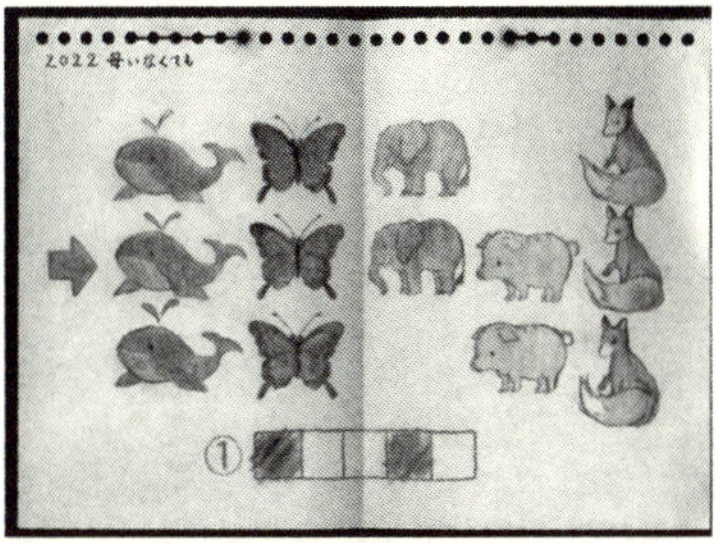

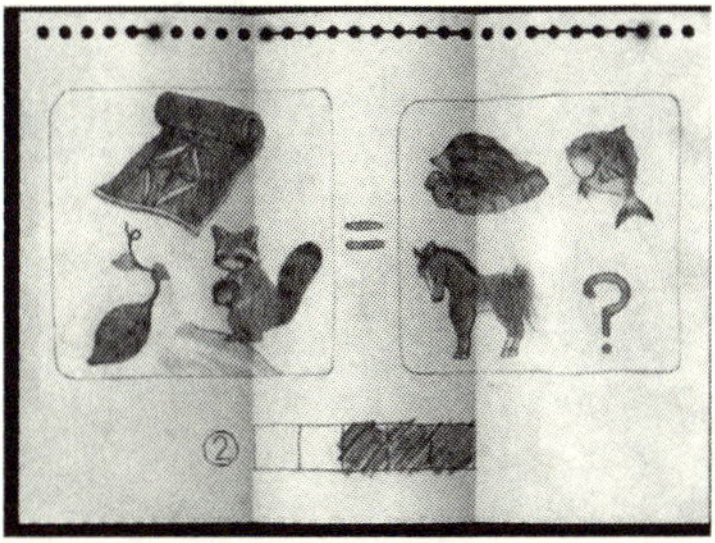

1枚目、3枚目が二つ折りなのに対し、2枚目だけが三つ折りになっている。3枚1セットの絵なのに、おかしくはないだろうか。するとやはり、ここにも何らかの意図があるのか。

優太は思考をめぐらせる。

たとえば……紙についた折り目は『区分け』なのではないだろうか。

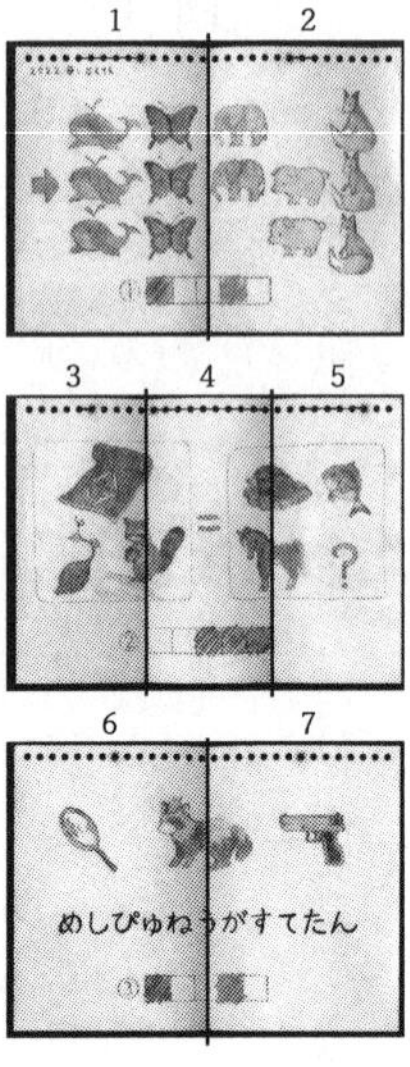

折り目によって作られた『区域』は全部で七つ。偶然か否か、それぞれの区域には一つずつ『ルーズリーフの穴の黒ずみ』がある。七つの区域に七つの黒ずみ。そういえば『じぶんあいして』も7文字である。

こうは考えられないだろうか。武司も優太も勘違いしていたが、由紀の意図した本当の答えは『じぶんあいして』ではなかった。

本当の答えは『じぶんあいして』にもうひと工夫を加えることで完成する。その工夫がどのようなものかを指示しているのが『穴の黒ずみ』なのではないか。

はたして、どのような指示なのだろうか。

優太は知っている。こういう場合……難易度の高い、未知のパターンが出てきた場合、もっとも効率的な方法は、直感にしたがって手あたり次第に思いついたことを試していく……それしかないのだ。優太はノートを開き、鉛筆を握る。

どれくらい経ったのだろう。気づけば日は落ち、部屋は薄暗くなっていた。背伸びをして立ち上がり、カーテンを閉めて電気をつけた。勉強机に戻り、もう一度絵を見る。そのとき。頭に閃光が走った。それは、俗に『ひらめき』と呼ばれるものかもしれない。脳内に思考が流れ込む。

じ

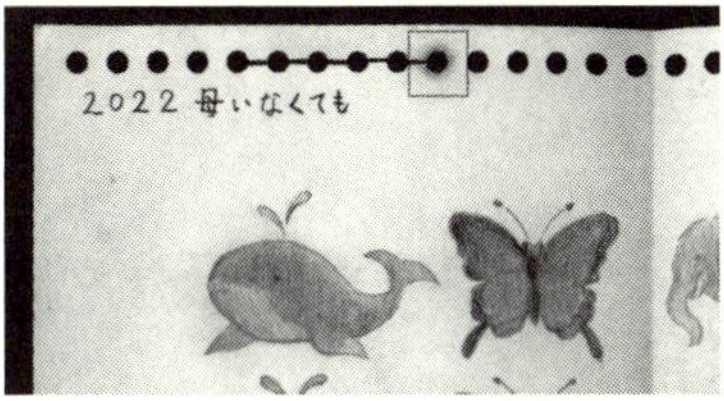

・・・

区域1……そこに割り当てられた文字は「じぶんあいして」の『じ』。

ルーズリーフの穴には黒ずみが一つ。

その黒ずみを「じ」とする。

黒ずみの左側には五つの切り込み。

「じ」の五つ左にあるもの。

もしや五十音ではないか。

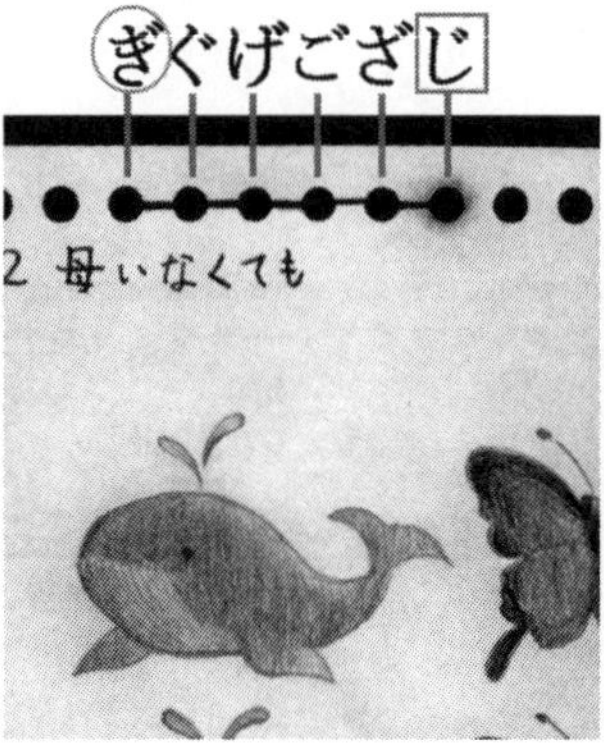

五十音に従えば「じ」の五つ左……言い換えれば「前」にあるのは「ぎ」である。
つまり、区域1の文字は「じ」ではなく『ぎ』。すると……。

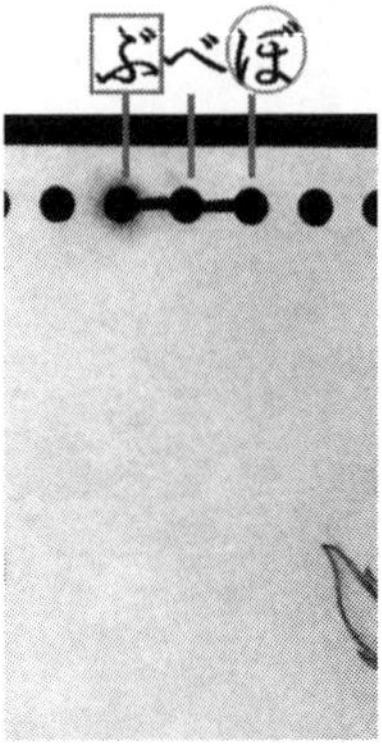

区域2……割り当てられた文字は「じぶんあいして」の『ぶ』。

ルーズリーフの穴には黒ずみが一つ。その黒ずみを「ぶ」とする。黒ずみの右側には二つの切り込み。五十音で「ぶ」の二つ右（つまり『後ろ』）にある文字。ぶ→べ→『ぼ』。

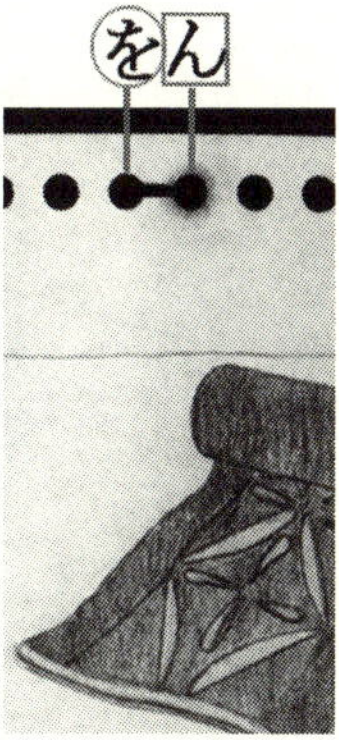

区域3……割り当てられた文字は「じぶんあいして」の『ん』。
ルーズリーフの穴には黒ずみが一つ。その黒ずみを「ん」とする。黒ずみの左側には一つの切り込み。五十音で「ん」の一つ前にある文字。ん→『を』。

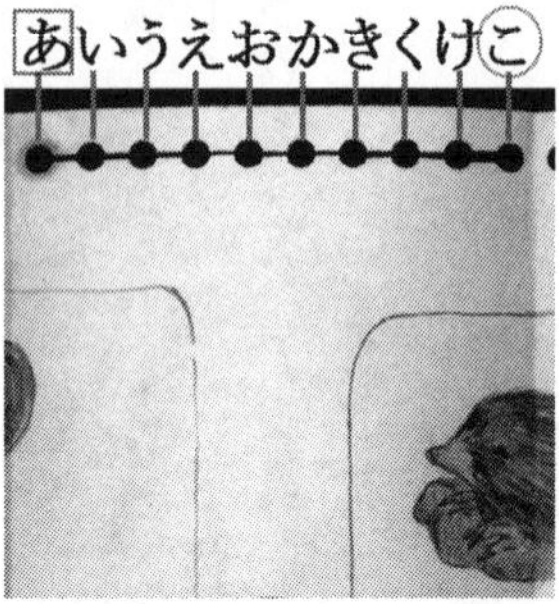

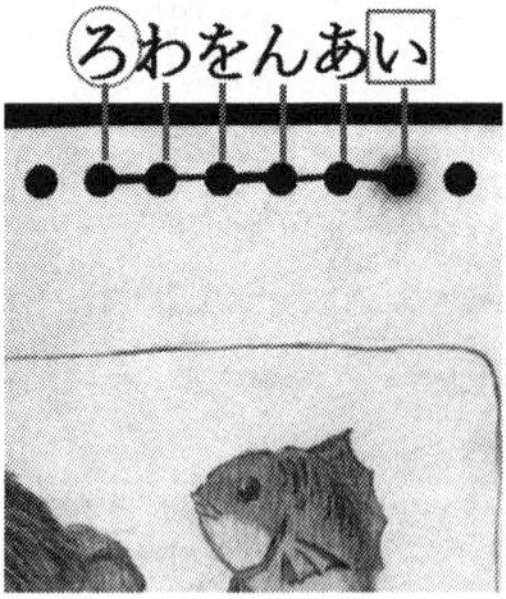

区域4……割り当てられた文字は「じぶんあいして」の『あ』。ルーズリーフの穴には黒ずみが一つ。その黒ずみを「あ」とする。黒ずみの右側には九つの切り込み。五十音で「あ」の九つ後ろにある文字。あ↓い↓う↓え↓お↓か↓き↓く↓け↓『こ』。

区域5……割り当てられた文字は「じぶんあいして」の『い』。ルーズリーフの穴には黒ずみが一つ。その黒ずみを「い」とする。黒ずみの左側には五つの切り込み。五十音で「い」の五つ前にある文字。い↓あ↓ん↓を↓わ↓『ろ』。

区域6……割り当てられた文字は「じぶんあいして」の『し』。

ルーズリーフの穴には黒ずみが一つ。その黒ずみを「し」とする。黒ずみの左右には切り込みなし。つまり、そのまま変化せず『し』。

区域7……割り当てられた文字は「じぶんあいして」の『て』。

ルーズリーフの穴には黒ずみが一つ。その黒ずみを「て」とする。黒ずみの左右には切り込みなし。つまり、そのまま変化せず『て』。

つなげると……。

『ぎ』『ぼ』『を』『こ』『ろ』『し』『て』……『義母を殺して』。
背筋に冷たいものが走った。「義母」とは。由紀にとって「義母」とは……直美である。直美を……自分を殺した犯人である直美を「殺して」と頼んでいる？ ……そんなまさか。しかし、そう考えると『2022母いなくても』に別の意味が生まれる。『母』が由紀のことではなく、『優太にとっての第二の母』つまり、直美のことだとしたら……。

『2022（年には小学校を卒業して立派なお兄さんになっているだろうから、もうあなたには）母いなくても（大丈夫だよね。だから私の）義母を殺して』

殺人の依頼……「自分愛して」という愛のメッセージをカモフラージュにして、その先に自分の真意を隠していた。目先の甘い言葉にだまされず、真相を探り当てるだけの冷静さと頭脳を息子が持ち合わせているなら、どうか自分の復讐《ふくしゅう》をしてほしい……。この高度な謎解きは、殺人を成功させる技量があるかを試すテストだった……と？ 由紀がそんなことをするとは思えない……が。

優太は実際のところ、由紀がどういう人間かを知らない。直接会ったことも、しゃべったこともないのだ。すべては、人から伝え聞いた情報だけで作り上げたイメージに過ぎない。そのとき、いつか聞いた養父の言葉がよみがえった。

「ただ、一つだけ忠告しておく。知ることは、怖いぞ」

［参考文献］

高橋依子
『描画テスト』（北大路書房）

鈴木忠
『チャイルド・アート の発達心理学 子どもの絵のへんてこさには意味がある』
（新曜社）

［カバーデザイン］
辻中浩一（ウフ）

［カバー・本文イラスト］
著者

［イラスト協力］
森田伸

[謎解きゲーム・ARG]
制作協力／雨穴
制作／第四境界

前作『変な家』の制作・販売に関わって下さった皆様、
及び、オモコロ関係者の皆様に格別の感謝を申し上げます。

本書は、2022年10月に小社より単行本として刊行されたものです。

『変な絵』アナザーストーリー

スマートフォンで下記の二次元コードを読み取ることで、
音楽動画を見ることができます。
この音楽は小説『変な絵』を題材に作られたものです。

(雨穴 公式ユーチューブより)

視聴方法

動画の視聴はスマートフォンで二次元コードを読み込み、
画面の指示に従って映像をお楽しみください。

※ Wi-Fi等での鑑賞をお勧めします。

注意

- コンテンツ内容は予告なく変更することがあります。
- 配信は、予告なく中断することがあります。
- このコンテンツの利用に際し、端末不良・故障・不具合、及び、体調不良などが発生したとしても、すべての責任を弊社は負いません。すべて自己責任で視聴してください。
- 動画や二次元コードを無断で公開した場合、相応の対応を行います。

プレミアム特典動画　購入者全員サービス

本書（単行本・文庫）をご購入いただいた方のみが見られる特典動画を用意しました。スマートフォンで下記の二次元コードを読み取ることで、特典動画を見ることができます。

視聴方法

動画の視聴はスマートフォンで二次元コードを読み込み、
画面の指示に従って映像をお楽しみください。

※ Wi-Fi等での鑑賞をお勧めします。

注意

- コンテンツ内容は予告なく変更することがあります。
- 配信は、予告なく中断することがあります。
- 朗読内容には本書に掲載された作品と異なる箇所がある場合があります。
- このコンテンツの利用に際し、端末不良・故障・不具合、及び、体調不良などが発生したとしても、すべての責任を弊社は負いません。すべて自己責任で視聴してください。
- 動画や二次元コードを無断で公開した場合、相応の対応を行います。

双葉文庫

う-23-01

変《へん》な絵《え》

2025年1月15日　第1刷発行
2025年1月29日　第2刷発行

【著者】
雨穴《うけつ》

【発行者】
島野浩二
【発行所】
株式会社双葉社
〒162-8540 東京都新宿区東五軒町3番28号
［電話］03-5261-4818（営業部）　03-5261-4828（編集部）
www.futabasha.co.jp（双葉社の書籍・コミックが買えます）
【印刷所】
中央精版印刷株式会社
【製本所】
中央精版印刷株式会社
【カバー印刷】
中央精版印刷株式会社
【DTP】
株式会社ビーワークス

【フォーマット・デザイン】
日下潤一

ISBN978-4-575-52813-8 C0193
Printed in Japan